JN307743

戦国と幕末

池波正太郎

角川文庫
14193

目次

関ヶ原と大坂落城

関ヶ原決戦と大坂落城

一

世に天下分目《わけめ》といわれる関ヶ原の決戦を評して、

「あのようなものは、まこと武人の戦ではない」

と、いいきった男があった。

この男は、毛利《もうり》勝永《かつなが》といい、当時、二十三歳の青年将校として関ヶ原戦役にも参加している。

勝永の父は、毛利壱岐守吉成《いきのかみよしなり》（勝信ともいう）といって尾張《おわり》出身の士だが、豊臣秀吉《とよとみひでよし》に目をかけられ、秀吉が病歿《びょうぼつ》したときには、豊前《ぶぜん》・小倉《こくら》で六万石を領していた。

こういうわけであるから、むろん毛利勝永は石田三成《いしだみつなり》を主将と仰ぐ〔西軍〕に与《くみ》して関ヶ原へ出陣したのである。父を小倉へのこし、五百の手兵をひきい、勇みたって出陣をした勝永なのだが、あの九月十五日の決戦には、戦場を眼前にしながら、ついに敵の一兵とも戦う機会を得なかった。

奇怪なことではある。

いささかの気おくれも卑怯《ひきょう》もなく、闘志満々の彼のような武将が、戦場をのぞみつつ、戦う機を失ったということ。さらに、戦火の中にいながらも、ついに戦わず、勝敗が決してから〔退却〕のために猛然と戦いはじめた西軍の豪将もいる。

関ヶ原戦は「ふせぐことを得たろう人物の急死によって起った」と語るものもある。

その戦火をふせぐことを得たろう人物というのは、故秀吉と共に、かつては織田《おだ》信《のぶ》長《なが》につかえ、秀吉の信頼がふかかった前田《まえだ》利家《としいえ》のことだ。

関ヶ原合戦の政治的背景については、別に他の執筆者によって記述されることであろうから、ここにはのべない。

慶長《けいちょう》四年（一五九九）閏《うるう》三月三日。

加賀大納言・前田利家が六十二歳をもって大坂屋敷に病死した。

利家は豊臣家・五大老の一人で、徳川家康《とくがわいえやす》より上席に在った。

死が近づくのを知って、前田利家は妻の松子《まつこ》の手をにぎりしめ、

「あと五年あれば……己のちからで諸大名をまとめてみしょう。秀頼《ひでより》公を奉じ、一同寄りつどいて天下平穏の世を……」

くやしげにつぶやき、

「大仏も焼けた。狂え唯《ただ》、遊べ唯、浮世は不定《ふじょう》の身じゃまで……」

と、唄《うた》い出したそうな。

この唄は、むかし、絶え間もない戦乱兵火を受けつづけてきた民衆たちの間に流行

したもので、利家は自分亡きのちの世が、ふたたび戦火にみまわれることを予見したのであろう。

利家の死によって、徳川家康の「自分よりほかには天下をおさめるものはなし」との自信は、さらに強烈なものとなった。

少年のころから戦乱の真只中《まつただなか》に巻きこまれ、あらゆる艱難《かんなん》をなめつくし徳川の家をまもりぬき、信長・秀吉の二大英雄に従い、忍従の長い年月を送ってきて、六十に近い年齢となっていた家康だが、非常の決意をかためると、五大老の一人、上杉景勝《うえすぎかげかつ》が領国へ引きあげていたのを、

「一度、もどって来るように」

と命じ、景勝がこれを拒否するや、断固として伏見《ふしみ》を発し、江戸の本城へもどり、上杉討伐の軍をおこした。

これより先、徳川家康は、

「会津《あいづ》の上杉討伐は七月下旬である。諸将は急ぎ領国へ帰り、出陣の仕度をなすべし」

と、命を下したが、豊臣内閣の閣僚(中老、奉行など)は、これを懸命にとどめた。彼らは、家康が伏見を去れば、その間隙《かんげき》に反徳川勢力の結集がおこなわれ、それが戦火をよぶことを恐れに恐れた。

故太閤《たいこう》がおこした朝鮮戦争の辛忍を想うとき、諸大名たちの大半は、

であった。

　平和を熱望している。それはかりではない。彼らは、もしも戦争となった場合、どちらに味方したらよいのか、その見込みも決意もつかぬため、戦うことを恐れたのであった。

　だからこそ、家康は天下を取るための戦をのぞんだのである。長い朝鮮征伐にあたって、その団結と強兵をうたわれる徳川軍は留守居の番をうけたまわってい、ほとんど無傷であるばかりか、財力の消耗をまぬがれている。

　ところで……。

　のちに西軍旗上げの首謀者となる石田三成も、末東権太夫《すえとうごんだゆう》という侍臣を家康のもとへつかわし、こう申し入れている。

「それがしも御供いたしたい」

　すると、家康は、鼻の先で笑い、

「三成殿は隠居中の身じゃゆえに、もしも出陣の意あるならば、子息隼人正《はやとのしょう》に家臣をそえて差し出されよ」

　と、こたえた。

　六月六日。

　大坂城内において、上杉征討における諸将の進路と部署がきめられた。

　勅使が来て、討伐慰労のためという名目で曝布《ばくふ》をたまわる。こうなれば豊臣家でも
「もう戦は困る」

だまっていられず、秀頼が家康をまねき、黄金二万両と米二万石をあたえている。

これで家康は、秀頼にかわって叛徒《はんと》を討つという天下に対しての名目を得たことになる。

「自分も御供をしたい」

などと、見えすいた外交辞令をおこなった石田三成にくらべて憎いほど見事な家康の仕様であって、このときから早くも家康は戦争を始めているといってよい。

家康は、伏見を去るにあたり、伏見城の留守居を命じた鳥居元忠《とりいもとただ》に千八百余の兵をあたえたが、

(これでは守りきれまい)

思い直して、内藤家長《ないとういえなが》と松平家忠《まつだいらいえただ》を伏見へ残そうとしたが、鳥居元忠は、

「このたびの東征は一大事ゆえ、殿には一兵なりとも多くひきいられて会津へおもむかれたし、こなたに兵火あがるときは、たとえ内藤、松平の兵を加えたとて、どちらにせよ伏見は孤立無援となりましょう。むだでござる、むだでござる」

なみなみでない決意をあらわし、かえって家康を強くはげましたという。

徳川家康は、七月二日に江戸城へもどり戦備をととのえ、総軍七万をもって七月十九日に江戸を発し、会津へ向かった。

石田三成も、かねて隠密裡《おんみつり》に準備をおこなっていた挙兵計画を急テンポにすすめはじめる。

家康とちがい、三成の場合は、豊臣家存続のために家康の息の根をとめてしまわねばならぬという故秀吉への忠誠と共に、

「豊臣閣僚の主体となって、思うままに自分の政治力を発揮してみたい」

という野心がある。

この野心は天下をつかもう、天下人になろうというのではない。佐和山《さわやま》二十万石余の領主としてこころみた政治の実績を日本全土へおよぼしたいという意欲なのであって、事実、三成は佐和山の領主として当時の大名の中では傑出した政治をおこなっている。政治家としてはすぐれているが、戦将ではない。三成の戦歴はまずしい。秀吉の小田原《おだわら》攻めの折に、三成は武蔵《むさし》の忍《おし》城を攻めて秀吉張りの水攻めをしかけたが物のみごとに失敗をしている。

武断派とよばれる加藤清正《かとうきよまさ》や福島正則《ふくしままさのり》など、秀吉子飼いの豪将たちにしてみれば、戦の下手な石田三成を総指揮官にいただくことなど、いくら豊臣家への忠誠という名目があっても、到底、なし得ることではない。かねて三成とは仲が悪かった清正や正則は別にしても、この一点において〔西軍〕に与した諸将たちの大半に〔不安〕が潜在していたし、まさに、その一点によって三成は敗れ、〔西軍〕は敗北することになるのである。

よき政治の中には理性がふくまれ、事務がふくまれ、理想が高揚されねばならぬ。これこそ石田三成そのものといってよい。

だが当時の戦争は、経験がつみ重ねた一種、動物的な〔勘〕の発揮であり、血生ぐさい戦陣において性格も意見も違う多数の将兵を統轄すべき戦将としての威望が不可欠のものとなる。

いわゆる文治派の頭であった石田三成の潔癖な、それゆえに好き嫌いの念がつよく、よくいえば理性的な、悪くいえば懐疑的な性格がどちらに向いていたか、それはいうまでもなかろう。

さて……。

三成は、中国に百二十万五千石の威容をほこる大老・毛利輝元《てるもと》を何とか説きふせて〔西軍〕の総帥に迎え、大坂城へはいってもらったが、輝元はむろん、みずから決戦の場へおもむこうというだけの意欲はない。

家康に従って東下した諸大名の妻子は、それぞれの大坂屋敷にいたが、三成はこれを禁足せしめ、大坂に戒厳令を施《し》くと共に、徳川家康に対し、

「太閤の遺命にそむきし罪……」

をあげ、十三か条から成る弾劾《だんがい》書を発表した。

かくて、近畿《きんき》・中国から大坂へ集結をした三十余将の〔西軍〕は、総勢九万四千余といわれる。

西軍挙兵の報を、徳川家康は下野《しもつけ》（栃木県）小山《おやま》で受けとった。

二

家康の本陣が、小山に到着したのは、慶長五年（一六〇〇）七月二十四日であった。当日。伏見城をまもる鳥居元忠が最後に発した使者が昼夜兼行で馳《は》せつけて来、西軍の旗上げを報じたのである。

この報を受けるや、徳川家康は諸将を本陣へあつめて、

「皆々の妻子は、いずれも京坂にあって、治部少輔《じぶしょうゆう》（三成）は、これを人質として手中におさめたそうな。宮津侍従《みやづ》（細川忠興《ほそかわただおき》）の内室（ガラシャ夫人）はこれを拒んで、わが屋敷に火を放ち、みごと自害をとげたそうじゃ」

いささかも隠すことなく告げ、

「そこもとたち、ひと先《ま》ず大坂へ帰られたらいかが!?　妻子の安全をはかるはそこもとたちの自由である」

思いきっていい、さらに、

「もしもその後、志あらば江戸へ参集されたし」

堂々たるものであったが、胸底には必死のおもいが秘められていたことはむろんである。

諸将みな、この家康の気魄《きはく》にのまれてしまい、ことに豊臣恩顧の大名であり、武勇無双をうたわれた福島正則が、

「われは、内府（家康）と共に戦わん」

と叫んだので、たちまち諸将はこれに賛同し、反転して西軍にあたることを誓約した。これより家康の連合軍を〈東軍〉とよびたい。

家康はまた、

「この戦は、われが豊臣家の大老として、石田三成を討つものである」

との立場を強調することを忘れなかった。

ただちに、先鋒《せんぽう》の福島・池田《いけだ》隊は小山を発し、強行軍をもって、早くも八月十日には尾張・熱田《あつた》へ……さらに十一日に福島正則の居城、清洲《きよす》へはいって〈東軍〉の前線基地を確保してしまった。

これより先、七月晦日《みそか》に、伏見城は〈西軍〉の手に落ちている。

この伏見城攻防戦の折、薩摩《さつま》の太守・島津義弘《しまづよしひろ》は西軍に与《くみ》していたが、すばやく密使を伏見城へ送り、

「かねて、内府公との約束もござるゆえ、これより城内へはいって共に城をまもりたし。門をひらきたまえ」

と、申し入れたが、鳥居元忠は、

「ありがたきことながら、われらも落城は覚悟のことゆえ」

拒否してしまった。

元忠にしても島津軍を信頼しきれなかったからであろう。

晦日の夜半、城内にこもる甲賀武士が西軍に内応し、突如、城内、松の丸へ放火して城外の西軍を引き入れたため、激闘よく持ちこたえていた鳥居部隊も、ついに潰滅《かいめつ》した。

こんな、はなしもある。

つい先ごろ、佐和山城の石田三成のもとでおこなわれた軍議に参列した長束正家《なつかまさいえ》（近江《おうみ》・水口《みなくち》城主）などは、西軍の諸将と共に東軍攻略の作戦をねりながら、一方ひそかに、密使を徳川家康の臣、永井右近大夫のもとへ走らせ、こう申し送った。

「いま、佐和山では徳川攻略の軍議がおこなわれていますが、この模様についても、追々申し送るつもりでござる」

ひどい男だが、それから二十日後の伏見城攻略には長束正家も参加し、松の丸を守備している甲賀武士たちの妻子らを近江から捕えて来て、

「もし寝返らなければ、おぬしたちの家族を磔刑《はりつけ》にするぞ」

と、おどしたりしているのだ。

西軍の総帥におされた毛利輝元にしても、大坂へ出て来るや一族の長老、吉川広家《きっかわひろいえ》が苦い顔をして、

「何で、かるがるしく出てまいられたのです。この事が家康公の耳にはいったら大へんなことになりますぞ」

と、たしなめ、すぐさま、黒田長政《くろだながまさ》へ密使を走らせ、長政を通じて家康に異心なき

ことを誓ったりしている。

決戦場にのぞまんとする両軍の相違は、およそ、このようなものであった。

毛利や長束ばかりではない。

西軍に与《くみ》せず大坂を去った後、西軍がもしも勝ったら馬鹿をみるし、そうかといって徳川にそむきたくないという大名、武将たちのいかに多かったことか……。

石田三成は、

「京坂を手中におさめた後、ただちに、こなたより出て行き、清洲から名古屋のあたりまで進出し、引返して来る家康を迎え撃とう」

とのつもりであったが、東軍の先鋒があまりに早く清洲へ引返して来たので、作戦計画は大いに狂った。

西軍は、伏見を落とした後、兵を三道にわけ、一は伊勢路《いせじ》を、一は美濃《みの》へ、一は北国《ほっこく》を経略せんとした。

これに対し、取りあえず先鋒部隊を発せしめた家康の東軍は、徳川秀忠《ひでただ》を主将とする三万八千の中仙道軍《なかせんどう》を編成し、これを木曾路《きそじ》から美濃へ進出せしめ、家康自身は約四万の本軍をひきいて東海道を西上することになった。

秀忠の第二軍を信州で食いとめたのが、上田城《うえだ》にこもった真田昌幸《さなだまさゆき》・幸村《ゆきむら》の父子で、このため、ついに第二軍は関ヶ原決戦の当日に参戦することが出来ず、秀忠は父・家康から、非常な叱責《しっせき》をこうむることになる。

真田昌幸の長男、信幸《のぶゆき》（信之）は、前々からの徳川派で、家康の養女（本多《ほんだ》忠勝《ただかつ》の実子）を妻にしていたこともあり、父と弟を敵にまわし、東軍へ与したはなしは、よく知られている。

ところで……。

江戸へもどった徳川家康は、一か月近くもうごかなかった。清洲に集結を終えた東軍が、総大将の到着をいらいらしながら待っていると、家康の使者、村越直吉《むらこしなおよし》がやって来て、

「御一同には、すみやかに開戦せられよ。そのはたらきによって向背の決心をしめされたなら、殿もただちに御出馬なされよう」

と、いう。東海道をのぼる東軍の大半は豊臣恩顧の臣であるから、「先ず、その戦ぶりを見きわめなくては安心できぬ!!」と、きめつけたのも同然であった。

故太閤の天下になってからは、むやみに戦をしなかった徳川家康が、この一戦にかけた決意のすさまじさを見るべきだ。

福島正則らの先鋒は、これをきくや、すぐさま清洲を発し、岐阜《ぎふ》城を攻め落とし、城主・織田秀信（信長の孫）は、降伏して僧形となり高野山《こうやさん》へ謹慎してしまった。

このころ、石田三成の西軍は、美濃、大垣《おおがき》城へ集結している。

岐阜をおさめた東軍先鋒は、大垣の西方わずか一里余のところにある赤坂《あかさか》へ進出し、西軍と対峙《たいじ》しつつ、家康の到着を待った。

伊勢や北陸へ出兵していた西軍も、三成の急使をうけ、大垣城へあつまり、大谷吉《おおたによし》継《つぐ》（越前《えちぜん》・敦賀《つるが》城主）などは、関ヶ原西端へ陣を張った。

大垣城より西へ約四里のところにある関ヶ原は東国と西国をつなぐ重要な地点だ。

徳川家康は、丁度このころに江戸を発し（九月一日）、清洲から岐阜へはいったのが十三日のことである。

ここまで来たときの家康は、それまで得た諸情報から一挙に、速戦の気がまえに変え、翌九月十四日には岐阜を発して、赤坂の東軍陣営へはいった。

徳川家康を迎えて士気あがる東軍と、身が引きしまるほどの緊迫感につつまれた大垣城の西軍とが、この日、杭瀬川《くいせがわ》において小戦闘をおこない、東軍が敗れた。これを岡山（現大垣市赤坂町）からのぞみ見た家康は、

「大事の前にくだらぬ小戦をなし、兵を損ずるとはもってのほかのことだ」

たちまちに兵を引きあげさせ、

「ここに足ぶみをしていてもはじまらぬ。かまわぬ。まっしぐらに大坂へ向かうぞ!!」

といい放った。

大垣にあつまる西軍の〔本軍〕など捨てておいて、一気に関ヶ原をぬけ、伏見・大坂の豊臣の本拠を、この手でつかんでしまおうというのだ。

何しろ、さしわたしにしても一里の近間に対峙している両軍であるから、大垣にい

る石田三成の耳へも、家康のこの決意がすぐにきこえた。また、わざときこえるように家康はふるまったのだ。

これをきいて、

「今夜こそ、敵本陣を強襲すべし!!」

と、説いたのが島津義弘・小西行長《こにしゆきなが》などである。

「むう……!?」

と、石田三成はここで迷ってしまうのだ。

夜戦——しかも雨がふりけむっている。

これは味方にも有利であるが、敵にも有利なのである。さらに、

(こなたが夜戦を仕かけることなど、家康は承知の上であろう……!?)

不気味になった。

ついに、ふみきれない。

その上、関ヶ原の大谷吉継からは、

「松尾山《まつおやま》の小早川《こばやかわ》中納言のうごきが不穏である。どうも徳川家へ意を通じているらしい。とにかく西軍は一かたまりとなるべきだ」

と、いってよこしてきている。

三成は夜戦を仕かけることをやめ、家康に先んじて関ヶ原へ至り、ここに待ちかまえて決戦をいどむことにした。

夜戦派の一人、小西行長は、このときの石田三成を評し、こういっている。

「治部殿は何から何まで疎漏なく運ぼうとする。けっこうなことだが、なれど戦には魔性がある。これに立ち向かって勝機をつかまんがためには、書状をいじり政令を案ずるようなわけにはゆかぬこともあるのだ」

三

西軍は雨中、九月十五日（現代の十月二十一日）の午前零時すぎに大垣を発し、南《なん》宮山《ぐうさん》の南麓《なんろく》を迂回《うかい》して関ヶ原へはいり、先着して陣をかまえていた諸部隊と合わせ約十万の総兵力をもって布陣し終えたのが、午前三時ごろであったろう。

徳川家康が七万余の東軍をひきい、赤坂から垂井《たるい》の宿《しゅく》へはいったのは、丁度このころであった。東軍は南宮山の北麓（中仙道）を進み、左手の南宮山に陣をしいている西軍（毛利秀元、その他）へ対し、池田・浅野《あさの》などの諸隊を押えに残し、関ヶ原へはいった。

南宮山の西の山つづきにある桃配山《ももくばりやま》という丘陵に本陣をかまえた家康は、約一方里半の小盆地ともいうべき関ヶ原の東面から北・西・南へ展開した西軍に向かい合ったことになる。

関ヶ原は西北に伊吹《いぶき》の高峰をのぞみ、西の今須《います》山《やま》と南北につらなる山脈にかこまれ、山峡をぬって通ずる街道は、中仙・北国・伊勢の三道である。

西軍は、これらの街道が京・大坂へのびる地点を扼《やく》し、石田三成は本陣を笹尾山《ささおやま》にかまえた。

午前八時……。

山峡の盆地にたちこめていた濃霧がようやくうすれかかり、両軍の戦闘は、井伊《いい》・松平《まつだいら》〔東軍〕と宇喜多《うきた》〔西軍〕部隊との銃撃によって火ぶたが切られた。

丸山にいた東軍（黒田長政）が、すかさず開戦の狼煙《のろし》をあげる。

鬨《とき》の声をあげて、井伊・福島の東軍が宇喜多隊と激突をした。

まだ、はれきらぬ霧の幕の中で、人馬の響動《とよみ》がすさまじくわきおこり、銃声が間断なくつづく。

黒田長政の部隊が、丸山の尾根づたいに山林をぬって石田本陣の前衛陣地（島左《しまさ》近《こん》）の側面へ突如あらわれ、いきなり銃火をあびせかけたのはこのときであった。戦記に、こうある。

「……島左近の隊はほとんど尽き、左近勝猛《かつたけ》もまた傷つき、従兵これを負うて走る」

緒戦において、石田三成が股肱《ここう》の臣として、その勇猛さを世にうたわれた島左近が重傷を負ってしまった。

これより、半里四方にもおよばぬほどの平原の中心で、両軍は泥をこねまわしたような混戦にはいった。

午前十一時ごろであったろうか……。

笹尾山の石田本陣から合図の狼煙があがった。

これは、南宮山と松尾山にいる西軍へ「いまこそ山を下って攻めかかられたし!!」の合図であった。ことに南宮山の毛利秀元・吉川広家・安国寺恵瓊《あんこくじえけい》・長束正家・長宗我部盛親《ちょうそかべもりちか》なぞの西軍は、徳川軍の背後から急襲する手筈《てはず》になっていたが、狼煙を見ても山を下ろうとはせぬ。

毛利・吉川へは、すでに家康の手がまわってい、ひそかに東軍と単独講和をしてしまっていたのだ。

「そこもとたちもつらい立場であろうから、何も戦場ではたらいてくれぬでもよろしい」

という家康の言をそのままうけとり、形勢観望の態度に出たのだが、同じ南宮山にいたあの毛利勝永なぞはこの秘密を知らされていないから「いつ、出撃するのか。まだか、まだか……」と、山裾《やますそ》の陣地でいらいらしている。

勝永がすべてを知ったのは、戦火も熄《や》みかけた、午後のことであった。

松尾山の小早川秀秋《ひであき》へも、徳川家康からの手がのびてい、戦闘中に奥平貞治が手兵をひきいて松尾山へのぼり、

「早く、内応して西軍に攻めかかられよ」

と、つめよった。

同時に、西軍の大谷吉継も使者を走らせ、

「何をしている。狼煙の合図をお忘れではござるまい」

と、迫る。

小早川秀秋の家老、平岡頼勝《よりかつ》は、両軍のさいそくを、のらりくらりといいぬけた。

なぜかというと……つまり、どちらか、戦に勝目が出た方へ味方しようというのだ。

一応は家康へ内応の約束はしてあるが、もしも西軍が勝ちそうなら、今度はまた東軍を裏切ろうという……この戦争における裏切り大名の仕様はいずれも汚ない。

だから、せまい平原の中での決戦に東軍が七万五千余、西軍が八万余（十二万ともいわれる）という大軍を投入しながら、だらだらと形勢観望的な、惰性的な戦ぶりが多く、さすがの家康も午後になると焦慮のあまり、

「小早川の裏切りは、まだか、まだか!!」

たまりかね、桃配山から本陣を陣場野《じんばの》へすすめうつし、手の爪をかみ、足をふみならして、五十九歳の家康が顔面に怒気をみなぎらせ、

「かまわぬ!!　松尾山の小早川へ鉄砲を打ちかけい」

と、わめいた。

そこで、家康麾下《きか》の銃隊と、福島正則の銃隊が松尾山の裾へ駆けつけ、一斉射撃をおこなったので、山上の小早川秀秋も青くなってしまい、

「かくなる上は……」

ついに肚《はら》をきめ、山を下って西軍の大谷部隊へ突撃して行った。

この小早川秀秋らの裏切りによって戦局は急激に一変する。

大谷吉継が戦死し、小西・宇喜多の両部隊も力つきてしりぞき、東軍はここで猛然と石田本陣へ攻めかかったので、石田三成も笹尾山から退いて、みずから伊吹の山中へ逃げこんでしまった。

このときまで、天満山《てんまやま》の裾にかたまっていて、三成がいくらさいそくをしても戦場へ出て行かなかった薩摩の島津義弘が、勇猛果敢な敵中突破の退却戦闘をおこなった。

「もう三成のいうことなぞは、ばかばかしくてきけぬ。だが、このまま降参したのでは薩摩武士の面目にかかわる」

というわけで、部隊の大半は敵中突破のうちに殪《たお》れたが、島津義弘は烏頭坂《うとうざか》を切りぬけて、みごとに脱出をした。ときに午後二時半。

徳川家康は藤川台において宿営し、戦勝を祝った。

九月二十二日。石田三成が近江国、古橋村で、二十三日には安国寺恵瓊が京で捕えられ、これより先、十九日には小西行長も伊吹山中で捕獲された。

この三人は十月一日に、洛中《らくちゅう》を引きまわされた上、六条河原《ろくじょうがわら》で処刑されている。

戦後、徳川家康の処断はきびしかった。

西軍を裏切った大名ほど、のちにひどい目にあっているし、最後に退却作戦をはなばなしく戦った島津家に対しては、格別な〔とがめ方〕をしていない。

この大決戦では、両軍の兵数ばかり多くても、互いに双方が気配をうかがうかたちになり、例外はあるとして、東軍の攻撃も手ぬるかったし、両軍の死傷者も意外に多くはない。

ともあれ……。

この戦争に勝利をおさめたことによって、徳川家康は、天下の実権をつかみ、三年後の慶長八年には、ついに征夷《せいい》大将軍に補せられたが、同十年、将軍職を息子秀忠へゆずり、隠居の身となった。

この後、十年間にわたる家康の活動は、隠居とはいいながら徳川政権の礎石をかためるために次々と手を打ち、大坂城にいる故太閤の遺子、秀頼へ孫娘の千姫《せんひめ》を嫁がせたりして、何とか豊臣家を屈服せしめようと計ったが、豊臣の残存勢力と、豊臣家自体の下手な外交政策がわざわいとなり、

「このままにしてはおけぬ」

と、齢《よわい》七十に近くなった老家康をして、豊臣討滅の決意をかためさせるに至るのである。

四

家康が、豊臣討滅の手段をめぐらせはじめたころ、豊臣恩顧の大名たちが次々に死んでいった。加藤清正・浅野長政《ながまさ》・堀尾《ほりお》吉晴《よしはる》・池田輝政《てるまさ》・前田利長《としなが》など、故太閤秀吉と縁もふかかった実力者たちのほとんどが死去してしまい、七十をこえた徳川家康は、

下帯の紐《ひも》をむすべぬほど肥満していたが、まだまだ健康であり、自分の眼のくろいうちに徳川家にとって危険なものの一切を除去してしまおう、との情熱にもえたった。

こうなると老獪《ろうかい》ともいうべき彼の政治工作によって、豊臣家を戦争に引きずりこむことなど、わけのないことであった。

その一つ。

豊臣秀頼が莫大《ばくだい》な金銀を投じて、京都・東山《ひがしやま》の方広寺《ほうこうじ》の大仏を再建したとき（これも家康が、淀君《よどぎみ》・秀頼の母子にすすめたものである）、家康が憤然として、文句をつけた。

大仏の鐘銘の中の〔国家安康・君臣豊楽〕の八字が不吉だというのである。この文字は家康の二字を〔安〕の一字で断ち切っているし、豊臣家を君として末長く世をたのしもうという意味ではないか、実にけしからぬ、というのだ。こじつけもはなはだしいというべきで、これほどまでの〔いやがらせ〕をしてまで豊臣家を怒らせ、開戦の火をつけようというのは、さすがの家康も、わが老齢を考え、あせり出していたものとみえる。

是が非にも戦にもちこみ、息の根をとめてしまわねば徳川の安泰にかかわろうという、おそろしいばかりの執念ではある。

先《ま》ず、この事件が開戦の口火となったといえよう。

大坂城では、急に戦備をととのえはじめた。

家康は、朝廷に対して〈豊臣討伐〉の勅令を下されるように願ったが、後水尾《ごみずのお》天皇は、しきりにためらわれ、よいお顔をなさらぬ。天皇も、この辺の家康のうごき方には不愉快になられていたとみてよい。家康はそれを知るや一時は、「天皇を隠岐《おき》の島へ流してしまえ」とまで放言する始末であったとの説もある。事実のにおい濃厚な説だ。

慶長十九年十一月。

徳川家康は、日本全国の大名たち大半の軍勢を動員し、三十万とよばれる大軍（実際は二十万ほどか）をもって大坂城を包囲した。

これに対し、大坂方は、戦国くずれの牢人《ろうにん》たちを駆り集め、真田幸村も紀州・九度《くど》山《やま》の隠宅を脱して入城。後藤基次《ごとうもとつぐ》・長宗我部盛親・明石全登《ぜんとう》など、かつては勇名をうたわれた武将たちも大坂城へはいり、総勢十万余にふくれあがった。

関ヶ原戦を「あれは、まことの戦ではない」といいきった毛利勝永も、押しこめられていた土佐・高知の山内忠義《やまのうちただよし》のもとから脱出し、大坂へはいった。毛利勝永いわく、

「おれは関ヶ原のやり直しをするのだ」

ところで、大坂城は難攻不落をほこる名城である。

城の西北に淀川《よどがわ》がめぐり、東方には、平野川《ひらのがわ》・河内川《かわちがわ》・巨摩川《こまがわ》、鴫野口《しぎのぐち》には淀川と大和川《やまとがわ》が落ち合い、三里半にわたる惣構《そうがま》えには、櫓《やぐら》、鉄砲・弓の狭間《はざま》をもうけて厳重に防備をかためた上、真田幸村はみずから平野口の黒門外に〈出丸〉をきずき、これ

を〔真田丸〕と名づけ、手兵をひきいて第一線に出張った。

いざ、戦が始まると、やはり、大坂城はびくともせぬ。

城内の豊臣軍は寄せあつめのことで、真田幸村のように傑出した武将を迎えながらも、これにじゅうぶん活躍をゆるさない。総大将・豊臣秀頼の〔おふくろさま〕である淀君が女だてらに長刀《なぎなた》などをかいこみ、諸将作戦会議の席上にあらわれ、あれこれと口をさしはさむ。城内の武士は、この淀君派のほかに二派にも三派にも分かれてしまい、作戦が一つにならぬ。このあたりは関ヶ原のときと同じようなもので、当時の戦陣における総大将の威望がいかに大切かを、よく物語っている。

ということは、徳川軍にしても総大将・家康の首を討ちとれば、また大きく崩れる公算が大きいことになるので、真田幸村は「ほかの味方は家康に負けても、わしだけは負けぬ」と、いい放ったそうだ。

幸村は、しきりに、

「この城には後詰めがござらぬ。なれば、勇敢に打って出て、自由自在に敵をおびやかすべきである」

いくつかの作戦をすすめたが、結局は採用にならない。

秀頼は二十二歳の総大将なのだが、母の淀君と側近の大野《おおの》治長《はるなが》などがつききりで、秀頼の耳をふさいでいるし、秀頼も後世に馬鹿呼ばわりされるほどの青年でもなかったのだが、何といっても戦陣や政治の経験にとぼしい。いや、とぼしすぎる。これでは作戦会議が割れるのも当然であったが、それでも尚《なお》、城は落ちぬ。

真田幸村は〈真田丸〉にこもり、出ては引き、引いては出るの自由自在な〈かけひき〉で押し寄せる徳川軍を翻弄《ほんろう》しつくした。

それなのに、城内では「真田は、実兄の信幸や一族が徳川方にいるのだから、いつ敵に内通するやもしれぬ」などといい出すものがあったりして、幸村の純白な闘志を傷つけたりしている。

十一月二十六日の鴫野、今福《いまふく》における戦闘。十二月四日に真田丸へ押しかけた前田・井伊・松平の徳川軍が、真田幸村によって子供あつかい同様に追い散らされたときの戦闘など、いずれも、家康にとってはおもしろくない〈冬の陣〉ではあった。

穢多崎《えたがさき》の大坂方陣地を攻め落としたのと、伯労《ばくろう》ヶ淵《ふち》の砦《とりで》を夜襲して奪い取ったほどが徳川軍の勝ち戦で、

「これは、どうも大坂方が勝ちそうだ」

などと世評にのぼるようになった。

家康は、講和にふみきった。

大坂方に休戦を承知させるためにも、家康は老獪な手腕を思うさま発揮している。

大砲の攻撃で城内をおびやかす一方、淀君の実妹・常高院《じょうこういん》（京極高次《きょうごくたかつぐ》の未亡人）や、織田有楽《うらく》（信長の弟）などをあやつり、淀君と大野治長の線から工作して、休戦を承知させてしまった。

何しろ大坂城は徳川方のスパイの巣のようなもので、城内の動向はすべて家康の耳へ筒ぬけになってしまっている。

大坂方にしても、今のところはびくともせぬが、籠城戦《ろうじょう》であるから、食糧・武器・弾薬の消耗などにも神経をつかわねばならない。そうした弱味を家康はわきまえつくしていたわけだが、この休戦には、

「わけのわからぬ休戦をするわけにはまいらぬ」

めずらしく、秀頼が強硬に反対したといわれる。

むろん、真田幸村や毛利勝永も休戦反対であったが、淀君派に押しきられた。

かくて、十二月十九日に休戦条約がむすばれたが、家康は、たちまちに城の惣構えから、二の丸・三の丸の濠《ほり》まで埋めたてるという条約違反を犯して、さっさと江戸へ引きあげてしまう。

いくら大坂方が文句をいっても、徳川方ではのらりくらりといいのがれて、一か月後には大坂城が丸裸にされてしまった。大坂方の激怒が再開戦の口火となることを、家康は計算にいれている。

五

翌元和《げんな》元年（一六一五）五月。

徳川家康は、濠を埋めたてられて丸裸となった無惨な大坂城へ攻め寄せた。

「今度は手間もかかるまい。三日ほどの腰兵糧《こしびょうろう》があればたくさんである」

と、家康は指示をあたえている。

城にたてこもることが出来ないのだから、豊臣軍も野外へ打って出るより仕方がない。

いまこそ、家康得意の野戦へ敵を引きずり出すことを得たのだ。

徳川軍は二つに別れて、五月五日に京都伏見を発し、大坂へ進軍をした。

一手は大和路から、一手は河内路から、そして道明寺《どうみょうじ》のあたりで合流し、大坂城の南面から総攻撃を仕かけようというのである。

家康は戦場にのぞまんとして、浅黄《あさぎ》の帷子《かたびら》に短羽織、編笠《あみがさ》に武者わらじという平服同様の姿であったから、藤堂高虎《とうどうたかとら》が「あまりにそれでは……」というや、家康は「あのような小せがれ（秀頼）を相手に鎧《よろい》も兜《かぶと》もいらぬわ」と叫んだ。

これより先。

泉南・樫井《かしい》において、大坂方と浅野長晟《ながあきら》の部隊が戦闘をまじえ、大坂方は敗北している。

さて……。

大坂へ迫る徳川軍を撃破すべく、豊臣軍も二手に別れて進出をした。

大和方面から来る徳川軍に当たったのは、後藤基次（又兵衛《またべえ》）・毛利勝永・真田幸村の三将で、

「六日の明け方を期して、国分《こくぶ》のあたりへ押し出し、奈良から山峡の小路を通ってあらわれる敵を次々に叩《たた》きつぶしてしまおう」

という作戦計画であったが、これまた城内のスパイが早くも徳川方へ通報したので、大和からの徳川軍は強行軍をもって、前夜のうちに国分のあたりへ進出を終えてしまっていたのだ。

水野《みずの》勝成《かつなり》・本多《ほんだ》忠政《ただまさ》・松平忠明・伊達《だて》政宗《まさむね》などの徳川軍は約三万五千。これに対して、大坂方は、後藤隊三千ほどが先発し、六日の払暁になって濃霧の中を道明寺までやって来たが、毛利・真田の両隊はまだ到着をしていない。

いくら待ってもあらわれぬので、

「時機を失ってはならぬ。ともあれ、国分に陣をしいておかなければ……」

と、後藤基次が大和川に沿った道を進んだ。このあたりは大坂城の東南約《やく》四里半の地点で、生駒《いこま》と金剛《こんごう》の山脈の切れ目にあたるところだ。ここに徳川軍を扼し、大坂平野への進出をふせごうというわけであったが、国分の手前の小松山《こまつやま》の裾《すそ》へ出てみると、

「うわあ……」

何と、霧の中から待ちかまえていた徳川軍が一斉に攻めかけて来たではないか。

後藤基次も愕然《がくぜん》としたが、こうなっては引き返すこともならぬ。

「われにつづけ!!」

基次は槍《やり》をふるって突き進んだ。

小松山を中心に両軍の戦闘が開始され、数倍の敵に押しつつまれ、後藤隊の死闘は尚も七時間の長きにわたってつづいた。同じ七時間でも関ヶ原のだらしのない両軍の戦闘ぶりとは全く異なる。

ようやく薄田隼人《すすきだはやと》の援軍が駆けつけ、後藤隊の奮戦を援けたが、ついに後藤も薄田も戦死。

毛利・真田の両隊が遅れて戦場に到着をしたのはこのときだが、時、すでにおそい。どうも大坂方の作戦は足なみがそろわぬ。真田・毛利の両隊は追いすがる徳川軍を振り切って大坂へしりぞき、明日の決戦にそなえることにした。

同じ日。

木村重成《きむらしげなり》・長宗我部盛親の大坂軍約一万が八尾《やお》、若江《わかえ》へ進出。徳川軍主力と激突をした。

これを迎え撃ったのが藤堂高虎と井伊直孝《なおたか》の徳川軍で、悪戦苦闘の激闘をくり返し、水田地帯の泥と血にまみれた猛戦を反復。午後になって、ようやく徳川軍の勝利となった。木村重成は、この戦闘で死んだ。

かくて翌五月七日が最後の決戦となる。

昼近くなり、徳川家康は平野に出て、十五万余の総軍を指揮した。

これに対し、大坂方は、真田・毛利の両隊が天王寺口《てんのうじぐち》に屯《たむろ》し、全軍五万五千が城を出て徳川軍に対峙《たいじ》した。

この日。

真田幸村は、大野治長を茶臼山《ちゃうすやま》の陣所（冬の陣のときの家康本陣）に迎え、

「このあたり一帯が決戦の地ともなりましょうが、かくなっては城兵一丸となって打って出で、敵軍のすべてをここへ引きつけ死力をつくして戦うより道はありませぬ。もちろん、秀頼公みずからも戦場へのぞんでいただかねばならぬ。総大将のおらぬ戦などあるものではござらぬゆえ……さすれば、幸村も存分にはたらいて見せましょう」

「よろしい」

種々打ち合わせをしたのだが、すべてにおいて約束はまもられず、秀頼もついに戦場へはあらわれぬという始末であった。

戦闘は正午すぎになって火ぶたが切られた。

真田幸村は十分に敵軍を引きつけてから打って出るつもりであったが、毛利隊の兵たちが気負って発砲し、血相を変えて突撃をはじめたので、やむなく幸村は、我子の大助を城内へ帰して秀頼に殉じさせ、赤ぞなえと呼ばれる〔赤一色〕の武具に身をかためた真田隊三千余をひきい、十文字の槍をひっさげて先頭に立ち、

「それ!!」

松平・伊達などの徳川軍へ突入した。

ときに幸村は四十九歳。

烈日の下、朦々《もうもう》たる戦塵《せんじん》の中に凄壮《せいそう》きわまる血戦の幕が切って落とされた、と、いささか大仰に表現してもよろしかろう。

それほどに、この日の真田・毛利両隊の戦闘ぶりはすばらしかった。とてもとても関ヶ原の比ではない。大坂夏の陣は、真田幸村と毛利勝永が徳川家康を相手にした戦争であるといってよい。

猛烈な混戦のうちに……。

浅野隊が大坂方へ寝返ったという叫びが諸方へわきおこった。

これは真田幸村が最後の奇策であって、戦闘の混乱を利し、部下の兵に〔流言〕を飛ばさせたのだ。

「浅野殿、裏切り!!」

の声をきき、奮戦中の松平隊が狼狽《ろうばい》しはじめた隙をのがさず、幸村は一隊をひきい、家康の本陣を目ざして、魔神のように襲いかかった。

「大御所様御陣へ、真田左衛門佐《さえもんのすけ》（幸村）仕かかり候て、御陣衆（旗本）三里ほどづつ逃げ候衆は生きのこられ候」

と『薩藩旧記』にある。つまり家康を捨てて三里も逃げた徳川の旗本は何とか生き残れたほどの、それはすさまじい突撃であったということだ。

家康は「もう、いかぬか……」と、腹を切る決心をしたが、とどめられて、手輿《たごし》にしがみつき辛うじて玉造《たまつくり》の方向へ逃げのびたほどなのである。

ここで真田幸村のちからも尽き、安居《あんご》天神境内へはいって重傷の身を休めていると
ころを、越前部隊の西尾某が槍をつけ、首を討ったといわれる。
幸村の子、大助幸昌も、秀頼に従い、大坂城内で共に死んでいる。ときに十六歳。
毛利勝永は一度、城内へもどって自決をした。一説には、秀頼の介錯《かいしゃく》をしてから腹
を切ったともいわれているが……。
かくて、夏の陣は前後三日の戦いで終わったが、東西両軍二十万が死力をつくして
戦い、日本戦史上、例を見ぬ文字通りの〔大決戦〕となった。両軍の戦死者は、推定
二万五千から三万におよんだとおもわれる。

大坂落城――元和《げんな》元年五月七日

応仁《おうにん》の乱以後、約百年にわたる戦乱は、ほとんど日本全土へ波及していった。

諸方の小勢力相互の争闘が、次第に、いくつかの大勢力にふくみこまれ、この中から特に傑出した二人の大名によって、天下が平定された。

織田信長と豊臣秀吉が、これである。

この間。

徳川家康は、三河《みかわ》・遠江《とおとうみ》の領主から武蔵《むさし》（江戸）へ移り、信長から秀吉に引きつがれた覇権に対し、懸命の節義をつくした。

家康は、三河の国の小豪族から成り上り、駿河《するが》の今川家、尾張《おわり》の織田家へと、大勢力の傘下に屈従をつづけながら、必死に自領の確保と兵力の伸張をはかってきている。六歳のとき、今川家へ人質にやられてからというもの、家康は少年から青年期をすぎ壮年にいたるまで、戦国大名としての、あらゆる辛苦をなめつくしてきたといってよい。

甲斐《かい》の武田家と、ひそかに意を通じているらしいという疑惑をとくために、家康は長男の信康《のぶやす》（妻は信長の女《むすめ》）を、織田信長の命によって自刃させたことさえある。

それもこれも、天下平定をもたらすべき政治力と経済力と兵力とをそなえた偉大な信長に刃向うことの危険さを、充分にわきまえていたからだ。

信長が本能寺《ほんのうじ》に変死し、政権が豊臣秀吉へ移行する間、家康は、かなり強硬な自己主張をし、秀吉と小牧《こまき》・長久手《ながくて》に戦ったこともある。しかし、天下人としての秀吉の、急激に膨張しつつある勢力を見て、反逆しては危いと感ずるや、すぐさま家康は秀吉の傘下へ入って、節義をまもる。

「人の一生は、重き荷を負うて遠き道を行くがごとし」

と述懐した徳川家康の〔自己防衛〕の骨頂は、ここに存在する。

そして……。

ついに彼は、秀吉死後の〔関ヶ原戦争〕に勝利をおさめ、名実ともに天下の権をつかむに至った。

ときに、家康は五十九歳であった。

六十二歳の慶長《けいちょう》八年（一六〇三）二月。徳川家康は征夷《せいい》大将軍に補せられ、ここに徳川幕府創成の第一歩がふみ出されたことになる。

長年にわたって温存し、積み重ねてきた家康の実力と経験は、まさに天下へ号令を発するにふさわしく、信長や秀吉がきずいた基盤は彼によって不動のものとなったわけだが……。

只《ただ》ひとつ、大坂城に在る秀吉の遺子・豊臣秀頼の成長にともなう、豊臣家・残存勢力の結集のみが、老齢に達した家康の解決せねばならぬ課題であった。

家康は孫女の千姫《せんひめ》（息・秀忠の女）を、豊臣秀頼に嫁がせた。

さらに、秀頼が自分へ屈服したという〔確証〕をもとめた。

かつての家康が、信長・秀吉の二巨人にあくまで節義をたて通したように、いま覇者となった自分への忠誠を秀頼にもとめたのである。

慶長十年四月。六十四歳になった家康は、将軍位を息・秀忠へゆずった。

江戸から上洛《じょうらく》をした徳川家康父子は、将軍宣下の儀式をすませたのち、伏見《ふしみ》城へうつり、三日にわたる賀宴をひらき、諸大名はこれに参集し、徳川の世の万々歳を祝った。

このとき、家康は、

「久しゅう対面もしておらぬし、この機会《おり》に、伏見までおはこびを願えまいか」

と、大坂城の豊臣秀頼へ申し送った。

この家康の声を大坂城へつたえたのは、故秀吉の正夫人であった高台院《こうだいいん》である。

大坂の秀頼は、生母の淀《よど》の方《かた》と共に暮してい、仏門に入っている高台院とは疎遠である。

高台院は、関ヶ原戦前後から家康をたより、その庇護《ひご》を受けてきている。豊臣勢力の復活を願う淀の方にくらべ、高台院は賢明というべきであろう。抗し切れぬ巨大なちからに屈することの〔安全〕さを、この老婦人はよくわきまえていたからだ。

秀頼を伏見へまねきたいというと、家康に対し、淀の方は、

「ゆめゆめ、あるまじきことなり」

と、怒りの声を投げ返してきた。

「もし強いて秀頼殿の上洛をすすめられるならば、秀頼母子とも大坂において自害をしたほうが、まだしもじゃ」

というのである。

『徳川実紀』には、次のように記してある。

「……これは、故太閤（秀吉）恩顧の輩《ともがら》、秀頼上洛あらば不慮の変あるべきなどと告げしためなり」

うっかり家康のもとへなぞ行こうものなら暗殺されてしまいかねぬ、というわけであった。

「京洛の農商等このことをききおよび、すわ京摂の間に戦争おこらむこと近きにありとて、老いたるをたすけ、幼きをたずさえ、家財を山林に持ちはこび、騒動ななめならず」

と、ある。

家康が、この淀の方の返答をきいたのは、伏見城内・月見櫓《つきみやぐら》に於《おい》てであったが、このとき、家康は秀頼討滅の決意をかためたともいわれている。

六年を経て、家康は再度、秀頼の上洛をもとめている。

「そちらから挨拶《あいさつ》に出向いてまいられよ」

このときも淀の方が、

「右大臣（秀頼）に対面いたしたければ、家康が大坂へまいればよい」

例によって強硬なものであったが、このときは、加藤清正らの仲介斡旋《あっせん》によって、十九歳の秀頼が京都・二条城へ家康を訪問している。

だが、すでに家康の決意は牢固《ろうこ》たるものであったといってよかろう。年齢七十に達した家康は、これまでの十年間に〔徳川政権〕の礎石をかためるため、次々に手をうちつづけてきたが、

（もはや、これ以上は待てぬ）

眼のくろいうちに、徳川の天下を万全のものとしておきたかった。

淀の方を中心とする大坂方の、家康に対する外交政策は、この間、拙劣をきわめている。いつの時代に於てもそうだが〔死滅した過去の栄光〕に遺族・遺臣たちがこだわることは必ず悲劇をよぶものである。

さらに……。

徳川家康が、豊臣討滅の手段をめぐらせはじめたころ、豊臣恩顧の大名が次々に死んでいった。浅野長政、加藤清正、堀尾吉晴、池田輝政、前田利長など、故太閤秀吉と縁もふかかった実力者たちのほとんどが死去してしまい、

れてゆくのである。

（いまこそ!!）

と、老獪《ろうかい》をきわめた徳川家康の謀略と政治工作によって、豊臣家は戦争に引き込まれてゆくのである。

その一例。

前に、秀頼と淀の方に家康がすすめて、豊臣家が莫大《ばくだい》な金銀を投じ、京都・東山の方広寺へ再建した大仏に、憤然と家康が抗議をした。

大仏の鐘銘の中の〔国家安康・君臣豊楽〕の八字が、

「不吉きわまることであるし、無礼もはなはだしい」

と、いうのだ。

つまり、この文字は家康の二字を〔安〕の一字で断ち切っているし〔君臣豊楽〕の意は、再び豊臣の天下をのぞむことに通ずる、と怒り出したものである。むろん〔こじつけ〕であって、これほどの〔いやがらせ〕をしてまで大坂方の怒りをよび、開戦の口火をつけようというのは、家康も近くにわが死ぬ日をひかえての〔あせり〕が加わっていたものか……。

是非にも開戦へ持ちこもうというのであるから、外交力微弱な大坂方が避け得るわけがない。

あわてて、大坂方が戦備をととのえはじめるや、これを理由に「豊臣討伐」の勅令を下されたいと、家康が朝廷へ願い出た。後水尾《ごみずのお》天皇は家康の傍若無人の仕様を不愉

快におもわれたが、家康は、このとき、

「もしも天皇が承知をなさらぬときは、隠岐《おき》の島へお流し申すまでじゃ」

とまで、いいはなったという説もある。

かくて、慶長十九年十一月。

徳川家康は日本全土の大名たちの大半を動員、三十万の大軍（実際は二十万ほどか……）をもって、大坂城を包囲した。

大坂城は、難攻不落の名城である。

淀川が、城の西北にめぐり、平野、河内、巨摩の河川が東方に、鴫野口には淀川と大和川が落ち合うという、天然の地形が城郭として理想的なものである上、三里半におよぶ惣構《そうがま》えには、びっしりと櫓、鉄砲、弓の狭間《はざま》をもうけ、防備は厳重をきわめている。

この鉄壁の城にたてこもった大坂方（西軍）は、豊臣秀頼をいただく家臣団と、戦国くずれの牢人《ろうにん》部隊であった。

大坂方の招きに応じて、大坂へ入城したこれらの牢人の中には、後藤又兵衛基次・長宗我部盛親・明石全登など、かつては、勇名をうたわれた武将たちもまじってい、中でも、紀州・九度山の隠宅を脱出して入城した真田幸村と、土佐・高知の大名・山内忠義のもとから脱け出して入城をした毛利勝永とは、

「真田と毛利を見くびっていたのは、わしの非常なあやまりであった」

と、のちに徳川家康をして嘆ぜしめるほどの活躍をすることになる。

真田も毛利も、関ヶ原戦に〔西軍〕に与《くみ》し、それぞれ、家康の勘気をうけて逼塞《ひっそく》していたものである。

真田幸村は、嘗《かつ》て信州・上田の居城において、父・昌幸と共に、来攻した徳川軍を前後二度とも手痛くあしらい、家康を切歯扼腕《せっしやくわん》させた戦歴の所有者だ。

それだけに、彼の入城を、大坂方はどれほど心強くおもったことであろう。しかし、いざ幸村が入城して見ると、城内の西軍は寄せあつめの上に、

「真田は、いざともなれば、どのような内応をするやも知れぬ」

などと、流言が飛ぶ始末であった。

これは、幸村の兄の真田信幸が、関ヶ原以来、徳川家康の傘下に在って忠勤にはげんでいたからである。

幸村は、苦笑しつつ、大坂城・平野口の黒門外に〔真田丸〕とよぶ出丸をきずき、みずから手兵をひきいて最前線にのぞんだ。

戦闘が開始された。

〔冬の陣〕である。

いざ、戦さになると、大坂城は徳川勢〔東軍〕の猛攻にも平然たるものだ。

だが、真田幸村ほどの傑出した軍事指導家を迎えながら、これを思うままに活躍せしめぬ西軍の内情は――総大将・秀頼の〔おふくろさま〕である淀の方が女だてらに

軍議の席上へあらわれ、あれこれと口をさしはさむことによっても知れようというものだが、この淀の方に附属する家臣団と、牢人部隊をひきいる武将たちとの意見は、いつも喰《く》いちがうばかりであったし、それぞれに派閥が発生して来て、なかなかに作戦の統一を見ぬ。

真田幸村は、いつも軍議の席で、

「わが城は孤立しております。他城からの援兵が無い。それゆえにこそ、勇猛に打って出《い》で、自由自在に敵をおびやかさねばなりますまい」

数種の作戦をすすめたけれども、結局は採用にならなかった。

豊臣秀頼はこのとき二十二歳。決して暗愚な人物ではないが、母の淀君と側近の大野治長などがつききりで、この若い総大将の耳をふさいでしまう。戦陣や政治の経験の貧弱な秀頼だけに、幸村から見れば苛《い》ら立つことばかりが多く、

「これでは、とても勝てぬ。だが味方のだれもが負けてしまっても、この幸村だけは家康に負けぬ」

苦々しげに、いいはなったという。

幸村は三日月形の〔真田丸〕にこもり、出ては引き、引いては出撃して、その〔かけひき〕は巧妙をきわめ、押し寄せる東軍を翻弄《ほんろう》しつくした。

〔冬の陣〕の戦闘は、徳川家康にとって、いずれも愉快なものではなく、統一を欠く大坂方が〔天下の名城〕にまもられてびくともせぬ。

世評にも、

「これは、大坂方が勝つやも知れぬ」

の声が、のぼりはじめる。これは捨ててはおけない。家康は味方の大軍が心理的に迷い、闘志を喪失することをもっとも恐れた。

徳川家康は、ここで講和にふみきった。

その前に、激烈な大砲の攻撃を大坂城へしかけておき、城内をおびやかす一方では、淀の方の実妹・常高院をもって西軍の織田有楽（信長の弟）をあやつり、ここから淀の方や大野治長などの秀頼側近へ休戦の事をはたらきかけた。

このときは、秀頼が断固として、

「休戦をする理由がない!!」

と、いい出したそうだが、淀君派は、いずれ消耗するであろう食糧・武器・弾薬などへも神経をつかう籠城《ろうじょう》戦の不安を押えきれなくなり、ついに休戦に応じたのである。

「戦さには勝っていながら、講和に応ずるなどというふしぎなることを、わしは生まれてはじめて見た」

真田幸村は、むしろ呆然《ぼうぜん》としたけれども、彼の反対論は一蹴《いっしゅう》された。

十二月十九日に休戦条約締結。

家康は、すぐさま、城の惣構えから、二の丸、三の丸の濠《ほり》まで埋めたてるという条約違反を平然と犯し、すばやく江戸へ引き上げて行った。

この後で、大坂方が抗議をおこなったが、徳川方では巧みにいいのがれ、いいのがれるうちにも次々に城の防備を破壊し、ついに一か月後には丸裸の大坂城にしてしまったのである。

大坂方は激怒をした。

この激怒が再開戦の口火となることを、老獪な家康は待機していたのである。

翌元和《げんな》元年（一六一五）五月となって、戦さが再開された。これが〈夏の陣〉である。濠を埋めたてられて、無惨にも一個の巨大な建物にすぎなくなった大坂城を攻め落すに、

「三日ほどの腰兵糧《こしびょうろう》があれば、たくさんじゃ」

と、徳川家康は豪語した。

西軍には、もはや籠城の余地がない。城が役にたたぬのであるから、これはもう打って出て、野外に東軍を迎撃するより手段がなかった。

野戦は、徳川家康がもっとも好み、得意とするところのものであった。

大和路と河内路の二手に別れた徳川軍は、五月五日に京を発して大坂へ進撃を開始した。

泉南の樫井《かしい》における戦闘の後に、大坂の西軍も二手に別れて出撃する。

大和方面から来る東軍に当った後藤基次・真田幸村・毛利勝永の三将は、作戦の行きちがいから同じ行動がとれず、後藤部隊は、三万五千の東軍に包囲されて潰滅《かいめつ》し、

基次は戦死した。これが、大坂城の東南約四里半、生駒《いこま》・金剛《こんごう》の両山脈の切れ目のあたりで、後藤部隊と後続の薄田隼人の部隊を討滅した東軍は、一挙に大坂平野になだれこんだ。

同日。木村重成、長宗我部盛親の部隊一万も、八尾《やお》・若江《わかえ》の戦闘で敗北し、木村重成は戦死。

真田・毛利の部隊は、これらの戦闘に一足遅れてしまい、

「もはやこれまで」

と、追いすがる東軍を振りきって、大坂へしりぞき、明日の最後の決戦にそなえた。

翌五月七日。

徳川家康は、十五万余の総軍を指揮して平野へ出陣をした。

これに対し、西軍は真田・毛利の両部隊が天王寺口に陣をしき、全軍五万五千余が城を出て東軍を迎え撃つことになった。

この朝——真田幸村が茶臼山の陣所に大野治長を迎え、

「このあたりへ、敵軍の大半を引きつけ、死力をつくして戦うことになりましょう。かくなったからには、秀頼公御みずから戦場へのぞんでいただかねば味方の闘志はおとろえまする。総大将がおらぬ戦さなぞは古今を通じてありませぬ。よろしゅうござるな」

と念を入れ、大野もこれを承知したけれども、ついに総大将は戦場へあらわれなか

った。

昼すぎ、決戦の火ぶたが切られた。

〔大阪夏の陣図屛風《びょうぶ》〕は、この一瞬をとらえて描かれている。

「引きつけよ。敵をじゅうぶんに引きつけよ。まだ早い、まだ早い!!」

と、真田幸村は下知したが、毛利勝永の兵士たちが興奮して発砲しはじめ、血相すさまじく突撃に移ったので、幸村は舌うちを鳴らしつつ、我子の大助を秀頼に殉じさせるべく城内へ帰し、

「幸村が最後を見よ!!」

緋《ひ》おどしの鎧《よろい》をつけ、抱角《だきづの》をうった兜《かぶと》をかぶり、河原毛《かわらげ》の馬に金をもって六文銭の紋印をうった鞍《くら》をおき、十文字の長槍《ながやり》をつかんで、

「それ!!」

前面から押し寄せてくる松平忠直《ただなお》、本多忠朝などの東軍へ突進した。

幸村の前後左右は〔赤ぞなえ〕と呼ばれた三千余の真田隊が赤一色の武装に身をかため、吶喊《とっかん》の声をあげて錐《きり》をもみこむようにして東軍へ割って入る。

毛利勝永も遅れじと部隊をひきいて突撃をする。

初夏の陽光も、朦々《もうもう》たる戦塵《せんじん》にさえぎられ、血飛沫《ちしぶき》と戦士の雄叫《おたけ》びが渦を巻いて沸騰した。

混戦に次ぐ混戦である。

すると……。

「浅野殿、裏切り!!」

の叫びが、戦場の諸方へわき起った。

つまり、東軍の浅野隊が大坂方へ寝返ったというのである。

これこそ、混戦を利用した真田幸村最後の機略であって、部下を諸方へ散らせ〈流言〉をふりまかせたのだ。

東軍は、浅野隊が裏切ったときいて、瞬時、動揺した。

この間隙《かんげき》をのがさず、

「目ざすは家康のみ!!」

真田幸村は手兵をひきい、鬼神と化して家康本陣へ殺到した。

薩摩《さつま》の島津家に残された旧記に、

「大御所様御陣へ、真田左衛門佐仕かかり候て、御陣衆（家康の旗本）三里ほどづつ逃げ候衆は生きのこられ候」

と、ある。

三里も逃げたものは辛うじて助かったというのだ。

それほどに、このときの真田幸村の襲撃の凄壮苛烈《せいそうかれつ》さは、家康をして、

「もう、いかぬ。わしの首を打て」

と、侍臣に命じ、腹を切ろうとしたほどのものであったそうな。

だが家康は、必死の侍臣たちに押しとどめられ、手輿《たごし》にしがみついて、ようやく玉造《たまつくり》の方角へ逃げのびることを得た。

間一髪のところで家康を逃がしてしまい、ついに幸村もちから尽きた。

真田幸村は、安居天神境内で、越前勢の西尾某に、重傷の身をまかせ、首をあたえたといわれる。幸村は、ときに四十九歳。

それより二時間ほどして、大坂城は東軍の包囲攻撃によって落ちた。

幸村の子の大助も、秀頼に従い、城内で自決している。毛利勝永も城内へもどり自害。彼は秀頼の介錯《かいしゃく》をつとめたともいわれている。

〔大阪夏の陣図屛風〕の左半双には、落城間近い大坂城内にこもっていた侍女や女中たちが、敵味方の戦士と共に入りまじり、逃走にかかっているさまざまの情景が、まことに興味ぶかく、しかも実に見事なリアリティをもって描破されつくしている。

こうして夏の陣の決戦は前後三日で終った。

家康の「腰弁当は三日ぶんでよい」といった言葉通りになったわけであるが、それにしても、東西両軍二十万が死力をつくして戦った、この〔大決戦〕は、日本戦史上、類例を見ぬ激戦であったといえよう。

両軍の戦死者は、推定二万五千から三万におよんだと考えられる。

以後、天下は徳川政権の下に二百数十年の平穏をたもつことになるが、人間の熱い血が戦場に燃え上ったのは、大坂戦争が最後のものとなった、といってもよろしかろう。

その典型が、真田幸村であった。

幸村こそは、わが肉体と精神にわきたつ武将としての情熱そのものと化して、この決戦を戦いぬいた。

現代における人の心と血を無視した冷酷な戦争とは全く性質を異にする。

真田幸村の〔戦陣〕こそは、むしろ人間の高邁《こうまい》さを、当時の世に判然としめしたものであった。

信濃《しなの》の武将と城

一

むかし……。

信州という山国は、北辺に越後《えちご》、越中《えっちゅう》、飛驒《ひだ》、東から南へ上州《じょうしゅう》、武蔵《むさし》、甲州《こうしゅう》、遠江《とおとうみ》、駿河《するが》、西へ三河《みかわ》、美濃《みの》と……合せて十か国と境を接していた。

このような国が、あの「応仁《おうにん》の乱」以来、百五十年にわたる戦乱の時代にどのような役割を果したかは、よういに推測がつこう。

室町《むろまち》幕府も手がつけられなくなった守護大名たちの勢力争闘は、さらに下位にあった守護代や豪族たちの台頭をうながし、ついに新興勢力たる「戦国大名」を生むに至る。

時代は、こうして小勢力同士の争闘から、しだいに大勢力の対決へしぼられてゆく。日本の首都であった京は荒廃し、皇室も足利《あしかが》将軍もちからおとろえ、戦国大名たちの勝敗へ、みずからの命運をかけるような始末になってしまう。

信長、秀吉、家康によって天下統一が成るまでの日本諸国における戦乱の反復は、平和を生むべき陣痛ともいえようが……好むと好まざるにかかわらず、諸国の武人たちは、この「陣痛」の波濤《はとう》の中へ飛びこんでゆかなくてはならなかったのである。

信州という「国」は、この時代に、はなばなしい戦史を、英雄の激突を生み、多くの武将を育成した。

越後の上杉、甲州の武田《たけだ》などの強豪たちにとり、信州をなおざりにして中央進出（上洛《じょうらく》）を果すことは考えられぬ。上杉、武田両家の烈しい角逐は名高い「川中島《かわなかじま》合戦」を頂点にして、この「山国」をわが物とするために戦いつづけてきた。

ゆえに、信州の「小勢力」たちは、この二大勢力のどちらかへ従わねばならず、そうすることによって、わが領国をまもりぬかねばならなかった。

この信州の小勢力の代表として、真田《さなだ》一族があげられる。

真田の将兵は、信州の山野に、伝説と史実をないまぜにして、多彩をきわめたドラマティックな戦記を展開した。

二

このころの城は、あくまでも実戦のために築かれた。

したがって天険を利した「山城《やまじろ》」が多い。

真田家が、鎌倉時代から本拠にしていたといわれる松尾《まつお》城も典型的な山城で、現長野県・上田市の東方二里余、真田《さなだ》町の外れに、上信二州へ通ずる一国境を押えるかたちにそびえている。

真田家は……。

清和《せいわ》天皇の第五子・貞保《さだやす》親王から出て（一説には滋野宿禰《しげののすくね》の流ともいう）はじめ滋野姓を名のったが、後年、これが三家にわかれ（海野《うんの》・禰津《ねづ》・望月《もちづき》）、このうち、海野氏が本家として、代々、信濃守《しなののかみ》を称した。

この海野氏の支族は諸方へわかれ散り、その一つが小県《ちいさがた》郡・真田ノ庄へ住みつき、真田氏となったのである。

真田家が、戦乱の世に台頭しはじめるのは、幸隆《ゆきたか》のころからであろう。

天文《てんぶん》十年（一五四一）というから、幸隆二十九歳のときに、甲州の武田、信州の諏《す》訪《わ》、村上《むらかみ》の三氏がいっせいに東信州へなだれこみ、ここに真田の本家である海野氏の本拠・海野平《かいのだいら》（現信越線大屋駅附近一帯）は三軍に包囲をうけ、ついに奪取され、海野本家は潰滅《かいめつ》する。

真田幸隆は、

「どうか、おちからをそえていただき、海野本家の再興を……」

たまりかねて、関東管領《かんれい》の上杉《うえすぎ》家へねがい出た。

だが、関東一帯を総管すべき役目をもつ上杉家も、当代の憲政《のりまさ》が凡庸な上に、小田《お》原《だわら》の北条氏康《ほうじょううじやす》の猛烈な関東侵略をふせぐのが精一杯のところだし、とても信州までは手がまわりきらぬ。

で……真田幸隆は、ついに意を決して甲州の武田晴信《はるのぶ》（信玄）をたより、これに従属することになる。ときに、天文十三、四年のころか。

晴信は、父・武田信虎《のぶとら》を駿河の今川《いまがわ》家へ追いやって当主となり、たちまち諏訪、高遠《たかとお》、大井《おおい》などの豪族を次々に破り、侵略して、目ざましい進出ぶりを見せた。

真田幸隆は、この若き英雄の出現に瞠目《どうもく》し、その傘下へ馳《は》せ参ずる決意をかためたのであろう。

そのころ、十七、八歳で自家の内紛にまきこまれ苦闘していた越後の長尾景虎《ながおかげとら》が、やがて越後を平定、関東管領の職と上杉の姓をつぎ、上杉政虎《まさとら》（謙信《けんしん》）となるためには、尚《なお》、十五年を待たねばならぬ。

それにしても……。

山峡の真田ノ庄から北国《ほっこく》街道の要衝にあたる上田へ進出し、実りゆたかな領地と精強の軍隊を得て、

「信州に真田あり」

と、世にうたわれるまでには、真田家も苦闘の連続であった。

真田ノ庄から上田まで、四里たらずの道を進出するまでに、海野本家を失った天文十年から数え、約四十年の歳月をかけねばならなかったのである。

先《ま》ず、真田家の前に立ちふさがったのは、村上義清《よしきよ》であった。

村上義清は、信州六郡、越後一郡を領有していたほどの人物で、文字通り、信州の

覇者といってよかった。

　彼が武田軍に呼応し、海野本家を侵略したことはすでにのべたが、それだけに、真田幸隆が村上討滅へかける情熱は、苦闘を重ねるたびに熾烈《しれつ》の度を反動的に増していった。

　一時は、同盟のかたちをとっていた武田家も信州をわが手におさめるためには、村上義清をほうむらねばならぬ。

　だが、さすがの武田信玄も、村上義清の抵抗には手をこまぬくかたちとなった。天文十七年の上田原での戦いでは、武田軍が村上軍の果敢な突撃に大敗北を喫したほどである。

　村上の本城は、上田から千曲川《ちくまがわ》に沿って四里ほど北上したところにある葛尾《かつらお》にあるのだが、真田ノ庄の近くに砥石《といし》城という支城をかまえている。

　この根拠地があるがために、武田信玄も東信州への進出がさまたげられ、真田家も、信州の中核へ乗り出すことが出来ない。

　真田ノ庄と上田の間に、砥石城は立ちふさがっていた。

　三つの峰からなるこの城は峻険《しゅんけん》の断崖《だんがい》と深い谷とにかこまれ、その先端にある米山《こめやま》の山城をはじめ、まさに理想的な山城であって、峰づたいに葛尾の本城とも連絡が出来るのだから、はるばる甲州から武田信玄が、みずから軍をひきいて乗りこんで来たが、どうしても落ちぬ。

このあたりまで、武田信玄と対等にわたり合っていた村上義清なのだが、天文二十年五月に、鉄壁をほこる砥石城が、たちまちに落城してしまったのである。
信玄にも落せなかったこの城を攻めとったのは、真田幸隆であった。
くわしい戦史が、のこされていない。
おそらく、幸隆の謀略が成功したものであろう。
と、いうことは……。
いかに村上義清が信州の一部で覇をとなえていても、武田のような大勢力の諸方へ
の浸透には抗しきれぬ実情となってきていたからだ。
以後、村上義清の威力はおとろえはじめ、やがて武田の圧迫に耐えかね、越後へ走
り、長尾景虎の傘下へ入ってしまう。
このほかにも、小笠原《おがさわら》、高梨《たかなし》など北信州の豪族たちは武田信玄に抗しかね、陸続と
して援助をもとめてくるし、さらには関東管領の依頼をうけ、はるばると山をこえ、
関東へも出兵するといった状態で、
「自分の戦陣は、いずれも弱者のたのみにより、彼らを援《たす》くるためのものだ」
と、長尾景虎あらため上杉謙信は豪語しているけれども、かたちの上では、まった
くその通りなのである。
四度にわたる武田信玄との川中島の対決は、こうした背景のもとにおこなわれた。

三

永禄《えいろく》四年（一五六一）の「川中島合戦」は、あまりにも名高い。

このとき、真田幸隆は武田軍に属し、村上義清は上杉軍の先鋒《せんぽう》として参加している。海津城《かいづ》（現松代《まつしろ》）に本陣をおいた武田信玄と、わずか一里たらずの妻女山《さいじょさん》に陣をかまえた上杉謙信とが対峙《たいじ》すること二十日。ついに武田方から仕かけ、これに応じた上杉軍が夜半のうちに妻女山を下り、夜明けと共に、朝霧をついて川中島・八幡原へ出ていた信玄本陣へ殺到したのは九月十日のことだ。

謀略家の武田信玄も、このときばかりは裏をかかれ、両軍正面からの激突となり、信玄の弟・武田信繁《のぶしげ》も戦死しているし、両軍合せて約八千余の戦死者を出したほどの大会戦となったが、勝敗はきめかねる。

だから、この戦闘によって、武田も上杉も利益することは何一つなかったといってよい。一種、このふしぎな大会戦ではある。

この両雄激突がおこなわれた前年に、尾張《おわり》の若き武将・織田信長が、駿河の太守・今川義元《よしもと》を奇襲し、首級をあげてしまった。

時代は、かくて信長という新しい英雄を生んだ。

そして、まともに戦闘をまじえたなら、織田軍なぞには決して退《ひ》けをとらぬ武田信玄、上杉謙信という日本最強の軍団を所有する二人の英雄は、この後十五年ほどの間に、相次いで病歿《びょうぼつ》してしまうのだ。

奔放にして緻密《ちみつ》をきわめた織田信長の、軍事・政治・外交を縦横に駆使しての活躍は、よく、この十五年間をもちこたえたばかりか、戦闘と同時に建設をおこなうという豊富な財力をもって、首都（京）への短距離に本拠をかまえていた利点を最大限に押しすすめることを得た。

さらに五年を経て、信長は、信玄を失った武田家を討滅してしまう。

信長が上洛《じょうらく》を目ざす行手には、信玄や謙信のごとき強敵が立ちふさがってはいなかった。

四

織田信長が天下統一を眼前にして本能寺の変に殪《たお》れると、情勢は、さらに大きく転換する。

真田家では、幸隆の三男・昌幸が当主となっていた。

長男・信綱、次男・昌輝ともに、長篠《ながしの》の合戦へ出て戦死をとげていたからだ。

主筋の武田家がほろびて、真田昌幸は、信州に孤立した。海野本家がほろびたときの父・幸隆と同じことになったわけである。

だが、このころになると信州での真田家の重味は相当なものとなってい、昌幸また稀代《きだい》の謀略家であったから、かつて村上義清の城であった砥石を本拠にして、

「上州を押えねばならぬ!!」

勇敢にうごきはじめた。

隣国の上州を手に入れなくては、本拠の信州がまもりきれぬからであった。

かくて昌幸は、上州・沼田《ぬまた》の城（現群馬県・沼田市）へ、異常なまでの野心と執着を燃やすことになる。

「わしは、せがれどもを皆殺しにしても、沼田がほしい」

と、彼はいった。

沼田城をつかみとるまで、関東の北条氏を相手に、真田家が投入した戦士の血と犠牲は非常なものであったけれども、天正《てんしよう》十年（一五八二）の沼田獲得に次いで、ついに待望の上田進出を果すことを得た。

上田城は、もと尼《あま》ヶ淵《ふち》城とよばれ、小泉一族の居城であったが、小泉氏ほろびると共に廃城と化していたのを、昌幸が修築したものである。

北国街道を扼《やく》し千曲川をのぞむ尼ヶ淵の断崖《だんがい》上に構築された上田城の当時のおもかげは、現に彷彿《ほうふつ》として残されている。

いま、上田市にのこる城の遺構は江戸時代になってからのものが多いが、城がまえから周囲の地形など、真田時代の城地の姿は、容易に浮きあがってきてくれる。

「沼田を北条へ返してやりなさい」

と、徳川家康が口をさしはさんできたことがあった。

真田昌幸は、はねつけた。

たまりかねた家康が大軍をさしむけ、上田を包囲するや、

「家康も、いささか、わしの戦さぶりを学ぶとよい」

昌幸は、うそぶき、豪胆に戦って、みごとに追い散らした。

以後、精強をうたわれた徳川軍も、真田軍に対しては奇妙な劣等感を植えつけられてしまう。

昌幸の長男・信幸、次男・幸村も成長しており、父をたすけて奮闘した。上田城へ押し寄せる徳川軍の頭上から多量の材木を切って落し、銃弾、火薬による逆襲をおこない、あわてふためく徳川勢の中へ、それまで本丸の居館で家来と碁をうっていた真田昌幸が、

「ちょっと、やるかの」

碁石を捨てて槍《やり》をつかみ、手兵をひきいて城門から切って出て、おもうさま敵勢を掻《か》きまわした、などという武勇談も、まんざら嘘ではないようだ。

ともかく、この上田攻防戦の勝利によって、真田の実力は天下にきこえた。

豊臣秀吉が、真田昌幸をまねいたのもこのころであって、昌幸は一度で秀吉に好感を抱いてしまい、武田以来の忠誠を誓うことになる……というよりも、本質的に肌の合わなかった徳川家康への反動が、彼をそうさせたものであろう。

秀吉もまた、これによくむくいた。

小田原戦で北条氏をほろぼすや、すぐさま沼田城を昌幸へ返してくれたのである。天下統一の偉業を、故信長が残した基盤の上へ完成した秀吉が死ぬと、関ヶ原大戦となる。

真田昌幸・幸村の父子が上田城へこもり、中山道《なかせんどう》を西上する徳川秀忠の第二軍を食いとめ、ついに関ヶ原の戦場へ遅参させたのも、このときのことだが……。

昌幸の長男・真田信幸は、徳川家康の養女（本多忠勝の女《むすめ》）を妻にしていたし、あくまでも徳川の傘下へ入ることを主張し、父と弟に別れ、徳川軍へ加わった。

当時、信幸は沼田城主である。

このとき、早くも真田信幸は、武将から政治家へ転身すべき第一歩をふみ出していたといえる。

「天下は、かならず徳川のものとなり、ついに日本の国に戦火は絶えよう」

この見通しである。

関ヶ原で大敗した西軍に与《くみ》した真田昌幸と幸村は、紀州へ放逐され、やがて昌幸は病歿する。

後に、大坂戦争が起きたとき、紀州・九度山の隠宅を出て、敢然、大坂城にこもる豊臣の残存勢力へ与した真田幸村は、またも徳川軍に参加している兄・信幸と敵対するわけだが、一種の戦争芸術家ともいえる幸村の戦死よりも、父と弟を豊臣側にまわして徳川勢力の下にいる信幸の苦労こそ察すべきものがあったろう。

かくて、戦火は絶えた。

徳川家康の、真田信幸へかけた信頼は非常なもので、

「豆州（信幸）は上田へもどったほうが、政事には都合がよいであろう」

と、それまで徳川が管理していた上田城を、信幸の手へもどしてくれた。

長い忍従の日々であったが……。

真田信幸は、父と弟がみずから手ばなしたといってもよい故国の城へ帰ることを得たわけだ。

しかし、それも束《つか》の間《ま》のことであった。

家康が死ぬや、徳川幕府は真田家を、たちまちに上田から信州・松代へ移封させた。

あの川中島合戦の折、武田信玄の本陣がおかれた海津城が、松代における真田の居城となるのである。いわゆる「加恩の沙汰《さた》」というわけだが、実質は幕府が真田を左遷したのだ。実りゆたかな上田と、山崩れや川欠けに荒廃した松代とではくらべものにならない。

だが信幸は、激怒する家臣たちを押え、少しも幕府へはさからわず、黙々として松代へ移って行った。

信幸の行列が上田城を発つとき、三十余年にわたる真田家の善政をよろこんでいた領民たちが、信幸を慕って沿道へ群れあつまり、泣声をあげつつ別れを惜しんだといわれる。

松代へ移ってからも、真田家へ対する幕府の圧迫は執拗《しつよう》につづけられた。目まぐるしいばかりに、諸大名への改易（領主の入れ替え）や取潰《とりつぶ》しがおこなわれ、徳川政権の土台がためが完成してゆきつつあった。

しかし信幸は、幕府に対して全く隙を見せず、九十三歳の長寿をたもち、万治元年（一六五八）に歿した。以後、松代十万石・真田家は、明治維新に至るまで存続するのである。

あの戦乱の信州において、諸方の山城の主であった武将たちの行方も知れぬ中に、伊豆守《いずのかみ》信幸あって真田家は生きのび、生きのこった。

信州には、五層六階の大天守をもつ松本《まつもと》城が、いまも桃山時代そのままの姿をつたえてくれている。日本の城が美しいのは、日本の風物が美しいからで、それはすべて、わが国独自の四季の変化が微妙複雑に作用をしているからだ。

この戦火を浴びたことがない松本城や、島崎藤村の文筆によって詩情ゆたかな環境をうたわれた小諸《こもろ》城は別格として、信州の諸方に、無数といってよいほどに散在する山城や砦《とりで》の跡ほど、戦国への想いをさそうものはない。

それもこれも、美しい信州の風土が、あまりにも人なつかしげな表情をいまも尚《なお》のこしているからであろうか……。

秀家《ひでいえ》と昌幸《まさゆき》と酒

むかしむかし、酒の管理は、どこの家でも女（主婦）がしていたものだ。

町に、酒をのませる店が出来たのは江戸時代も中期以後のことで、それまでは、客をするにも、それぞれの家庭へまねいたものだし、むろん、男がひとりで酒をのむときも、我家でなくてはならなかったのである。

ながい戦国の時代が終え、いわゆる天下太平が徳川幕府によって招来されたのは、いまから約三百五十年ほど前のことだけれど、酒だの菓子だの果物だのの生産が少しずつひろめられ、やがて庶民たちの生活へじゅうぶんにゆきわたるようになるまでは、現代人から見ると気の遠くなるほどの長い年月を要したのであった。

たとえば、西瓜《すいか》などという果物が庶民の口へ入るようになったのは元禄《げんろく》時代の少し前からで、戦国のころ、この果実は異国わたりの珍果として大名の茶席につかわれていたほどだそうな。

だから酒にしても、ちゃんとした武士の家では一年にどれほどの酒を必要とするか……それを家計がゆるす程度に主婦が仕込んでおき、亭主は酒がのみたいときは、いちいち妻にうかがいをたてなくてはならなかった。一年の中での祝い事のため、また は急な宴会のためにも、ゆとりを見ておかねばならぬし、よほどの金もちでないかぎり、定められた日以外の飲酒を、男たちはがまんしなくてはならなかったのである。

あの天下分目の関ヶ原合戦の後に、信州・上田の城主・真田昌幸と幸村の父子は西軍に味方したため、東軍の総帥たる徳川家康の命によって、紀州・高野山へながされ、蟄居《ちっきょ》の身となった。

ところが昌幸の長男・真田信幸は徳川家康の養女を妻にして、これは東軍へ参加をしていた。戦後になって、

「さぞ、父上も弟も、酒に不自由をしていることだろう」

というので、信幸は徳川家康の許可を得た上で、衣服などと共に二瓶《ふたがめ》の酒を、そのころは紀州の九度山で貧乏ぐらしをしている昌幸と幸村へ送りとどけた。

そのとき、真田昌幸老人は、この酒の香を嗅《か》いで泪《なみだ》をながし、一口のんでみて、

「孝行とは、かくのごときものなり」

と、いい、さらに、

「憎い憎い家康めの首を討つ夢も、忘れてしもうたわい」

と、いったそうだ。

これも関ヶ原戦のとき〔西軍〕の将の一人だった宇喜多秀家《うきたひでいえ》（備前《びぜん》・美作《みまさか》など五十七万四千石の大名）も、戦後、九州の島津家をたよって逃げていたのを、後に伏見へ

護送され、徳川家康は彼を伊豆《いず》の八丈島《はちじょうじま》へながした。

秀家は苫編《とまあ》みを業としながら島流しのまずしい生活を送ったのであるが、或《あ》る年に、福島正則《ふくしままさのり》が領国の酒を徳川将軍へ献上するため、この酒を船につみ、八丈島のすぐ近くを通りすぎたとき、何やら人の姿のようなものが島の巌頭《がんとう》に立ち、しきりに手を振っている。

「乞食《こじき》ではないか？　むさ苦しき姿のようじゃ」

「なれど、手をあげて招いておるぞ」

福島家の人びとが不審におもい、島へ船を着けると、よろめくようにあらわれたる流人が、

「われらは宇喜多秀家でおざる。年久しく、この島にあって故郷（備後《びんご》）の消息もきかぬ。ところがいま、眼前を通りすぎる船を見ると、備後・三原の酒、献上の旗じるしを見て、おもわず、なつかしく、手を振ってしまい申した。われら、久しゅう三原の酒を口にいたしませぬ」

それこそ顔いちめんを泪にぬらし、あわれに述懐するや、くずれ折れるようにうずくまってしまった。

これを見て、福島家の武士たちもたまりかねてしまい、

「これは主人・正則が献上の酒なれども、いま、宇喜多殿のおことばをきいては、われら拒むことも なり申さぬ。いささかなりとも、さしあげ度うござる」

こういって、酒を分けあたえ、

「なれど、主人へのいいわけもござれば、今日の証拠《しるし》に、一筆したためていただきたい」

すると宇喜多秀家、感涙にむせびながら一首の歌をよみ、これに署名してさし出し、あつく礼をのべた。

福島家の士が、のちに帰国して、このことを主人の福島正則へ報告すると、正則も泪ぐみ、

「自分は、宇喜多同様に豊臣家恩顧のものながら、関ヶ原の折には東軍へ与《くみ》し、いまは徳川の旗の下に生きながらえておる。おもえば秀家どのも……」

絶句したが、やがて、家来に、

「そのほうが秀家どのに三原の酒をあたえてくれたこと、わしからも礼をいうぞ」

と、いった。

このとき福島正則は安芸《あき》・広島の城主であったが、領国の一部には、かつて宇喜多秀家の領地の一部であった備後・三原もふくまれていたのである。

権謀と戦闘の渦中を必死に泳ぎわたっていた武将たちの心身をなぐさめるものは、やはり酒が第一であったろう。それだけに、彼らの激烈な人生は酒の香と共に、さまざまな〔思い出〕が強く印象づけられていたにちがいないとおもう。

この挿話は『甲子夜話《かっしやわ》』に出ているものだが、まことにあわれもふかい酒譚《しゅたん》だとおもう。

福島正則《ふくしままさのり》と酒

福島正則という大名が、いかに酒を愛し、酒のこころを知っていたかは、前にのべた。

正則は、少年時代の名を〔市松〕といい、加藤清正などと共に、豊臣秀吉の小姓となったのが世に出るはじまりであった。

そのころの秀吉は、いうまでもなく織田信長の家来・木下藤吉郎であったわけだが、のちに信長が世を去り、藤吉郎が豊臣秀吉となって天下の大権をつかむに至るや、正則も清正もそれぞれに出世をした。

正則は、かの〔賤《しず》ヶ岳《たけ》の七本槍《しちほんやり》〕の筆頭とよばれるほど、若いころから武勇にすぐれ、

「於市《おいち》の槍は、わしが宝ものじゃ」

などと、秀吉をよろこばせた。

それで福島正則はよい気もちになり、あるとき、僚友の加藤虎之助（清正）をつかまえて、

「おれが槍は、宝ものだそうな」

得意げに自慢するや、加藤清正が、

「殿は、おれにもそう申された。於虎の槍は、わしが宝ものじゃと……」

「なあんだ、つまらぬ」

二人とも、ばかばかしくなり、大声に笑い合ったという。

このはなしは、太閤《たいこう》秀吉の〔人づかい〕のうまさがユーモラスに出ているが、戦国の時代も、正則が若かったころは、どことなく、主人と家来、戦友と戦友の胸に通い合うなにものかがあって、正則も大へんにあたたかいこころのもちぬしであったらしい。

堀尾忠氏の家老で松田左近という武士を、福島正則は非常に気に入っていて、たまさかに会うと、二人きりで酒をくみかわし、語り合った。

あるとき……。

伏見《ふしみ》城にいる豊臣秀吉のごきげんうかがいをすました堀尾忠氏が、城の大手門を出て来ると、一足さきに出ていた福島正則が待ちうけていて、

「このたびは、お国もとから松田左近どのを召しつれませぬか？」

「いや、召しつれてまいりましたが、大坂にて病いにかかり、臥せっております」

「それは、いけませぬな」

その、松田左近が泊っている大坂の旅宿をきくや、正則は、尾張《おわり》・清洲《きよす》二十四万石

の大名でありながら、供もつれずに只《ただ》一人、馬を飛ばして大坂へ駆けつけた。

このあたりは、江戸時代の大名に見られぬ戦国の世の大名の仕様をしのばせるではないか。

「病いときいたが、大事ないのか?」

と、大坂の旅館へ駆けつけてくれた正則の友情のあつさに、松田左近は感動の泪《なみだ》をうかべ、

「かたじけのうござる」

「なんの、して病いは?」

「殿の御供をして、こちらへ出てまいる途中、足をくじきました。不覚のいたりでござる」

「では、怪我《けが》か……」

「はい」

「では、酒をのめるな?」

「はい。のめまする」

「のもうではないか」

「はい」

と、松田左近は自分の家来をよびつけ、ふところから金を出し、

「清洲侍従さまへのおもてなしじゃ。酒をもとめてまいれ」

「はっ」

「侍従さまとわしとは、いつも、こうして、先ず一こん。それから、また一こんと……」

と、いつも二人でくみかわす酒の量をはかりながら、酒代の金を数えている松田左近をうれしげにながめていた福島正則が、

「もてなしは受けようが……そのように、たくさんのんでは、おことの足の傷にも悪いではないか」

「いや、かまいませぬ。せっかくにお見舞い下されまいたおこころざしに対しても、たくさんにのまねば……」

「いや、そのようにもったいないことをしてはならぬ。躰《からだ》にわるい酒を買うては金がもったいない」

と、押しとどめ、

「二人して、なみなみと一杯ずつ、それでよろしいではないか。それならば、こころうれしゅう御馳走《ごちそう》になろう」

と、いった。

「それでは……」

というので、二人は木盃《もくはい》の一杯の酒をたのしみつつ、語りあかしたのである。

二十四万石といえば、一万何千人もの家来をもつ大名で、しかも福島正則は、天下

にそれと知られた人物である。

それにしては、いかにもつつましく、質素な酒のたのしみ方におもわれるが、戦国時代の大名、武士の酒のたのしみ方というものは、およそ、こうしたものであったろうとおもわれる。

それほどに酒は貴重品であったし、それほどに、そのころの人びとは上下を問わず、物を金を大切にあつかったものらしい。

また、それだけに……。

彼らは、しみじみと、ふかくふかく、酒を味わっていたにちがいない。

忠臣蔵と堀部《ほりべ》安兵衛《やすべえ》

元禄《げんろく》義挙について

接点としての元禄

元禄《げんろく》という時代――。

これはどういう時代かというと、徳川幕府というものができて七、八十年目で、そのころに初めて外食ができるようになった。そういう時代なんです。外で食事が出来るということは、これはもう一種の革命的な出来事です。それまでは、江戸の町でも食物屋がなかったんです。どこにいくにも弁当持ちでないといけない。やっと元禄になってソバというものができて、ソバが大流行する。また、お茶漬もできた。これはいまの茶漬とは違って、御飯に煮しめをつけたようなものですけれど、そうしたものができる。西瓜《すいか》も、信長《のぶなが》、秀吉《ひでよし》の時代には南蛮渡来の貴重品で、小さく切ったものに砂糖かなにかかけて、お茶席のお菓子として出るくらいな、大変なものですよ。だれでも食べられるというものじゃあない。信長や秀吉にならないと口に入らない。それが元禄になると、だれでも食べられるようになる。

宿屋にしても、三代将軍の頃までは、宿屋は泊めてもらうだけで、食事は全部お客が自分で作ったもんです。宿屋で鍋《なべ》、釜《かま》を借りて米を買ってもらって、自分で炊事をした。それが食事を出してくれて、女中が世話をしてくれる。

それは戦後、われわれ一般家庭でもテレビや電気洗濯機などを知った、それと同じなんですよ。生活というものが、大変便利になった。それは一種の衝撃ですよ。外食というものが、それだけの衝撃性をもっていたんですね。

それはなぜそういうことができるようになったかというと、戦争がなくなったからです。ずっと平和が続きそうだ、世の中が安定してくる。それに伴って、いま言ったような現象が起きてきたわけです。

それと、元禄時代というのは、都市化時代なんです。さっき申し上げたようなことも、江戸とかそういう大都市で可能になったわけで、地方にいくとまだそうはなっていない。戦国からの風潮が続いているわけです。

戦国時代の大名とはどんなものかというと、たとえば加藤清正《かとうきよまさ》と福島正則《ふくしままさのり》という大名がいますね。彼らは秀吉の家来としてトップクラスの大大名ですが、それが伏見《ふしみ》城で会ったとき、清正が今日は塩と蓼《たで》で飯をくって実にうまかった。蓼というのは蓼の塩漬でしょうが、それを聞いた正則が、蓼は贅沢《ぜいたく》であるといった話が残っている。非常に質素なんですね。日常は質素に暮して、余剰をできるだけ生み出して一旦《いったん》緩急のときに備える。

これが戦国武士の生活で、その伝統がまだ尾を引いている。元禄はちょうど、そういう接点の時代なんです。一方では江戸を中心とした都市化がすすむ、世の風潮も次第に華美になってくる。しかし、人間の意識、ことに武士の生活のなかには、まだ戦国時代の考えが捨て切れずに残っている。そうした時代なんですね。その二つの接点があって、そこで武士の生き方にいろいろ影響を与える。いろいろな摩擦が起こる。それが爆発したのが、あの事件だと思います。

現在では、内匠頭《たくみのかみ》の値打ちが下落して、バカ殿さまみたいにいう人もいますが、つまり自分一人の短慮でカッとして刃傷《にんじょう》に及んだ。社長が短気を起こして会社をつぶしてしまい、社員が生活に困ったのと同じだというんですね。だけど、あの時代の流れの境目を見てみると、一概にバカと言い切れないものがあるわけです。同時に吉良《きら》の株は戦後だいぶ上がって、三州吉良の領地では名君であったという。吉良が極悪人だというわけではないですが、しかし、これは当然のことなのです。当時の大名全部がやっていたことです。自分の国はだれだって可愛がる。いまの政治家や実業家でも、悪いことをさんざんしている奴が、家に帰るといいパパであり夫である。自分の領地は可愛がらなければ、自分の収入がなくなっちゃうんですから、当然のことです。

内匠頭と上野介

よく、あの刃傷の原因は、吉良に対して浅野の賄賂《わいろ》が少なかったために、吉良が意地悪をし、内匠頭がたまりかねて——というふうにいわれることがあります。賄賂の金を惜しんだ内匠頭もバカだというわけですが、まだあの時代は、賄賂が一般常識になるちょっと前なんです。

内匠頭が接待役を仰せつかったのは、二回目なんですね。十七歳で殿さまになったばかりのときに、第一回目をやっているわけです。その時も吉良に教わっている。当時はまだ世の中が贅沢な風潮になっていないから、賄賂など問題にならない。あとで、お世話になりましたといって贈物を持っていって済んでいるわけですね。だから、今度もそれでいいと考えていた。贈物は役目がすんでからするものだ、というのが内匠頭の持論なんです。吉良も贈物が少ないからといって、怒ったりしない。

賄賂が常識化するのは、綱吉《つなよし》が死んで吉宗《よしむね》の勤倹政治、享保《きょうほう》の改革（一七一六〜四五）があって田沼《たぬま》時代になってからです。全部が全部、賄賂によって動くという時代ではないのです。

むしろ、思考の違いといったようなものが作用していたんではないかと思います。これは「史料」にちゃんと残っている話ですが、勅使を迎えるにあたって老中が、世の中が華美になってしようがない、このたびは質素にすすめてくれ、と内匠頭ともう一人の御馳走役《ごちそうやく》の伊達《だて》左京亮《さきょうのすけ》に命じているんです。これは内匠頭の信念にピタリと合ったことだから、彼は喜んでそれを実践したんでしょう。

内匠頭という人は、これは当時の侍女の言葉ですが、たとえば足袋にしてもつぎだらけで、もうつくろいようがない、そうなるまではいていた人です。日常の着物でも同じです。殿中とか、ちゃんとした所に出る場合にはそれなりの恰好《かっこう》はするのですが、日常生活は質素なんです。彼の父親は若死にして、祖父の長直《ながなお》からすぐに受継いだようなものです。祖父の立派な政治に自分の時になってから傷をつけてはいけないと、小さい時から身に沁《し》みてそれを感じ、実践していた。祖父長直という人は禁裏の御造営をしたり、有能な人材を家臣に召しかかえて登用したりした人です。赤穂《あこう》は表向き五万三千石だが、実収七万石といわれているくらいの収入はあったのですが、長直がかかえた家臣団への月給だけでも大変な額です。必然的に内匠頭も倹約が身につくわけです。

また浅野の火消し、消防隊ですね。これは当時、日本一だった。資料にもちゃんと残っています。まだ町火消しがないから、火事があると大名に消火を命ずる。江戸市中では、浅野家に消火が命じられたというと、浅野さんが出たからもう火が消える、といって安心したというんです。それは、内匠頭自身が、火事というものは大変なものだ。人間が汗水たらして造ったものを、一夜にして灰にしてしまう。戦争がなくなったいま、火事が人間にとって一番怖ろしいものだと考えていたからなんです。

吉良の方はというと、これは歯に衣《きぬ》を着せないでものを言う性格なんです。津軽《つがる》公、これは吉良の親戚《しんせき》にあたるのですが、そこでご馳走になったときに、出されたものを見て、こんなおかずで飯がくえるかと、満座の中で言いちらした。それを聞いた津軽家の料理番が血相をかえて、実にけしからんと言って刀を抜いて切りかかろうとした。みんなに止められて果せなかったけれど、そういうことは年中あった人のようです。津軽の殿さまはそれでもニヤニヤ笑って、全然動じない。そのぐらいの図太さが内匠頭にあれば、事件は起きなかったでしょうけれどね。吉良というのは、そういった人なのです。権力もあった。そして、相当、政治的に悪辣《あくらつ》な手段を用いて、権力を拡げていった。米沢《よねざわ》の上杉《うえすぎ》家に自分の子供を養子に入れたりする。いまから見れば、当然のなんでもないことなのでしょうけれども、悪辣といえばいえないこともない、権力志向型のタイプですね。

これは内匠頭の思考とは、相当に隔絶がある。勅使の泊まる伝奏《てんそう》屋敷の畳の縁《へり》にしても、たとえば以前は普通の縁を使っていたのを去年金襴《きんらん》の縁をつけたから今年も同じようにしろという。命ぜられたように、万事質素にと考えている内匠頭にしたら、そういうむだなことは、面白くないわけです。しかし吉良にとっては、自分の顔で仕事をやらせた畳屋や大工がいる。急にそれを変えたら、自分の顔が立たなくなる。勅使が京に帰った場合にも、去年は金襴の縁だったが、今年は普通の縁になっていた。ばかに質素になっていたと報告されても、自分の顔がつぶれる。一事が万事で、だんだんに吉良と内匠頭の確執が強まっていったんですね。

これは忠臣蔵の研究家で赤穂にいる内海定二郎という方の説なのですが、事件の一刻ほど前に、表玄関で吉良が内匠頭を面罵《めんば》したらしいといっています。勅使を迎えるのに、敷台を下って迎えるか敷台の上で迎えるのかと訊《き》いたら、そのぐらいのことを知らないでどうするといって、怒鳴ったというんです。いまの人の中には、以前に一度、御馳走役をやっていながら、なぜわからないかという人もいますがね。しかしこれは、年々形式が変っているんです。吉良が毎年、変えているわけです。変えないと、自分が指導役でいる意味がないでしょう。どう変ったかわからないので、みんなが賄賂をもってたずねるわけです。

根本問題は結局、倹約をする方が美徳か、あるいは賄賂をとって贅沢に暮したほうが得かということでしょう。当時の日本の状態を考えれば、日本の経済状態として鎖国をして貿易はしていないのですから、米の生産が経済の主体である。米が穫《と》れなければどうにもならない。しかし、飢饉《ききん》が割合ひんぱんにある。それに耐えるには倹約するより国なり家なりを富ます途《みち》はない。鎖国中はそれが唯一の美徳だった。そう考えると、内匠頭のやったことは正しかったと結論が出る。ただもう少し、倹約は結構だけれども、あの役目のときだけはうまくやったらいいじゃないかといわれると、人間的にそこのところが短慮でもあったろうし、神経質で、強情でもあったろうということになる。内匠頭としては華美に流れる時代風潮、その象徴としての吉良、そして将軍綱吉に対する鬱憤《うっぷん》は相当強くあったでしょう。それが爆発したわけですね。

将軍綱吉の器量

むしろ、内匠頭の場合は、吉良に対する鬱憤もあったろうけれど、将軍綱吉、あの時代風潮に対する鬱憤も相当にあったと思うんですね。

綱吉というのはなんといっても頭の良い殿さまで、若い時はいい将軍だったけれども、学問が好きで、人に講義をすることが好きな人なのです。しかし、困ったことに自分の周囲しか見えない人です。学問でもって父母に孝行と教わると、自分の父母に対する孝しか考えなくなってしまう。生母桂昌院《けいしょういん》にはさんざん孝行をつくして、いかにも親孝行の将軍だということを誇示した。ところが他人のする孝行はどうでもいいという将軍でしょう。護持院隆光《りゅうこう》、ああいう怪僧の言を桂昌院がまともにきいて、自分は戌《いぬ》年生まれだから犬を大切にしなければならないといい出すと、「生類憐《しょうるいあわれ》みの令」、あんなバカな法律を作ってしまう。

「生類憐みの令」では、こういう話が残っています。

江戸城で、将軍の料理を作る料理番が、夏の或《あ》る日、鯛《たい》の刺身を造っていたら、蚊が頰《ほ》っぺたにとまったので叩《たた》きつぶした。そうしたら、それを見ていた奴が、「生類憐みの令」に触れると綱吉に告げ口をした。綱吉は蚊のような小さい、可愛い生物を殺したというので料理番を島流しにした。告げ口をした奴も、お前はそれを見ていながら止めなかったというので、これも島流しになった。こういうバカ気たことがまかり通っていた時代なんです。

綱吉は贅沢《ぜいたく》も仕放題なことをして、世に贅沢の風潮を流す。一方、浅野家はというと、倹約に倹約をした貯《たくわ》えを、祖父の代には皇居の造営、そのあともずいぶん修理だの道普請だのといろんなことを仰せつかって費《つか》わされる羽目になる。御馳走役も二度目でしょう。そういうことに対する面白くなさも、内匠頭には相当、強くあったでしょう。

御馳走役というポストも、できれば逃げたいポストです。それを浅野家は僅《わず》かの期間に二度も仰せつかる。幕府は親しい譜代大名や親藩に対しては、そういう無理は言わない。無理は全部、外様《とざま》大名に命ずる。外様としては面白くない。その恨みが重なって、結局、明治維新のエネルギーの一つにもなっていくわけだから、相当に根は深い問題です。

内匠頭には綱吉の治政というか、ご政道に対する鬱憤が根本にあるわけです。蚊を殺したから島流しだという、これではたまりませんよ。そういう身勝手なところが、綱吉にはたくさんあるんです。将軍になり立ての時は、補佐役に堀田正俊《ほったまさとし》がいて、越《えち》後《ご》騒動を解決したり、名君だといわれたが、堀田が殺されてからは駄目になった。周囲にいつもゴマすりばかりおく。その代表が御側《おそば》用人だった牧野成貞《なりさだ》と柳沢吉保《やなぎさわよしやす》ですが、牧野成貞についていえば、成貞の奥さんに手をつけて江戸城にひっさらってしまう。何年かたって下げわたされたかと思うと、今度は娘に目をつけるという有様です。さすがの成貞も嫌気がさして辞職願いを出した。学者将軍で、家来に論語の講義をしては喜んでいたというが、これではどうしようもない。

人間というものは、自分のことはわからない。他人のことはよくわかるんですね。だから他人がなにか言ってくれたときに、お前にそんなことをいう資格があるかと言ってはいけないんです。資格はなくても、他人のことはわかっている。それをきかないと、えてして変なところにいってしまうんですよ。綱吉には、どうもそういう癖があったように見受けられます。

話が傍道《わきみち》にそれますが、徳川の将軍のなかで名君は、といえばまず家康《いえやす》でしょう。政治上の業績でいえば、次は家光《いえみつ》でしょうか。六代目の家宣《いえのぶ》も穏健な殿さまです。吉宗は名君とされているが、ちょっとどうかと思う節もある。百姓女が好きで、遠乗りに出かけて百姓女が柿でももいでいるのを見ると、むらむらっとくるんです。実績は上らなかったけれど、清純、清潔、純心で、あくまで世の中のために働き抜いて若くして死んだ、ぼくが気の毒で好感をもっているのは十四代家茂《いえもち》ですね。慶喜《よしのぶ》は、これはよかったんだけれど、土壇場で肝が据わらなかった。大政奉還までよかったけれど、そのあとがいけない。綱吉というのは、歴代将軍の中でも、これは愚君ですよ。

内匠頭の爆発も、単純な暴発じゃない。性短慮にしてといわれていますが、短気の爆発だけじゃない。

刃傷《にんじょう》に及んだ時には、一時の激情でカッとなって刀を振り上げたのでしょうが、そこに至るまでには紆余《うよ》曲折があったわけです。

なぜ吉良を殺せなかったか、武士であり、いやしくも大名たるものが切り損ったのは情けない。それについてはいろいろいわれていますが、殺せなかったという点から考えても、刃傷自体は激情の行為です。前々から殺してやろうと考えて実行した計画犯だったら、切りつけないで確実に殺すよう、腹部でも刺していたでしょう。予定の行動でないから、失敗に終ったわけです。本当に切り合いをやった人でないとわからないでしょうが、服装を考えてみても、大紋烏帽子《えぼし》でしょう。自由がとれません。剣術の名人達人でも、あの装束ではなかなかうまくいかなかったでしょう。

いきなり瞬間の激発だから、まさに「短慮」だともいえる。しかしその「短慮」は現代的な意味での「短慮」とはちょっと違うように思えるんです。「怒り」を忘れた現代人が評する短慮でなく、殿さまが喧嘩《けんか》して、喧嘩両成敗になってお家がつぶれた。それなら家来はいさぎよく諦《あきら》めることができます。武士の喧嘩というのは、理非はと

もあれ両成敗というのが、定法《じょうほう》なわけです。当時の論理としては、殿さまが刃傷に及

んだのは短慮だった——そうは思わないわけで、やむを得ない、武士の面子《メンツ》といった

ものをより評価するわけです。お家がつぶれるのはいい、しかし吉良はおかまいなし、

これでは法を無視した行為だし、面子が立たない。そこに「怒り」の論拠があるわけ

です。

　内匠頭が瞬間の激発で刃傷事件を惹《ひ》き起こした、まあこれは「短慮」といってい

えないことはない。しかしそのあと、もう一つ重大な「短慮」があった。それは何かと言うと、綱吉の短慮です。綱吉としては、いろいろ学問もある。故実に詳しい。勅使の接待については、これこれという知識も配慮もあるわけです。天皇のお使いが来たのに、刃傷のような理不尽な行為に及ぶとはけしからん。面子、儀式を大事にする人だから怒りのあまり、内匠頭に即日切腹を公言してしまった。一方、吉良はおかまいなしです。天下の大法、喧嘩両成敗を「短慮」のあまりみずから破ってしまった。これではご政道は成り立たなくなってしまう。

　恐らく綱吉も、数日してしまったと思ったでしょう。だから、だんだんに吉良を遠ざけていく。屋敷も本所《ほんじょ》に移して、いつ赤穂の家臣が討ち入ってもいいようにする。赤穂の浪士が江戸市中に入っても、これを咎《とが》めないで黙認する。当然、取締る気だったら、江戸市中にはいれないですよ。江戸市中にいれたのは、一網打尽にするためだという説がありますが、そんな気はないですね。捕える気ならわけはないです。とに

かく短慮で、天下の大法を犯した、これを糺《ただ》すのは浪士をして討ち入らせるしかなくなっていくわけです。

内蔵助《くらのすけ》もみているうちに、だんだん幕府で吉良を討たせる気だなと肚《はら》の裡《うち》がわかってくる。この前お前の主君が短慮を起こしたときには、幕府としても短慮のあまりとり返しのつかないことをしてしまった。今度は討たせて、誤りなく天下のご政道を糺しましょう。それは当時の一般の人にもわかるんです。将軍、幕府とも反省したな——その態度表明が吉良を討たせる、仇《かたき》をとらせるという行為の黙認にあるわけです。いまみたいに、「国民に理解を求める」なんて声明を出さなくても、みんなわかってくれたわけです。

江戸時代には、世論がなかったといわれますが、そうではない。みんなが世論を気にしていたわけです。封建時代の大名というと、百姓、町人を虐げて、自分だけがいいことをしていたというのが定説みたいにいわれていますが、それはとんでもない間違いで、ごく少数の悪大名には、そういうのもあった。しかし普通の、大部分の大名は倹約をして、百姓、町人を可愛がらないとどうにもならなかった。でないと、自分自身が立ちゆかなくなってしまうんです。内匠頭の刃傷事件では、どうにも幕府がおかしい、ご政道がゆがめられた、そういう噂に幕府としても気を遣わざるを得なかったのです。

逆にいえばご政道というものが、そういうようになり立っていたともいえるわけです。

内蔵助の論理

大石《おおいし》内蔵助という男は、私も調べてみて驚いたのですが、大変に女好きなんです。ポチャポチャしたのでも痩《や》せていても、女なら選《え》り好みをしない。なんでもいいんですな。ただ、高い金を費《つか》ってする遊興は嫌いなんです。安い女ばかり買っている。赤穂の国家老で千五百石取りですが、島原《しまばら》で大尽《だいじん》遊びを続けられるほど経済的に豊かでなかったかもしれないが、それだけでなく、そういう遊びの方が面白かったんじゃないかと思うんです。

ぼくは東京育ちですが、江戸の人っていうのは、ぼくが少年の頃でもそうでしたが、いわゆる芸者遊びは成り上り者のすることで、女郎遊びが本当の遊びだといわれていた。それはどういうことかというと、内蔵助の時代でもそうですが、金というものを直接女に渡さないのです。支払いは楼主に対してする。女との間は金銭でいくわけじゃない。おのずとそこに、金が介在しない人間的なものがあるわけです。芸者にはそれがない。内蔵助の安い遊びというのは、人間的な遊びなんでしょうね。おそらくごく普通の人と変らない恰好《かっこう》で、ヒョイと遊びに行くのが面白くって、京都でいえば墨《すみ》染《ぞめ》や撞木町《しゅもくまち》みたいな場所にいったんじゃないかと思うのです。

赤穂藩は京都と密接な関係があって、大名によっては京都屋敷をおかないところもあったのですが、赤穂の場合は地理的にいっても近いということもあるし、禁裏のご造営をして、皇室とも関係が深かった。内蔵助自身も京都に行く機会が多く、自然に遊びをおぼえたんでしょうが、女修業をしてそうなったというよりも、生まれながらにしての天才だったという感じですね。江戸に来てからも、討入りの直前まで比丘尼《びくに》女郎を買ったりしている。それが、不自然でないのですね。非常に自由自在な人間で、おそらくあの事件が起きなければ、色好みの家老として平々凡々の生活を送って一生を終ったでしょう。本人も、それを喜んだでしょうね。しかし自分が事を処さなければならない立場に立ったとき、断乎《だんこ》としてやり遂げたということは、自分でも知らなかった隠された力が出たということでしょう。

これは忠臣蔵に限らない。たとえば明治維新でも、西郷隆盛《さいごうたかもり》、木戸孝允《きどたかよし》、大久保利通《おおくぼとしみち》、これは初めから今日考えられているような人間だと思っている人がいる。それは間違いで、時代が急激に変ると一、二年で、人間はたいへん向上する。それは大変な変化をします。伊藤博文《いとうひろぶみ》なんて、若い時には猿みたいなクチャクチャの顔で、薄汚い奴で、人も殺している。暴力志士、暴徒ですよ。それが明治新政府になって、西郷や大久保が死んで、総理大臣になったときから全然、別人のように変っています。人間というのは、そこがむずかしい点です。

内匠頭が切腹してから、討入りまでに一年九か月の間があります。この間、内蔵助は何をしていたかというと、万が一の望みをかけて、お家再興のために奔走しているのです。吉良を討って、恨みをはらすことだけが家来の途《みち》ではない。弟の浅野大学をもってお家を再興するのが、いちばんいいことですから。そうすれば一人も殺さずにすむ。それを歎願《たんがん》し続けている。ただし、お情けでは困る。喧嘩両成敗という政道は守られなかったし、吉良は安泰である。だから浅野家を再興の場合には昔と同じにしてくれと言うんです。それで幕府も困ったんですね。同情と反省で、三千石ぐらいの旗本にするんだったらできないことはないかもしれないが、内蔵助はそれでは駄目だ、昔通りにして赤穂藩として恥かしくないようにしてくれ、あくまでそれに固執して容れないわけです。内蔵助は護持院隆光にまで賄賂《わいろ》を贈って、運動を続けている。しかしそれを叶《かな》えると、幕府としてはもう面目丸つぶれなことになる。内蔵助としても、実現する可能性が少ないことはわかっている。でも一応やるべきことをやるのは家来の勤めだということでやっている。それが聞き入れられなかったから、討ち入った。そうして、天下に大義名分を立てたわけです。

「受け」に強いタイプ

内蔵助は、先のことはあまり考えない。世の中、人間、先のことはわかりはしない。考えてみればわれわれでもポスト佐藤はどうなるか、本当のことはわかりはしない。

予測はつくけれども、予測と現実は一致しないことがある。内蔵助としては、国家老としてお家再興をまず希《ねが》う。あとは成行きにまかせて、恥かしくないようにしさえすればよいと思っている。強いてその間に考えているとすれば、幕府のご政道を正しくするということだけでしょう。堀部《ほりべ》安兵衛《やすべえ》とか、血気にはやるばかりの人たちには、それがわからない。だから内蔵助に対してやきもきするわけです。

内蔵助というのは「受け」型のタイプなんですね。義士の中には急進派やいろんな連中がいる。大学が本家の広島・浅野家にお預けになって、再興の望みがないとわかったときには、脱落者が輩出して七十人に同志が減る。自分の親戚《しんせき》である進藤源四郎も去っていった。それでも、じっと受けて動揺しない。受けの強い人というのは、受けの辛《つら》さをあまり気にしない人なんです。

さっきもいいましたが、義士の中には内蔵助のように、ご政道を糺すということをはっきり考えていた人間と、ただ吉良が憎くてしようがないという人間とがいる。脱落していった者もいる。それをひとつにまとめていくというのは、大変な事業であるともいえるわけです。それを考えると、吉良邸に討ち入って、吉良の首を取るまでの時間、当時はいまよりも夜が暗いということもありますが、おそらく相当捜し廻《まわ》ったと思うんです。

浪士が討ち入ったときに、吉良家では予想もしていなかったし、警護の人数も少なかったといわれていますが、これは資料も残っていないから断言はできませんが、相当の付人を抱えていたのではないかと思うのです。上杉家からの付人の他に、吉良としても、臨時傭《やと》いの浪人をたくさん入れていたと思う。吉良が幕府に出した始末書には、そのことは書いてない。なぜ書かないかといえば、私は屋敷に二、三十人の浪人を傭っときましたけれど、それがみんな斬られましたでは、同情をよばない。こんな少数しかいませんでした、といえば上野介《こうずけのすけ》が討たれたことへの大義名分も立つし、同情もひく。

なぜそう考えるかというと、義士は相当苦戦しているわけです。義士の方は、全員が屋敷の中に討ち入るわけにはいかない。半分は外廻りの警戒にあたった。吉良が外に逃げ出しては大変だし、助勢がくるかもしれないというわけです。記録にあるように、上杉家からの付人、五、六人しかいなかったのなら、ああまで苦戦はしなかったし、中に、手傷を負った連中がいますね、あんなことはなかっただろうと思います。

義士の方には作戦があって、三人一組で敵に当った。一対一になることを避けたので犠牲が少なかった。これはだれの発案かわからないけれど、内蔵助ではないでしょう。彼は討入りの日を決定するだけで、作戦計画なんかはだれかにまかせて、放っておいたんじゃないのですか。人にまかせて討入りを控えても、自分は女遊びをしている、そういう大変な人なんですね。

義挙の結末

討入りが完成すると、綱吉はまた前のことを忘れて、単純に同情して助けてやれと言い出します。天下の大法をまた忘れちゃうんです。そういう将軍なんですね。寛永《かんえい》寺《じ》に行って、助けてやりたいがどうしたらよいかと泣きついている。寛永寺の方では、今度はちゃんとやらなければいけないというわけで、荻生徂徠《おぎゅうそらい》の「義であるが私の論である」という説に従って、切腹を仰せつけるわけです。綱吉の一存で決定するにしては、事件そのものが大きくなりすぎた。内蔵助が考えていたように、ご政道を糺すという幕府の咽喉《のど》につきつけた匕首《あいくち》ですから、「短慮」の決定は不可能なわけです。

忠臣蔵事件の片がついてから、将軍綱吉はガタがくる。元気がなくなってくる。「生類憐みの令」は依然あったけれど、以前のような蚊を殺して島流しといったようなバカなことはやっていない。だんだんおとなしくなっていった。

もし忠臣蔵がなかったら、変な話ですがあの事件がなかったら、綱吉の治政は、依然、変らなかったでしょうね。あれによって幕府の政治に一応の反省が行なわれた。これではいかんと考えたのでしょうね。柳沢吉保にしても、あの事件のあとは芳《かんば》しくなくなる。衰退の一途です。

人間のやったことを振り返ってみると、あとになればなるほど理屈はつく。また理屈をつけて考えてみたくなる。なぜそうするかといえば、そうでないと安心できない。自分が安心できないからです。しかし、本当のことはわからないわけです。忠臣蔵についても、当時、いろんな人が論評したでしょう。その論評のトータルをみれば、当時の人がどう考えていたかは、わかるかもしれません。でも、内蔵助がなぜ討入りの直前まで女を買っていたかということまではわからない。理屈では割り切れない面があるわけです。人間を計り切るという物差しはないわけで、おそらく内蔵助自身に訊《き》いてみても、納得のいく答えが得られるかどうか疑問です。だから、自分で勝手に内蔵助像を創《つく》る以外はない。

　同じように、吉良像や綱吉、内匠頭像を創る以外はないわけです。その場合に、もし共通した物差しがあるとすれば、歴史が与える事の理非善悪を判断する物差しだけではないでしょうか。

堀部安兵衛

赤穂浪士の一人で、高田《たかだ》の馬場《ばば》の仇討《あだう》ちでも有名な堀部《ほりべ》安兵衛《やすべえ》武庸《たけつね》について、こんな説がある。

これは、亡くなられた長谷川《はせがわ》伸《しん》師にうかがったことだけれども、

「……安兵衛についいては、おもしろい説がある。ちょいと愉快な説なんだが……安兵衛には二人の兄があったというんだね。中の兄は、京都でも有名な医者で岡本為竹《いちく》といい、上の兄を杉森伊兵衛信盛《のぶもり》というんだがね。わかるかい？」

師が、そういわれたので、

「杉森伊兵衛は、近松門左衛門《ちかまつもんざえもん》ですね」

「そうさ、おもしろいだろう」

「おもしろいですね」

「これはね、法学博士の滝本誠一さんの著書に出ている説話なのさ。むろん滝本博士の説ではないがね」

こうなると、なるほどおもしろい。

いうまでもあるまいが、近松門左衛門は、江戸中期に生き、浄瑠璃《じようるり》・歌舞伎《かぶき》脚本の作者として「心中天網島《しんじゆうてんのあみじま》」「女殺油地獄《おんなごろしあぶらのじごく》」そのほか多くの名作をのこした。その作品群は現代の舞台にのせられて尚《なお》、すばらしい光彩をはなっている。

この近松が堀部安兵衛の兄だとすると、それは近松の出生が、いまだに謎《なぞ》とされているだけに、まことにおもしろくなる。むろん〔史実〕のうらづけがあるわけではない〔説話〕なのだが……。

数年前。

堀部安兵衛を主人公にした小説を新聞に連載することになり、私は亡き師のことばをおもい出した。

こころみに……。

近松門左衛門と安兵衛の生きていた年代。また安兵衛の実父・中山弥次右衛門《なかやまやじえもん》の〔人生〕などをしらべて見ると、

(小説としてなら、むすびつくかも知れない)

と、おもったし、小説としての史実的な裏うちもじゅうぶんに出来る。

しかし、結局はやめにした。やめにしたが、いまでも惜しいとおもっている。

＊

堀部安兵衛は、いまからおよそ三百余年前に越後《えちご》・新発田《しばた》に生まれた。

父は、新発田五万石・溝口信濃守《みぞぐちしなののかみ》の家来で、中山弥次右衛門。俸禄《ほうろく》は二百石であっ

たという。

そのころの、二百石取りの藩士の生活を彷彿《ほうふつ》とさせる旧藩士の屋敷跡が、いまも新発田に残っている筈《はず》だ。

これは安兵衛が生きていた時代より、もっと後年の建築であるから、安兵衛が生まれたころの、藩士たちの生活が実に質素なものであったことがよくわかる。敷地もひろくないし、わらぶき屋根の小さな屋敷なのだ。

私が新発田をおとずれたのは冬の最中で、雪にうもれたわらぶきの、この小さな屋敷が、

「まあ、二百石取りの家ということです」

と、郷土史家のS老にいわれ、そのとき、小説の書き出しが瞬間にきまった。

五十をこえていながら、尚もたくましい父親が、庭へ少年の安兵衛を引き出し、きびしい剣術の稽古《けいこ》をつけているシーンから書き出したわけだが、翌々夜、父の弥次右衛門は、寝間においで腹を切り、自殺をとげてしまう。

ときに天和《てんな》三年（一六八三）三月二十五日。

弥次右衛門は亡妻との間に女三人、男一人をもうけた。

安兵衛が、その末の子である。

弥次右衛門自決の原因は一応、城中で当直の夜の失火の責任を問われてということになっているが、くわしいことは不明だ。だが、小説では不明にしておくわけにはゆ

かない。

当時の新発田藩の状態をくわしくしらべて見ることによって、彼の苦悶《くもん》を設定したわけだが、そこにはやはり、戦乱の世が終り、徳川幕府の威光のもとに、天下泰平の時代が約八十年もつづき、戦場に用が無くなった武士階級……大名もその家来も、次第に官僚化してゆこうとする、その芽吹きを見ることができるのだ。

剛直で、むかしからの武士気質《かたぎ》をまだうしなっていない中山弥次右衛門と、万事に要領よく世をわたってゆこうとする新しい武士群との確執が、弥次右衛門を不運にみちびいてゆく。

この主題は、取りも直さず、後年、安兵衛自身が当面しなくてはならぬ宿命となるのである。

すなわち、のちの安兵衛の主人となる浅野内匠頭と吉良上野介との確執がそれであり、この事件後、安兵衛が主人のうらみをはらさんがため、赤穂同志中の〔過激派〕の急先鋒《きゅうせんぽう》となるのも、父の死が尾をひいているからである。

中山弥次右衛門の死の原因が設定されたことによって、全篇の主題が一貫することになる。

時代小説を書くとき、無から一を生み、さらに、一から二が発生し、三へ、四へ、とみちびかれてゆく。

＊

たとえば……。

江戸中期の学者で、書家としても剣客としても有名な細井広沢《ほそいこうたく》と安兵衛との友情は、世にうたわれたものであるから、これを小説に書かぬわけにはゆかない。

すると……。

細井広沢が師事していた北島雪山《きたじませつざん》という人物がうかび上がってくる。雪山は肥後《ひご》・熊本の藩医の子に生まれ、長崎で勉学をはげみ、江戸へ上って来てから、学者として書家として名声を得た。雪山と安兵衛の交渉を裏づける史実はないが、広沢と安兵衛の親交から、どうしても小説中で雪山と安兵衛を会わせたくなってしまうのだ。

そうなると……。

のちに安兵衛が同志と共に主君の仇を討ち、幕命によって諸家へおあずけということになるが、そのとき、赤穂浪士の頭領・大石内蔵助や、安兵衛の養父・堀部弥兵衛《やへえ》など十七名が、肥後熊本の城主・細川越中守《ほそかわえっちゅうのかみ》屋敷へ〔おあずけ〕になる。細川越中守は、北島雪山の旧主人である。

以前に雪山から安兵衛のことをきいているだけに、細川越中守が赤穂浪士へ寄せる同情が層倍のものに、小説ではなってくるわけだ。

この稿には書き切れぬが、つまり、細井広沢と堀部安兵衛の〔史実〕にのこる交渉が、小説の中のドラマの網の目をさらにこまやかなものとし、劇的なものにふくらませてゆくことになる。

さて……。

堀部安兵衛の名を世に高めたものは、赤穂事件よりも先《ま》ず、あの高田の馬場における決闘であろう。

芝居や講談では伯父《おじ》の仇討ちということになっているが、実は老友・菅野《すがの》六郎左衛門《ろくろうざえもん》の決闘を助太刀したのである。

安兵衛と菅野との親交がどのようにして生まれたかは不明だ。

小説では、それをはっきりとさせる。作者として、もっとも苦労するところだし、また、たのしみなところである。

私は、まだ二十《はたち》にもならぬ安兵衛を菅野に会わせているし、同時に、高田の馬場では菅野の敵の一人となる中津川祐見《なかつがわゆうけん》をも、少年時代の安兵衛と会わせている。

それでないと、小説の第一のクライマックスになる高田の馬場の決闘に迫力がともなわないからである。

実説では……。

高田の馬場において、安兵衛が闘った敵の人数は、四人ともいうし、五人ともいい、十人、八人と、いろいろある。

「敵人兄弟三人、草履取一人、以上四人なり。安兵衛方は伯父甥《おい》二人なり」

と、いっているのは、かの細井広沢である。

これが、もっとも真説にちかいといってよかろう。

伯父甥二人というのは菅野六郎左衛門と安兵衛のことで、この二人は義理の親類としての約をむすんでいたわけだ。

当時、安兵衛は、実姉の幸《さち》が嫁いでいる町田新五左衛門（溝口信濃守の一族・溝口修理《しゆり》の家来）の世話で、千三百石の旗本・稲生《いのう》七郎《しちろう》右衛門《えもん》の家来になっていた。

講談や芝居では……。

安兵衛が八丁堀《はっちょうぼり》の裏長屋の浪宅から、大刀をつかみ、高田の馬場へ駆《か》けつけ、敵十八名を斬って倒すことになってい、そのほうがたのしいにはちがいないが、私の小説で、それをまねすることもないので、決闘前後における安兵衛の生活の設定には、いろいろと資料をあさり、史実をふまえた上で描写することにした。

もっとも、十年も前に、私が新国劇で安兵衛の脚本を書いたときは、芝居だけに、辰巳《たつみ》柳太郎《りゅうたろう》扮《ふん》する中山安兵衛に、十八名どころか、三十名ほどは斬ってもらったものだ。

決闘の日。

安兵衛は、ほかにいて、時刻におくれて駆けつけたのではない。菅野六郎左衛門と共に決闘の場へのぞんだのである。

ところで、菅野六郎左衛門と村上庄左衛門《むらかみしょうざえもん》・三郎右衛門《さぶろうえもん》兄弟との決闘の原因も、はっきりと伝わってはいない。

これを設定するにも、やはり、元禄《げんろく》という時代の政治や風俗、世相のうつりかわりなどをしらべて素材にするのだ。

＊

高田の馬場の決闘は、元禄七年（一六九四）二月十一日という。現代から約二百七十年ほど前のことだ。

高田の馬場は、江戸城北、戸塚《とつか》村にあった。この馬場は、寛永《かんえい》十三年（一六三六）に、三代将軍・徳川家光《とくがわいえみつ》が、幕臣の弓馬《きゆうば》調練の場所としてもうけたものだ。戸塚村の台上に東西六町、南北三十余間という細長い馬場であったらしい。

『江戸名所図会』には、美しい松並木の堤が馬場の中央に伸びてい、この堤を境に〔追まわし〕と称する調練場が二筋にわかれている。

馬場の東西南の三方は、ひろびろとした田園風景が展開し、この場所が江戸郊外の一名所であったことが、よくわかる。

近くには穴八幡《あなはちまん》の社もあり、馬場の北側の道を下って行けば雑司《ぞうし》ヶ谷《や》の鬼子母神《きしもじん》へ出る。何かと行事があるたびに、高田の馬場は江戸市民の行楽の地となっていたようだ。

堀部安兵衛（当時は中山姓）の高田の馬場における決闘は、小説としても、それまでの伏線や主題が最高潮に達するような構成にしてあったので、どうしても、地形を知っておきたい。

東京に住んでいる私ゆえ、現地へ出かけるにはタクシーで一時間足らず。わけもないことであったが、高田の馬場の現地を見に行ったのは、四十何年も東京に住んでいる筆者にとって、はじめてのことであった。

早稲田《わせだ》大学前から、江戸時代の絵図と現代の地図を見くらべながら、穴八幡前を通り、早稲田通りから右へ切れこむと、そこはもう高田の馬場跡である。いまは、東京都・新宿区戸塚町ということになる。

戦後の東京の変貌《へんぼう》ぶりもひどいものだが、このあたりは戦災に焼け残った町なみが多く、むかし、私が生まれ育った下町の浅草あたりのおもかげが、かなり濃厚にただよっているのは意外であった。

そばやとか、駄菓子屋とか、洋食屋とか、そうした小さな店がならぶ細い道に〔安兵衛湯〕という銭湯があった。

この通りもまた〔安兵衛通り〕というのだと、タバコ屋の老婆が教えてくれた。

(このあたりに、安兵衛の碑がある筈《はず》だが……?)

と思い、通行中の少年少女にきいてみると、

「そんな人、知らない」

みんな、そういう。

だが、碑を見つけるのに時間はかからなかった。安兵衛通りの南側の町家の一角に〔堀部武庸遺跡碑〕がある。明治四十三年に、行田久蔵氏が建てたものだ。

このように、ごみごみした町なかであるにもかかわらず、旧馬場の地形は歴然とし

ている。

帰途は坂道を北へ下り、神田上水《かんだじょうすい》にかかる面影橋をわたり、雑司ヶ谷へ出た。

この神田上水を東へ……むかしの江戸市中へ向ってすすむと、やがて小石川《こいしかわ》・立慶橋《りゅうけいばし》へ出る。この近くに、堀部安兵衛が剣術をまなんだ堀内源左衛門《ほりうちげんざえもん》の道場があった。

おもしろいもので、実地をたどって歩くことは次々に、小説の中の安兵衛の〔生活〕をふくらませてくれるのだ。

で……このときしらべた地形によって、私は高田の馬場の決闘を描写した。

安兵衛側は、義理の伯父・菅野六郎左衛門、菅野の家来・大場一平を合わせて三名。

敵は、村上兄弟と中津川祐見（村上の義弟）、それに、中津川門人・阿栗小兵衛《あぐりこへえ》（これは創作した人物）、村上家の若党・木津某の計五名。

小説では芝居のような十八人斬りをやらないので、安兵衛と祐見の剣闘へウェイトをそそいだ。

この二人だけの決闘の描写だけで、新聞四回分、つまり原稿紙で約十五枚ほど書いたものだが、書き終えて、ぐったりしてしまったことをおぼえている。おそらく、私が決闘のシーンを書いたものの中で、もっとも骨の折れたものであったといえる。

関ヶ原とか大坂の陣とか、何万もの両軍が入り乱れて戦う戦場の描写も、書くほうには苦しくて疲れがひどいものだが、二人だけの斬り合いで十五枚を書くのも辛《つら》い。

しかし、このシーンは、最大のクライマックスなので、作者としては全力をふりしぼって迫力をもたせねばならぬとおもい、ずいぶん苦労をした。そうなると、私自身が斬り合っているつもりになってしまうので、疲れるのであろうとおもう。

ここで、村上兄弟たち五名を殪《たお》し、菅野老人は重傷を負って死ぬ。

実話では、安兵衛が、いったん菅野を近くの武家屋敷へかつぎこみ、事情を語り、主人の好意により、菅野の臨終を邸内で見とどけ、その後に、またも高田の馬場へ引き返し、見物人の中へまぎれこみ、村上兄弟の死体を引き取りにあらわれた兄弟の父の様子を観察してから、しずかに引きあげたという。

小説でも、これを採り入れた。

この後、安兵衛は、江戸の東郊・柳島村へかくれて、事件後の成りゆきを見まもっていたというが、このときのシーンで、決闘の翌日、安兵衛が手鏡に自分の顔をうつし、酒で洗った縫い針で、わが顔面へめりこんだ刃の細片をほじり出すところを私は書いた。

これは……むかし、私が剣道をやっていたとき、師匠から聞いた〔はなし〕の中で、真剣をつかっての型を演じたとき、たがいに打ち合う刃と刃が、その刃の細片を飛び散らせ、これがひたいへめりこんだことがある……というのをおぼえていて、小説につかったのだ。

*

さて……。

高田の馬場の事件後、剣客としての安兵衛の名は、江戸中に知れわたった。

浅野《あさの》長矩《ながのり》の臣・堀部弥兵衛が、

「ぜひとも養子に迎えたい」

と、熱望し、ついに安兵衛は中山の実家を立てることをあきらめ、弥兵衛の養子となり、ここに堀部安兵衛武庸となる。

このとき、弥兵衛のむすめの幸は、わずか三歳の幼女であったという説もあるが、私は諸史料を読んだ上で、十八歳の乙女にした。

この夫婦に、子が生まれていない。私とおなじである。

これが、元禄十年の秋であった。

堀部弥兵衛は、安兵衛ほどに事蹟《じせき》があきらかでない。

九州出身の浪人だったのだが、正保《しょうほう》二年（一六四五）に、浅野長直の家来となり、長直・長友・長矩の三代につかえ、当時は、江戸藩邸の留守居役をつとめていたそうである。

弥兵衛には、長男・弥平太がいた。いたけれども十六歳のころに死んだ。同居していた浪人に殺されたのである（理由は定かでない）。すると、居合せた弥兵衛は逃げる相手を門前まで追い、みごとに、その場で斬って倒し、息子のかたきを討った、と、いわれている。

とにかく、堀部弥兵衛という老武士には戦国の世の豪快さと、平時における〔ものの道理〕をわきまえた〔武士の血〕が色濃くながれていたようにおもわれる。

こうして、四年後。

安兵衛は、殿さまの〔刃傷事件〕に直面することになる。

この稿で〔忠臣蔵〕について、のべるつもりはない。

だが、戦後になってからの、この事件への評価は、いまのところ、浅野内匠頭長矩という殿さまが〔かんしゃく〕をおこして、吉良上野介へ斬りつけ、五万石の家をつぶし、多勢の家来たちを路頭に迷わせた馬鹿者ということになっているようだ。〔わいろ〕を惜しんで、吉良にあなどられたのも、当時の武家社会では〔わいろ〕や〔進物〕が社交の常識であって、浅野長矩はケチな殿さまゆえ〔わいろ〕を惜しみ、みずから墓穴を掘った……というのである。

だが、私は、武家社会が〔わいろ〕常識の世の中になるのは、もう少し後年になってからのようにおもう。元禄十四年のそのころは〔わいろ〕常識の途上にあった時代だとおもう。戦国以来の剛直な武士精神が、封建の世の官僚化へうつり変る、その境い目にあったといえよう。

浅野長矩は、たしかに派手好みの殿さまではないが、当時、みずからの領国をおさめ、藩財政を赤字にしないためには〔倹約〕をするよりほかに道はなかったといってよい。

ところが……。

日本に戦火が絶えてより七十余年。物事がすべて華美になり、物資がゆたかになって、経済力は町人階級へうつり、それと反対に、武家階級の台所が苦しくなるばかりであった。

これは現代と同じことなので、世の中が派手になるのに、指導階級の武家だけがつつましく暮そうというのは、なかなかにむずかしい。むしろ、武家が町人の助けを借りる、むすびつく、ということになる。

物価は毎年上がるばかりだし、大名たちが将軍から命じられる〔御役目〕を果すための出費も、どしどし高騰する。

だから、浅野長矩が〔勅使〕のもてなしの役目を命ぜられたときも、幕府老中は、

「今年は、質素にいたすように」

と、申しわたしがあった。

浅野長矩は、この申しわたしに〔忠実〕ならんとしたまでである。それも、むやみに金を惜しんだのではない。

二十年近く前に、自分が十七歳のころ、やはり〔勅使接伴役〕をつとめたときの出費・四百両と、近年の千二、三百両との間をとって〔七百両〕の予算をたてたのだ。

吉良は、去年と同じように千何百両でやらせようとする。浅野も、いい出したら引かずに七百両で押し切ろうとする。

ここに、両者の争いの芽が生まれたのであろう。

浅野長矩が、あまりにも華美にながれすぎる世の中の風潮に、眉《まゆ》をひそめていたのは事実だ。

吉良上野介という人物は、領地の三河《みかわ》では〔名君〕とうたわれている。その仁政に領民は大よろこびしていたそうで、現代でも〔忠臣蔵〕の芝居を三河の吉良で出すと、客が来ないといわれている。

それも事実であろう。

しかし、これは傲慢《ごうまん》無礼な政治家が、我家へ帰るや、良き夫、良き父親に変ることは、むしろ当然なので、吉良のように収穫にめぐまれた領地を持ち、さらに、その領地からしぼりとらなくても楽々と暮してゆけるだけの財産と名声があれば、なおのことだといえよう。

吉良上野介が悪辣《あくらつ》な政治的暗躍をもって、実子の三郎を米沢《よねざわ》十五万石・上杉家へ養子にやったときの悪評は史上おおいかくすことはできない。

また、次のような〔はなし〕もある。

それは弘前《ひろさき》四万七千石の殿さまで津軽信政《つがるのぶまさ》の言行を忠実に記した『玉話集』という書物にのっている挿話なのだが……。

津軽信政が、江戸の藩邸にいたとき、吉良上野介をまねき、宴をもよおしたことがある。

この夜。吉良のほかにも著名な幕臣が多勢よばれていた。

その席上、吉良が米飯に箸《はし》をつけようともせず、満座の中で、
「料理はけっこうじゃが、飯は不味《まず》くて口へ入り申さぬ」
きこえよがしに、ずけずけと言いはなった。
これをきいた津軽家の御膳番《ごぜんばん》をつとめていた士《もの》が、
「人のところへ招ばれて来て、なんという無礼なことをいうのだ。たとえ不味くとも
うまいというのが人の道ではないか。こうなっては、われらも殿さまからお叱《しか》りをう
けるのみか、腹を切らねばなるまい。よし、この上は吉良を斬り殺し、おれは腹切
る」
といい、飛び出そうとするのを同僚が、ようやく押えつけた。
「吉良上野介さまは、わがままなるお人のよし、かねてより風聞ありしが、さもこれ
あるにや」
と『玉話集』は記してあり、くだんの御膳番は「吉良は士《さむらい》畜生なり!!」と、きめ
つけている。
いっぽう、殿さまの津軽信政はこのありさまを見て、にやにや笑いながら顔色も変
えず、完全に吉良上野介を無視し、また御膳番の家来をも叱らなかった。
浅野長矩という殿さまが、津軽信政だけの器量をもち合わせていなかったことはた
しかだ。長矩は津軽家の御膳番の代りをやってしまったわけだ。
まず、こうした双方の人物を描いている史料だけでは〔刃傷事件〕の真の原因はつ

かめぬ。何ものこされていないからだ。

小説の場合は、執筆する人の個性によって〔浅野びいき〕でも、〔吉良びいき〕でも、かまわぬのである。

つまり、この二人は江戸城中で〔喧嘩〕をしたわけだ。

〔喧嘩〕は両成敗という武家の掟《おきて》を無視し、将軍と幕府は、ろくな調べもせずに即日、浅野長矩を切腹させ、五万石の家を取りつぶしてしまった。

いっぽう、吉良上野介には何の咎《とが》めもなく、いたわりのことばさえかけられた。

これを〔片手落〕というのである。

両成敗という定法があるなら、吉良の方へも死を命じ、家を取りつぶさねばならぬ。

これが、大石内蔵助以下四十余名の〔吉良邸討入り〕につながる。吉良の首を討つことによって、赤穂浪士たちは政道のあやまりに抗議をしたのだ。

赤穂浪士としての安兵衛は、義父と共に、終始、急進派の一人として吉良を討つことを主張しつづけ、腰のおもい頭領の大石内蔵助を困らせたり、苦笑させたりしている。

吉良邸討入りの翌年(元禄十六年)二月四日。

堀部安兵衛は同志たちと共に、松平隠岐守《まつだいらおきのかみ》の屋敷内で切腹した。ときに三十四歳。

堀部安兵衛と酒

赤穂《あこう》浪士の一人として、高田の馬場の決闘で有名なかの堀部安兵衛武庸《たけつね》。この人は〔のんべえ安〕などといわれて芝居や映画では、たいへんな酒のみである。

高田の馬場のときも、伯父《おじ》・菅野六郎左衛門の助太刀をするため、八丁堀（中央区）の裏長屋から、なんと高田の馬場（新宿区）まで、二日酔いのまま一散走りに駆《か》けつけ、途中で冷酒をがぶがぶとのんで元気をつけ、それから決闘の場へのりこんで十八人を斬り倒すというのだから、猛烈な超人である。

だが、事実は大分にちがう。

菅野六郎左衛門は安兵衛の縁類ではなく、親密になってから〔伯父・甥《おい》〕の約をむすんだのである。

また、映画や芝居では菅野の手紙を見て、びっくりした安兵衛が裏長屋から駆けつけることになっているが、実は安兵衛、菅野につきそい、はじめから決闘の場へあらわれている。当時の安兵衛は浪人ではなく、幕臣・稲生七郎右衛門の中小姓をつとめていた。

決闘で斬殪《きりたお》した相手も中津川祐見ほか二名ほどであったらしい。

私は、この安兵衛を小説にも書き、芝居の脚本にも書いたけれども、小説のほうは濃厚に実説を採りいれたが、芝居ではやはり、そうはゆかぬ。

このときは新国劇の辰巳柳太郎が安兵衛を演じたのだから、二人や三人を斬ったところで見物が承知をしない。そこで、高田の馬場のシーンは、やはり浪人で大酒のみの安兵衛が、四谷・天竜寺門前の長屋から高田の馬場へ駆けつけ、十八人を斬ることにした。見物大よろこびである。

もっとも安兵衛は、若いころ、相当に酒が好きであったらしく、

「むかし、若いころに、昼夜三日をのみつづけ、その後、前後不覚のまま七日をねむりこけたものだが……目ざめてのち、まるで別の人間に生まれ変ったようなおもいがした」

と、のべている。

当時、中山安兵衛を名のっていた彼は、いろいろと苦労をして世をわたっていたらしい。

その述懐を、よくよく考えて見ると、彼の酒がかなり荒れていたものであったことがわかる。

＊

酒というものは、おのれの心身にうまく用いると、まさに〔百薬の長〕といってよ

い。私も、この頃つくづくそう思う。いまの私は、適量の酒によって健康を支えているといっても過言ではないのだ。

＊

むかし、小石川・白山《はくさん》にある佐藤又八郎という旗本の屋敷で酒宴がひらかれた折、表御祐筆《ごゆうひつ》をつとめている古橋忠蔵という旗本が、同席の人びとから、

「この中で、もっとも酒につよいのは古橋殿でござろう」

などといわれて得意になり、そこにあった六合入りの大盃《たいはい》になみなみとついだのを一気にのみほしてしまった。

「ほほう……」

「これはみごとじゃ」

「さすがは、古橋殿」

などと、ほめそやされ、ますます彼は得意になった。

これは現代でも変らぬ。

酒量の多いのをみずからほこり、他もこれを賞讃《しょうさん》する傾向があるのは、人間がもっている一種の虚栄なのであろう。

「では、いまひとつ」

と、古橋忠蔵。さらに六合入りの盃《さかずき》へなみなみとうけ、これものみほしたが、そのとたんにもうろうとなって打ち倒れてしまった。

この夜以来、彼はひどく健康をそこね、半月ほど後に病死してしまっている。

虚栄の大酒をして、そのためにまだ何年ものめる酒も、のめなくなってしまったのだから、つまらぬはなしだ。

こんなはなしもある。

ある老人の下男は大酒のみであったが、何かの祝い事のあった夜、酒三、四升をのんでしまい、血を吐いて倒れた。

「おもうさま、のんでみたいが、貧乏なので、そのおもいを果したことがない」

と、予《かね》てから下男がいうのをきいていた老人が、その祝い事の夜に、

「今夜は、おもうさまのめ」

と、酒をあたえたからである。

この下男も大酒がたたって数日後に死亡してしまったが、下男の妻は、いたくこれを悲しみ、人づてにきいて巫女《みこ》をたのみ、亡夫の霊を呼び出してもらうことにした。

いわゆる〔霊媒〕というやつだ。

やがて……。

亡き夫の霊が巫女へ乗り移った。

巫女が酒のみの下男になって、

「うれしいぞ、うれしいぞ」

と、いう。

「あれほどに沢山酒をのめて、生涯におもいのこすことはないわい」

そこで妻が、

「うれしくあの世へ旅立たれたのはよいが、その後はどうしておじゃるに」

問いかけると、下男の霊が、

「酒のんで血を吐き、そこへ打ち倒れたまでは知っているが、その後のことは何も知らぬ」

と、こたえたそうな。

このはなしをのせてある『耳袋《みみぶくろ》』という古き書物は、

「……口よせなどする巫女の類《たぐい》、信ずべきにあらねど、好むところの酒に犯されては、活《い》きていても前後を忘《ぼう》じ、うつつなき人多し。

いわんや死して後の事は、さもあるべき事といいしが、可笑《おか》しきことなり」

と、むすんでいる。

柳沢吉保《やなぎさわよしやす》

学者将軍

封建の時代における諸国大名の政治というものは……。

殿様が偉くて家臣が無能ではいけない。殿様の威力を家来たちが恐れ、主人の欠点を指摘できなくなるからだ。

また、家来が偉くて殿様が莫迦《ばか》でもいけない。この場合は家来が威勢を得て、主権をほしいままにするという事態をよびかねない。

この二つの場合とも、はじめは偉かった殿様や家来が、威勢をそなえるにつれて慢心をし、堕落してしまうからである。

だからといって、上下とも莫迦では、もっとも悪い。

ゆえに……。

殿様も家来も立派な人柄であってこそ、その大名の家の政治は正しくなるのであって、このことは、諸大名を統轄する将軍に対してもあてはまることなのだ。

元禄《げんろく》（一六八八～一七〇四）のころ、徳川五代将軍・綱吉と、その寵臣《ちょうしん》であった柳《やなぎ》沢吉保《さわよしやす》との関係は、いまのべた主従の第一例にあてはまるといってよいだろう。

綱吉は、三代将軍・家光の第四子に生まれた。はじめ、上野《こうずけ》（群馬県）館林《たてばやし》に封ぜられていたが、のちに兄の家綱（四代将軍）が四十歳の若さで病死し、世子がなかったので、延宝《えんぽう》八年（一六八〇）に三十五歳で徳川五代将軍位についた。

綱吉の生母は、かの桂昌院で、すなわち家光の愛妾《あいしょう》お玉の方であるが、むかしの書物に、

「……桂昌院何ものなるや、これ寒陋微賤《かんろうびせん》の匹婦《ひっぷ》、婦徳なく才学なし。わづかに、その容色のすぐれたるにより、将軍家光の愛寵するところとなり……」

とあるように、その素姓もあきらかではなく、一説には、京都の八百屋のむすめであったともいう。

桂昌院については、どの書物を見ても、よくいうものはない。

彼女の、身分いやしい生いたちであるという劣等感は、我子綱吉が将軍位についたとなるや、そのまま権勢欲と虚栄とに転化し、

「その威力を大奥にふるひ、奢侈《しゃし》をきはめ、天下の費《ついえ》、人民の困惑を少しもかへりみで……」

と、いうことになる。

家光は、その晩年に、

「自分は、あまり学問が好きでなかったので、ついついその道をきらい今日に至ったことを後悔している。綱吉は小児ながら賢い品性をそなえているようだから、つとめて聖賢の道を学ばせるように」

と洩《も》らしたので、桂昌院は、むやみやたらに綱吉を可愛がると同時に、学問でなければ夜も日も明けぬという育て方をしたものである。

そもそも、子供が学問に熱中するなどというのがおかしい。子供は肉体そのもののうごきによって万象をたしかめる。その方が、健全な人間に成長するのだ。

ところが、綱吉は子供のころから書を読み、講義をきくことが大好きであったらしい。他の子供が土の上を駆けまわり、棒切れをふりまわして遊びまわるのと同じように……。

このため、青年のころになると、綱吉は家来たちを集めて経書の講義をするのが何よりたのしみだ、という殿さまになってしまったのである。

学問に淫《いん》し、これが趣味ともなり愉楽ともなってしまったともいえよう。

このことが、後に綱吉が徳川将軍中の暗君のひとりに数えられるという大因をよんだ。

学者将軍となった綱吉であるが、彼の学問は観念だけのものであったから「仁、義、礼、智、忠……」など、学問の教えをみずから行なわんとするとき、それはとんでもない方向に走り出してしまう。

「孝」といえば、生母の桂昌院に対してのみに向けられ、他人の「孝」などはどうでもよい。生母をあがめたてまつることによって、

「わしは、孝に厚き将軍であるぞ」

と、思いもし、家来や世人に思わせたいのである。

あの「生類あわれみの令」という法律。これも、桂昌院愛寵の怪僧で隆光というものが、

「将軍家は戌《いぬ》の年のお生まれゆえ、無益の殺生を禁じ、ことに犬をいたわりなされば、お家はますます御繁栄……」

などといい出し、綱吉また、桂昌院のうながしを鵜《う》のみにして、この法を施《し》いた。あばれ犬を斬った武士が島流しにされたり、猫を病死させたために八丈島へ送られた役人もいるし、ついには「鶏をしめころして売買することも、いけすの魚の売買もいかぬ」という法令が出る始末であった。

これもみな、綱吉が母へ対する「孝」への一事から発したことだとすれば、あまりにも莫迦莫迦《ばかばか》しいことである。

二人の側用人

初代将軍家康《いえやす》・二代秀忠《ひでただ》・三代家光《いえみつ》から四代家綱《いえつな》にかけて、徳川幕府をささえてきた譜代の重臣たちの政治力も、ようやく五代綱吉に至って消えかけてゆき、彼らの大老・老中・若年寄などの重職によって形成された〔御用部屋政治〕による幕政の展開も大きな変貌《へんぼう》をとげるに至る。

この変貌の行きついたところが、いわゆる〔将軍の側近政治〕である。

徳川綱吉が五代将軍位を襲うについて、強硬に反対をしたのが大老・酒井《さかい》忠清《ただきよ》（当時、下馬《げば》将軍の称あるほどの権勢をもっていた）で、忠清は、病弱な四代家綱に子が生まれないときは、

「京都より皇族を迎えて将軍位におつけしたい」

と主張したが、これに対抗して家綱の弟・綱吉を擁立せんとしたのが、老中・堀田《ほった》正俊《まさとし》であったといわれている。

そのためか、正俊は綱吉が将軍になると間もなく〔大老職〕に昇進をしている。

ところが、三年後の貞享《じようきよう》元年（一六八四）、正俊は若年寄の稲葉《いなば》正休《まさやす》により江戸城中において刺殺された。両者の争いの原因は、いまもって不明である、といってよい。

ともあれ綱吉は、新将軍として、家康以来の伝統的性格をそなえて幕府政治の中心

となってきた譜代大名勢力の圧迫を物ともせず、将軍独裁の歩をすすめはじめた。

将軍位につくや、綱吉はたちまちに、それまで権勢をふるっていた酒井大老を罷免《ひめん》し、酒井がからんでいて未解決だった越後・高田二十六万石、松平家の騒動を一挙に解決してしまった。

この将軍家親族の御家騒動は、それだけに複雑な政治的背景があったのだが、綱吉みずからの威風堂々たる裁断を見たものは、

「東照宮＝家康以来の英主である」

瞠目《どうもく》をした。

だから、綱吉をかつぎあげて大老となり、権勢をほしいままにしようと考えていたろう堀田正俊もあたまが上がらない。

こういう偉力をそなえた将軍がすぐれた政治をおこなえば文句はないのだが、綱吉が異常な悪政を施くようになってしまったことは、すでにのべた。

さらに綱吉は、自分の独裁を尚《なお》も強化するため、口うるさい譜代大名を避け、新しい側近を育てはじめる。

かくて、綱吉に取りたてられた側用人、牧野《まきの》成貞《なりさだ》と柳沢吉保が、大老・老中もしのぐ勢力をもつに至るのである。これこそ、後年に六代、七代の将軍につかえた間部詮房《まなべあきふさ》や十代家治《いえはる》における田沼意次《たぬまおきつぐ》などの〔側近政治〕の先駆をなすものである。

側用人という役職は、常時、将軍の側近にいて、幕府重臣と将軍との間の連絡係の

ようなものだが、やがて老中に準ずる待遇を受けるようになった。

しかし、綱吉将軍に対しては何事も〔おおせごもっとも〕の態度だし、牧野成貞などは、自分の妻を綱吉の側妾《そばめ》として差し出す始末だ。

綱吉の女色も、このころから常軌を逸したものになってくる。

学問と癇癖《かんぺき》の二刀流で〔名君〕が〔暴君〕になりかけた綱吉の心をときほぐそうとして、牧野が、

(これはもう女の肉体によって、上様のおこころをやわらげるより仕方があるまい)

正面から諫言《かんげん》も出来ぬ気の弱い牧野が、こんなことを思いついて、手くばりをしたものだから、いったん女体の味覚をおぼえた綱吉の好色ぶりは桁《けた》はずれのものとなり、男女合わせて綱吉に愛玩されたものは百人余にのぼったという。

牧野成貞は、綱吉が館林にいた少年のころから近習としてつかえていた人であるが、側用人の権勢を笠《かさ》に着て、特別な悪事をはたらいたわけではない。

だが、その役職上の良心を発揮することも出来ず、ひたすら、綱吉の前にひれ伏し、この将軍の慢心を助長させるつとめのみは果たした。

綱吉は、成貞のむすめ安子にも手を出している。

安子の夫で、つまり成貞の婿《むこ》にあたる成住《なりずみ》は屈辱に耐えかね、自殺をしてしまった。

牧野成貞は、さすがに傷心に耐えがたくなり、養子の成春へ家督をゆずりわたし、隠居をした。

そして成貞にかわり、綱吉の愛寵をほしいままにするようになるのが、柳沢吉保だ。

吉保は、もと柳沢弥太郎といい、牧野と同じ館林時代からの下級の士であったが、どちらかといえば、おっとりとした牧野にくらべると若いころから才気煥発《かんぱつ》のところがあり、しかもその才気は、

「十歳のころ、小姓に上りしときより、ひたすら殿（綱吉）の顔色をうかがひ……」

ただの一度も、あの口うるさい綱吉から叱責《しっせき》をうけたことがないという、そうした方処のみに発揮されたらしい。

学問にしても、彼は綱吉にとって第一号の弟子であるから、もう寝食を忘れて出世のために本を読む。だから、よくおぼえる。教えるとすぐにおぼえてくれる有難い弟子であるから、

「弥太よ、弥太よ」

と、綱吉の愛寵おびただしく、彼が将軍となるや、柳沢弥太郎はたちまちに五百三十石の小納戸役に抜擢《ばってき》された。

そして牧野とならび、側用人となって一万二千石を食《は》むに至り、元禄七年（一六九四）、彼が三十七歳のとき、武蔵《むさし》・川越《かわごえ》七万石をあたえられ、後年には甲府二十二万余石の大名に成り上がってゆくのである。

綱吉は、その上に〔老中格に任ず〕の特権をあたえたので、柳沢の権力はこれより絶大なものになってゆくのだ。

たわけだ。
〔松平〕の称号をも受け、将軍の親類すじという特権を得て、松平出羽守《でわのかみ》吉保となっ
　こんなはなしもある。
柳沢吉保の愛妾《あいしょう》が生んだ吉里《よしさと》という男子は、実は将軍綱吉の子であったというのだ。
牧野成貞の妻と娘をうばいとった綱吉の所業から見れば、すこしもふしぎではない。
吉里が生まれたとたんに、吉保は一万石の加増を受け、一躍、大名に列している。
　それからはもう、とんとん拍子であった。
　柳沢吉保の権勢の性質は——あくまでも将軍にはさからわず、将軍と他の大名、家
臣の間、将軍と政治の間に立ちはだかり、甘い汁を存分に吸いこんだのだ。
　その、もっともよい実例が、あの浅野内匠頭が吉良上野介へ刃傷《にんじょう》におよんだ、いわ
ゆる〔忠臣蔵〕事件である。
　元禄十四年（一七〇一）三月十四日の当日。
　刃傷事件が起るや、綱吉は即座に、
「自分一個の宿意をもって刃傷におよんだのはふとどきである。切腹させよ」
　と、裁断を下した。
　名君だとうぬぼれているだけに、勅使饗応《きょうおう》の式日に、浅野が刃傷事件を引き起した
ものだから、怒りに目がくらんでしまっている。
　武士の喧嘩《けんか》は両成敗というのが幕府の定法であるから、この事件の取調べに当たっ

た目付役の多門伝八郎《おかどでんぱちろう》が、柳沢吉保の前で、

「浅野を田村右京大夫《たむらうきょうだゆう》へおあずけの儀は承知つかまつりましたが、切腹おおせつけらるる儀は、しばらく御猶予願いとう存じます」

と、申したてた。

本来ならば、柳沢が、この目付役の意見をそのまま将軍へつたえるのが側用人としてのつとめだが、

「無用である」

独断で、はねつけてしまった。

柳沢吉保は、かねて親しく、たっぷりと賄賂《わいろ》も貰《もら》っている吉良上野介にくらべ、小大名の浅野内匠頭など問題にしてはいない。

仕方なく引下がったが、多門伝八郎は尚《なお》もあきらめず、若年寄の加藤越中守《かとうえっちゅうのかみ》と稲垣《いながき》対馬守《つしまのかみ》へ、

「……浅野は五万三千石の城主でござります。それを、われらが一応の取調べをしたからと申して、ただちに切腹とは、あまりにも御手軽と申すものではございますまいか。浅野・吉良双方の争いの原因すらも、いまだ調べつくしてはおりませぬ。ともあれ、本日ただちに片方を切腹などという性急なる御あつかいだけはおとどまり下されたい。私も小身ではありますが目付役をつとむる以上、上(将軍)の手ぬかりをそのまま引きうけて浅野を切腹させることは、なっとくがまいりませぬ。われらも大公儀

役目のものとして悪しきところは御いさめ申しあぐるべきと存じまする」

と、いい切っている。

二人の若年寄も「もっともなことだ」と思いうなずくと、さらに多門は、

「通りいっぺんの御詮議《ごせんぎ》にて、浅野は悪し、吉良は善しときめらるるものにてはございますまい」

もっとよく調べてほしいと、熱誠をこめていう。

それで、若年寄から老中へ、老中から、またも側用人へ、目付たちの意見がつたえられるや、

「すでに結着したることを変えることはならぬ。浅野を切腹させよ」

柳沢吉保は将軍に取次ごうともせぬ。

多門は多門で、

「柳沢侯の一存をもって、そのような御処置をなさること、われら承知出来ませぬ。いま一度上様のおぼしめしをうかがっていただきたい」

と、突っぱねる。

またも幕府閣僚がひそひそと相談し、側用人まで申し出ると、柳沢は、

「なるほど上様には申しあげておらぬが、側用人としての自分が、はじめにしかと、上様の御意をうけたまわって申しつけたことである。この上、とやかく申すならば、多門伝八郎をしりぞけよ」

激怒し、むろん、綱吉へは取次がぬ。

ついに、ここまで側用人の権勢がふくらんできていたことを見るべきだ。柳沢は、綱吉懐柔の術を会得しつくしていたのであろう。

また、将軍に直属して政治をおこなう老中など閣僚たちも、上は側用人の権力に押され、下からは硬骨の目付役に突き上げられ、二度も三度も、あたふたと殿中を往来するさまは見苦しいきわみではないか。

ついに、多門の意見は、このとき将軍の耳へははいらなかったようである。

のちに、赤穂浪士が吉良を討って、世上の人気がどっと集まると、将軍・綱吉も勝手なもので、

「何とかして赤穂浪士たちを切腹させぬ方法はないものか……」

などと気まぐれな同情を見せはじめるや、柳沢吉保は一言も口を出さず、沈黙の殻の中へとじこもってしまっている。

将軍・綱吉と柳沢吉保の悪政は、あの〔貨幣改鋳〕による悪貨経済政策において〔頂点〕に達する。

三代家光のころまで厳守されていた幕府の質実剛健の政治モラルは、五代綱吉の驕《きょう》慢《まん》、華美な治世によって一度に変貌《へんぼう》をとげ、賄賂横行が常識とされるような〔気風〕をつくりあげてしまった。

民心の綱吉への怨嗟《えんさ》の声は、そのまま寵臣の柳沢吉保へあつめられ、

「人はいう、竹は八月木六月、美濃（吉保）が腹をば今が切りどき」

などという落首も出来た。

これは綱吉が病死し、六代将軍として、甲府から家宣が江戸城へはいったときのものである。

柳沢吉保は、綱吉が死ぬや、すぐさま隠居してしまった。このあたりは、さすがに、よく頭がはたらいている。

家を長子・吉里へゆずり、彼は無事に家と我身を守って退き、正徳《しょうとく》四年（一七一四）十一月に五十七歳で歿《ぼっ》した。

綱吉と吉保の政治の悪さ、ひどさは、別に〔文治政治〕とよばれる元禄文化の推進面を消してしまうほどのものだ。彼らの政治の善い面は、別の筆者によってふれられることであろうから、ここではのべない。

柳沢吉保は、自分の領国の政治には、なかなか意をつくしたらしく、いま、その恩恵をほめたたえた記念碑もあるそうな。こういうところは吉良上野介によく似ている。

将軍に妻と娘をうばいとられたこともある側用人・牧野成貞は、柳沢吉保の死に先立つこと二年、正徳二年（一七一二）六月五日に、七十九歳という長寿を保ち、おだやかな死を迎えている。

内藤新宿《ないとうしんじゅく》

一

〈新宿〉は、江戸郊外の一宿駅であったが、江戸が東京とあらたまり、日本が近代国家としての歩をすすめはじめてからも、尚《なお》、郊外の町にすぎなかった。

明治四十年に発行された吉田東伍《よしだとうご》博士の名著『大日本地名辞書』は、

「内藤新宿《ないとうしんじゅく》は人口九千。府内四谷《よつや》区の西に連続し、甲州街道ならびに青梅《おうめ》街道の交会にあたる」

と、記している。

現代の、われわれが見る新宿のすさまじいばかりの変貌《へんぼう》とメカニズムを、このとき、だれが予想し得たろう。現代の新宿は東京の副都心になってしまった。

それにしても……。

徳川家康が、豊臣秀吉によって関東へ封ぜられたとき、その居城を江戸へ定め、先《ま》ず、いまの新宿一帯の地へ注視の眼を向けたことはおもしろい。

天正《てんしょう》十八年（一五九〇）七月。

豊臣秀吉は、相模《さがみ》・小田原《おだわら》城の北条父子を討滅し、ここに文字通りの天下統一を成しとげた。

ここに、北条家の支配下にあった関東の地も秀吉のものとなったわけだが、秀吉はすぐさま、家康をまねいて、

「徳川殿に、これからの関東をおさめてもらいたい」

と、切り出している。

家康は、言下に承知した。

年少のころから、血みどろの戦闘をくり返し、苦心の経営をつづけ、ようやくに〔わがもの〕とした三河《みかわ》・遠江《とおとうみ》・駿河《するが》など実りゆたかな領国を秀吉へわたし、そのかわりにまだ草深かった江戸に本拠をかまえて引き移ることを、徳川の重臣たちは、なかなかに承服できなかった。

秀吉は、家康のちからをもっとも恐れていた。

ゆえに、めぐまれた東海の領国から追いのけ、関東という新領国の経営をさせて、家康のちからを殺《そ》ぎ、合わせて、京・大坂から遠ざけようとした、という説は、そのまま信じてよいだろう。

家康は、なにからなにまで新しくやり直さねばならぬ。

だが家康は、黙々として秀吉の命令にしたがった。当時の家康は、まだ五十そこそこの年齢であったし、新天地の開発に、むしろ意欲を燃やしたといわれている。

ともあれ、このときに江戸の発展が約束された。現代の新宿の繁栄もこれにつながることになる。当時の歴史がなまなましい人間の活力によってうごき、その影響が、まだ現代に尾を引いているのかとおもえば、その残映をのぞむ最後の地点に、私どもが生きていることをあらためて想わざるを得ない。

小田原が落城したのは、七月十日であるが、家康は早くも八月一日に江戸へ入った。この日は、いわゆる〔八朔《はっさく》の吉日〕であって、現代の八月三十日にあたる。

そのころの江戸は、

「……東の方の平地の分は、ここもかしこも汐入《しおいり》の茅原《かやはら》にて、町屋侍屋敷を十町と割りつくべき様もなく、さてまた、西南の方は平々萱原《かやはら》武蔵野へつづき、どこをしまりというべき様もなし」

と、ものの本にあるように、かつては太田道灌《おおたどうかん》の城下町であり、家康が来るまでは遠山政景《とおやままさかげ》が北条氏の城代として入っていた江戸城ではあるが、

「……町屋なども茅ぶきの家が百ばかりあるかなしかの体。城もかたちばかりにて、城の様にもこれなく……」

というありさまであった。

小田原落城から間もないことだし、北条家や関東方の残党が江戸周辺に蠢動《しゅんどう》することを考え、徳川家康は、譜代の家臣・内藤清成《きよなり》に、甲州街道すじを、

「きびしく、かためよ」

と、命じた。

同時に、青山忠成《あおやまただなり》をもって、厚木大山道《あつぎおおやまどう》（青山通り）を警備させたのである。

家康が江戸入城の日は、初秋の空が青々と晴れわたり、家康は上きげんで、品川《しながわ》から麻布《あざぶ》・赤坂《あかさか》を経て、未《ひつじ》の下刻（午後三時）ごろ、貝塚《かいづか》（現・麴町平河町《こうじまちひらかわちょう》）のあたりで食事をしたのち、江戸城へ入ったといわれる。

遠山政景の城といっても、政景は長らく小田原城へたてこもっていたし、城の外廻《そとまわ》りの芝土居《どい》もくずれかかり、屋根板が腐って雨もりがする始末なので、重臣の本多正《ほんだまさ》信《のぶ》が、見るに見かねて、

「これでは、関八州をおさめらるる二百五十万石の大名の御城ともおもえませぬ。せめて玄関まわりのみにても普請なされまいては……」

と、いい出すや、家康は事もなげに、

「いらざる立派だてじゃ。わが住む城をととのえるより先に、することがいくらもある」

笑って、とり合わなかったという。

徳川家康は、ことに辺幅をかざらぬ人だったけれども、戦国時代の大名というものは、およそ、このように質素な生活をしていたのである。

家康入国当時の江戸は、現代の品川駅から田町《たまち》・浜松町《はままつちょう》・新橋《しんばし》にいたる国電（現JR）の線路のあたりまで、海であった。

江戸湾は、日比谷《ひびや》から江戸城の真下まで入江になって侵入しており、平川にかかる日本橋のすぐ近くへ、海がせまっていた。

城下町というより茅野原の一寒村といってもよいほどで、現在の佃島《つくだじま》や石川島《いしかわじま》も、入り海のはるか彼方《かなた》に浮かんでいたのである。

さて……。

家康は、江戸入国にさいして、甲州街道すじを警備した内藤清成に、

「そちが乗った馬が、一息に走り廻っただけの土地をつかわそう」

といったので、清成は愛馬に打ちのり、いまの新宿御苑の傍にあった榎《えのき》の大樹を中心にして疾駆したが、一周してもどると、馬は泡をふいて転倒し、息絶えた。

家康は約束どおりに、内藤清成が一周した土地をあたえたというのだが、これは説話であろう。

しかし、家康が内藤氏にあたえた土地は、東は四谷、西は代々木《よよぎ》、南は千駄《せんだ》ヶ谷《や》におよぶ広大なものであった。家康の内藤氏へかけていた信頼の厚さが、これをもって見ても知れようというものだ。

二

内藤清成の祖父・甚五左衛門は、家康の父・松平広忠《まつだいらひろただ》につかえ、広忠横死の後、創成期の徳川家と苦楽を共にし、武功が大きかった。甚五左衛門の四男・忠政は年少の

ころから家康の傍近くにつかえ、寵愛《ちょうあい》が深かったといわれる。武勲もあったが、それよりもはなばなしい戦場の舞台の蔭《かげ》にいて、いろいろと家康を補佐してきたものらしい。

忠政の子は女ばかりであったので、武田宗仲の子・弥三郎を養子に迎えた、これが内藤清成なのである。

清成も年少のころから家康の小姓となり、のちには、二代将軍となった秀忠の侍臣となった。このとき、青山忠成も秀忠づきの侍臣になっている。

そして家康が江戸へ入るや、江戸の背後をかためる重要地点に、内藤・青山の両氏を置いたところに、いかにも家康らしい思慮が見られる。やがては二代将軍となるべき息・秀忠の傍近くつかえた内藤・青山の二人を特にえらび、それぞれに広大な土地をあたえて、警備をまかせる。こうした細やかな配慮は、豊臣秀吉もおよぶところでない。

当時、内藤清成は五千石ほどの旗本で、その身分にくらべて、あたえられた土地はあまりにも広かった。これほどの邸宅地をもらった人は、徳川の家臣で内藤清成ひとりといってよい。

清成は、家康の江戸開発がすすむにつれて身分も上がり、秀吉の朝鮮出兵のころには従《じゅ》五位下《げ》・修理亮《しゅりのすけ》に任じ、本多正信と共に〔関東奉行〕の要職に就いた。

そして、秀吉が亡くなり、関ヶ原戦争に勝利をおさめた家康が、いよいよ天下統一に乗り出さんとするとき、内藤清成は一万六千石の加増をうけ、合わせて二万一千石を領した。

清成の拝領したころの新宿は、俗に〔関戸《せきど》〕とよばれたさびしい草原にすぎなかったが、内藤氏の屋敷が構えられてより、おのずから、その周辺に聚落《しゅうらく》を為《な》し、甲州街道を往来する旅人のための旅舎や茶店がたちならぶようになったのである。

当時は、現在の新宿四丁目一帯から、一、二、三丁目の大通りにかけても、内藤氏の屋敷内であった。

だが、後年になって、元禄《げんろく》十年（一六九七）前後に、内藤氏は、領地のうちの七万九千余坪を幕府へ返上している。

そのころの内藤氏は、信州・高遠《たかとお》城主として三万三千石の大名となっており、藩主は内藤清枚《きよかず》であった。

内藤氏の江戸藩邸は、本邸ともいうべき上屋敷が神田《かんだ》の小川《おがわ》町にあり、下屋敷（別邸）は下渋谷《しもしぶや》にあった。だから新宿の宏大《こうだい》な屋敷は〔別邸〕ということになる。

ところで……。

徳川家康が何故に、新宿の地を当初から重要視していたかというと、もしも敵が江戸へ攻めこんで来た場合は、甲州口を退路の一として考えていたからである。伊賀《いが》の忍びたちの組屋敷にまもられた江戸城・半蔵門《はんぞうもん》は、まっすぐに四谷見附へ通じ、そのまま一本道となって新宿から甲州街道へむすばれているのだ。

家康は、慶長《けいちょう》八年（一六〇三）に〔江戸幕府〕をひらき、天下の政治をとりおこなうことを声明すると共に、五街道を定め、一里ごとに一里塚を築かせた。

江戸から、新宿追分《おいわけ》へ出て、府中《ふちゅう》、八王子《はちおうじ》、大月《おおつき》、甲府《こうふ》へ至る三十四駅をさだめ、甲州街道が五街道の一つになったのはこのときであった。

当時、江戸から第一の宿駅は〔新宿〕ではなく〔高井戸《たかいど》〕である。甲州街道の道幅は約十一メートルで、その折り、第一の一里塚が新宿の追分に築かれた。

家康の江戸開発は、目まぐるしい速度ですすみ、江戸市中はもとより、諸方に街道がひらかれ、新宿も、成木《なりき》・青梅の両街道をふくみこむ要衝となった。

現在の四谷見附に〔大木戸〕が設けられ、番小屋を置いて旅人の通行を取締ったのは、家康が大坂城に豊臣の残存勢力を討ちほろぼし、名実ともに、〔天下人《てんがびと》〕となった元和《げんな》二年（一六一六）であったが、そのころは大木戸の西方は、まだ内藤氏の領地になっていて、民家も、あまり無かったといわれる。

土地の名も、まだ〔新宿〕とはよばれていない。

俗に〔内藤宿〕とよばれていた。

だから、新宿が甲州街道の宿駅の一つとして繁昌《はんじょう》の第一歩をふみ出したのは、前にのべた元禄十一年に内藤氏が領地の一部を幕府に返上してからのことなのである。

内藤氏が甲州街道すじの領地を返上したことは、徳川幕府の政治体制が完全にととのえられたことを意味する。かつては見張り櫓《やぐら》を立てて、この土地を警備していた内藤氏の任務も、ここに解かれたかたちになった。

そのとき、浅草《あさくさ》・阿部《あべ》川町《かわまち》の名主で高松喜兵衛はじめ、浅草の有志五名が、街道すじへ、

〔宿場設立〕

のねがいを幕府へ申請し、これがききとどけられた。

喜兵衛たちは五千六百両という莫大《ばくだい》な金を幕府へおさめ、街道すじの権利を得たわけだが、この大金、現代の十何億円にもあたろう。

喜兵衛たちは、いまの新宿一、二、三丁目の道すじの両側に家をたてならべ、さまざまな商人が店をひらいた。

ここに、甲州街道の第一駅としての〔内藤新宿〕が生まれた。

内藤は内藤氏の領地だったころのおもかげを残し、新宿は、

「新しい宿場」

という意味である。

三

こうなると〔新宿〕のにぎわいはたちまちに、東海道の品川、奥州街道の千住《せんじゅ》、中《なか》仙道《せんどう》の板橋《いたばし》と共に〔江戸四宿〕とよばれるほどになり、他の三宿同様、旅籠《はたご》の飯盛女

(女中であり、私娼《ししよう》でもある) の売春地帯としても有名になってしまった。

四宿の中では、新開地だけに新宿の飯盛女の客引きが、

「目にあまるもの……」

だと評判されたほどである。

もっとも、江戸四宿の飯盛女は、私娼ではあるが幕府公認のかたちであって、私娼の取締りがきびしいときにも、四宿には手入れがおこなわれなかったそうな。

四宿から種々なかたちで幕府へ入る収益も、なみなみのものではなかったにちがいない。

だが、内藤新宿は設立されてから二十年目の享保《きようほう》三年（一七一八）に、突如として、幕府から廃駅を命ぜられた。

そのときの説話に、こんなのがある。

四谷に住む四百石の旗本・内藤新五左衛門《しんござえもん》の弟で大八《だいはち》という者が、大へんの道楽者であって、夜な夜な新宿の飯盛女を買いに出かけた。

大八は五尺そこその小柄な男なのに六尺の大刀を腰へさしこみ、鯨雪駄《くじらせつた》をはいて新宿を闊歩《かつぽ》していたが、或《あ》る夜、飯盛女と口争いをしたことから、土地の無頼どもにかこまれて袋だたきにされてしまった。

徳川将軍の家臣の弟として、これは、まことに不名誉きわまることである。

兄の新五左衛門は、弟大八に、

「腹を切れ！」

と命じ、大八の首を切り落し、これを大目付の松平図書頭《ずしよのかみ》のもとへさし出し、

「かくなる上は、わが家の知行を将軍家へ返上つかまつる。そのかわりに、新宿の宿場をとりつぶしていただきたい。それでなくては、天下の旗本の意気地がたち申さぬ」

と、申したてた。

幕府が、新宿を廃駅にしたのは、このためであったというのだが、これも説話にしておいたほうがよかろう。

内藤新五左衛門は実在の人物だが、新宿を領した内藤氏とは関係ない。彼は四百石の旗本であって、幕府の御役をいろいろとつとめ、享保二年に病死をしている。

新宿が廃された享保三年には、この世の人ではなかったわけだ。

この説話は、岡本綺堂《おかもときどう》によって、

『新宿夜話』

のタイトルのもとに戯曲化され、昭和二年に市川左団次《いちかわさだんじ》が初演して大好評を博し、その後もたびたび上演されている。

芝居では、弟・大八のために家を捨て、一介の旅僧となった内藤新五左衛門が、のちに新宿をおとずれて、むかしの事件をしのぶところがラスト・シーンであった。

新宿が宿駅として再開されたのは、安永《あんえい》元年（一七七二）の四月であるから、五十

四年間も廃駅となっていたのだ。この点においても、内藤兄弟の事件はつじつまが合わないのである。

再開のときも、あの高松喜兵衛の子孫・喜六が中心となって幕府に請願し、許可を得ている。

新宿が廃されたのは、五代将軍・綱吉の華美で堕落した政治が、八代将軍・吉宗の、「初代将軍・家康公の質実剛健の世にもどそう」

とした政治改革によるものであったろう。

それが五十余年後の、いわゆる〔賄賂横行〕の十代将軍・家治の世となり、財政に苦しむ幕府が町人の威勢に圧《お》され、またしても莫大《ばくだい》な公認料をうけとって、再開をゆるしたことになる。

再開後の新宿の飯盛女は、まったく公認の遊女のかたちとなり、新吉原の遊里同様、引手茶屋が七十軒も新宿にたちならぶことになった。

もはや、飯盛女ともいえぬ。

宿場女郎というべきであろう。

こうして〔内藤新宿〕は、甲州街道の宿駅であると同時に、一種の遊廓《ゆうかく》として発展しつづけて行くのである。

宿場の南、内藤家・中屋敷の前には玉川上水《たまがわじょうすい》がながれ、年ごとにふくらむ江戸市民の飲料となり、用水となった。玉川上水には宿場女郎の投身自殺が絶えなかったという。

こうして、繁栄のうちに〔新宿〕は、幕末時代を迎え送り、明治維新の変動後は、明治新政府によって、〔武蔵知県事〕の所管となった。

明治二年には、なんと〔品川県〕となり、廃藩置県の後、新宿があった武州・豊島《としま》郡は、東京府の所管に移された。

そのころの新宿は、遊女屋二十、遊女三百七十五人、芸者三十人を擁して、依然、東京近郊の遊里としてにぎわっていたのである。

四谷見附から新宿三丁目に至る道すじの両側には、これらの妓楼《ぎろう》が軒をつらね、その間に、種々の食物屋が点在し、宿場の北側はこんもりとした木立や田畑がつらなり、南側は、旧内藤屋敷の木立がひろがっていた。

政府は、明治十八年に、日本鉄道の〔新宿駅〕を設けた。信越線と東海道線をむすぶ拠点として、ここに、現在の山手線が開通したわけだ。

このとき、新宿は新時代における発展の芽をふいたことになる。

新宿駅は、いちめんの木立と田畑のつらなりの中に、ぽつんと設立された。

そして、明治二十三年から三十六年にかけて、新宿を始発とする中央線〔当時の甲武鉄道〕が開通するにおよび、新宿は俄然《がぜん》、発展の速度を速めることになる。

ところで、内藤家の中屋敷が〔新宿御苑〕となったのは、明治三十九年五月であった。

かつての渋谷川のながれに沿った、この庭園を見るとき、むかしの内藤屋敷の結構がいまも尚《なお》、まざまざとしのばれる。

大正天皇が崩御されたとき、その葬儀は新宿御苑内においておこなわれた。

それより前の大正十年の大火で、新宿の遊廓は全焼したが、すぐに息を吹き返し、以前にまさる五十三軒もの遊女屋が新築した。

関東大震災後の復興も早かったようだ。

震災後は、下町から郊外へ移住する東京市民が激増したことにもよるが、震災の翌年には、それまで町はずれだった二幸《にこう》の前に、早くもバス・ターミナルが出来ている。

新宿はその後、昭和の大戦の空襲によって焦土と化したが、復興のときの活気はすさまじいばかりの熱気をたたえていた。

その熱気は、東京オリンピックを契機とした、東京のメカニックな膨張につれて、いよいよ異様な烈しさを呈するにいたるのである。

町奴《まちやっこ》と旗本奴《はたもとやっこ》

男意気の発露——奴

町奴《まちやっこ》の代表といえば幡随院長兵衛《ばんずいいんちょうべえ》であり、旗本奴のそれは水野十郎左衛門成之《みずのじゅうろうざえもんなりゆき》ということになっている。

後年——映画、演劇、小説にまで彼らふたりの確執を主題にした物語が飽くことなく繰り返されてきたのは、町民と旗本（武士）のちがいこそあれ、ともに、いわゆる「男伊達《おとこだて》」として生きた、この二人の背景を成す時代というものが、両奴の生態を劇的に精彩あらしめたからであろう。

「男伊達」ということは、信義を重んじ、強き悪をくじき弱き善をたすけ、これがためには一命を捨ててかえりみぬ任侠《にんきょう》の気風をさす。

合理的だと思いこんでいる現代人から見れば、まことにばかばかしいことだろうが、この気風自体についていえば、むろん立派なことなので、これが正しくおこなわれていたとするなら、何も町奴と旗本奴は事々に白刃をぬいて争うこともない筈《はず》であるし、

「奴」よばわりをされることもなかったろう。

彼らを「奴」とよんだのは彼ら自身ではない。傍観者が名づけたのであって、奴とは、みずからをいやしめ他人をいやしむ語であることはいうまでもない。

「男伊達」という立派な気風が、ここまで下落するまでには、それなりの理由もあり、「歴史」もあったのである。

男伊達――すなわち男を立てるの意にも通ずる。

この気風が血気さかんな者たちの間に重んじられ、流行の兆を見せはじめたのは、まだ徳川家康が生きていて、あの太閤秀吉の遺子・秀頼を大坂城に擁した豊臣勢力も残存していた慶長《けいちょう》末年のころであった。

彼らは、次のような教条をかかげ、徒党を組んだ。

一、仲間同志、信義をまもり、それぞれの奉公にはげみ、いささかも不平はいわず、老人、子供をいたわること

一、義のためには水火へ飛びこむことも辞せず、余儀なき人のたのみには一身をなげうってもこれを果たすべし

なかなか立派なものだが、言葉と実行との差は、現代における民主主義ひとつをとってみてもわかるように、男伊達の若者たちの激烈な言動は、それが純粋なものであるだけに、困った事件もいろいろ起きた。

そのうちの一つに、こういうのがある。

家康の旗本に柴山重実《しげざね》というものがいて、めし抱えている小姓Aが何かの罪を犯したので、これを成敗（斬首）した。

するとこの小姓の朋輩である別の小姓Bが、猛然と主人の柴山へおどりかかり、その場で刺殺したものである。いうまでもなく、この二人の小姓は「何々組」とかいう男伊達の同志たちで、ほかにも数十名の仲間がおり、小姓Bをたすけて結集し、大さわぎになったことがある。

これも義によって同志のかたきを討ったつもりなのだろうが、同時に主人殺しの罪をも犯したわけで、まだまだ「武勇」が重んじられていたころだけに、こうした若者たちの集団行動が、どのように恐るべき方向へ展開して行くかしれたものではなく、徳川家康は、

「このような事件がたびたび起きては武士の政事も成りがたくなろう」

といい、慶長十七年（一六一二）夏に、命を下して、江戸市中の青少年が徒党を組むことを禁じ、彼らの中の主だったものは、ことごとく、これを処刑してしまった。

江戸ばかりではなく、京都、大坂にも、こうした男伊達の変形や「かぶきもの」とよばれる徒党が横行していたようである。

ところで……。

元和《げんな》元年（一六一五）に、徳川家康は大坂城を攻め落として豊臣の残存勢力を一掃し、名実ともに江戸幕府の土台をかためた。

ここに、応仁《おうにん》以来、百何十年にわたった戦国の世も、ようやく終熄《しゅうそく》して、日本本土に戦火は全く絶えたのである。

この年に、幡随院長兵衛が生まれている。

そして長兵衛は、慶安《けいあん》三年（一六五〇）に三十六歳の生涯を終えた。長兵衛が生きた三十六年という歳月は、徳川幕府にとっても、戦後の収束と幕府政治の整備、発展のために、非常に重要な時期であったといえる。

ゆえに、町民と武家双方の「男伊達」の経緯をたどる上にも、幡随院長兵衛という男の人生にふれてゆくことがよいように思われる。

長兵衛と十郎左衛門

長兵衛の出生については、いろいろの説もあるが、いまのところ、肥前《ひぜん》・唐津《からつ》十二万石の城主・寺沢広高《てらざわひろたか》の家来で塚本伊織《つかもといおり》の子という説が正しいとされているし、これは、長兵衛の墓がある浅草・松葉町の源空寺へ行ってみてもわかることだ。

いずれにしても、九州あたりから江戸へ落ちて来た牢人《ろうにん》の子であったにちがいあるまい。

ものの本によると「容貌魁偉《ようぼうかいい》にして背丈は六尺をこえ、青髯《あおひげ》あざやかに……」威風あたりをはらう、とあるから、武家に生まれた誇りと、たくましい肉体の所有者である長兵衛が、そのまま江戸の町の一隅に埋もれているわけはない。

一説には……。

本多家の臣で桜井某の中間《ちゅうげん》となって奉公するうち、同家のさむらい彦坂善八と喧嘩《けんか》してこれを討ち果たし、死罪となるべきところを浅草・幡随院の門主であった向導上人《こうどう》にすくわれたといわれる。この説が長兵衛の一生にふさわしいと思うのは筆者のみではあるまい。

当時の江戸は、いわゆる将軍おひざもとの大都会たるべき体裁をととのえるべく、絶間もない市街の拡張がつづけられ、その発展ぶりのめざましさは瞠目《どうもく》すべきものがあり、町もふくらめば人もふくらんで、戦火絶えた新興大都市の活況は、階級の如何《いかん》を問わず、江戸に住み暮らす人々の心を勢いづけていたものと考えられる。

農村社会から都市社会への移行は、徳川政権の天下統一によって、まさに花ひらいた感がある。

いままでの戦争についやされていた国民のエネルギーは、あげて諸生産にそそがれ、商品や貨幣の全国的な流通は、交通の発展をうながさざるを得ない。

江戸市中には、かつては思ってもみなかったさまざまな商売がひろがり、種々雑多な人間が流れこんできた。

幡随院長兵衛の青年期が、どのようなものであったかを裏づける正確な史料はない。

おそらく一種の博徒のようなものの群れにはいり、次第に頭角をあらわし、江戸のこうした社会に名と顔を売るようになったのであろう。

そして、三十歳前後のころになると、ようやく彼も浅草・舟川戸（のちの花川戸《はなかわど》）に居をかまえ、幡随院の「親分」として羽ぶりをきかせるようになっており、江戸へ流れこむ浮浪人や失業者の世話をしたり、仕事をあたえたりした。つまり、これを「人入れ稼業」というので、後年には一種の周旋屋となるのだが、当時は、男伊達の精神をもって事をはこぶのだから、威勢も大きくはでやかなものだし、長兵衛自身の人間形成が、それなりにすすむと同時に、その名声も非常なものとなったわけである。

このころの長兵衛の扮装《ふんそう》といえば、三つ引の大紋をそめつけた茶色の長羽織を着こみ、この裾《すそ》を高々と腰へ巻きつけ、関《せき》の孫六《まごろく》のきたえた無反《むぞり》の長刀を帯し、

「……往来のさまたげ、群衆のめいわくになる者どもに対しては知ると知らぬとの区別なく、みな一様に打ち懲《こら》しめて歩き、町民へ無謀をはたらく旗本奴と見れば肩を張って競い合い、一歩もゆずらず……」

と、いうわけだ。

さて、ここで旗本奴が出て来た。少し、こちらへも眼を転じよう。

となれば、この方の代表選手、水野十郎左衛門を登場させるべきであろう。

十郎左衛門の父・水野成貞は、備後《びんご》・福山《ふくやま》十万石の城主・水野日向守《ひゅうがのかみ》勝成の三男に生まれ、三千石を将軍からたまわり、幕臣（旗本）となった。

したがって十郎左衛門は、この父の後をつぎ、平和の世の旗本となり、幕府につか

えてきたのである。ちなみにいうと、彼の祖父・水野勝成は、戦国の世の代表的な豪傑のひとりであって、槍《やり》一つ持てば、どこの戦場へ出ても他人に引けはとらぬという実力者であるから、たとえ相手が秀吉や家康であろうとも気にそまぬことがあれば決して頭を下げたりはしない。若いときから父のもとをはなれ諸方に転戦した。

「おれほどの武勇があれば、どこの大名でも放っておく筈がない」

という自信にみちており、事実、徳川家康は放浪中の勝成をまねいて、水野家をつがせたし、勝成またこれにこたえ、あの大坂戦争では豊臣方の猛将・後藤又兵衛《ごとうまたべえ》、薄田兼相《すすきだかねすけ》を討ちとって功名をたてた。

十郎左衛門の父・水野成貞も勝成の血をひき武辺殺伐の性格であったらしい。ところが、すでに戦火はやみ、折角の武勇もふるいどころがなくなったわけだから、いたずらに酒をあおり、街路を闊歩《かっぽ》して威張りちらすということになる。

「われは将軍直属の武士である」

というプライドは次第に変形、誇張されてゆき、いわゆる外様《とざま》大名に向かっては、相手が何十万石の大身であろうとも一歩も引かぬ。

その一例として——。

有名な荒木又右衛門《あらきまたえもん》の伊賀上野《いがうえの》における仇討《あだうち》事件も、その背後には大名対旗本の暗闘があった。

この事件は、岡山三十一万五千石の城主・池田忠雄《いけだただお》の家来で渡辺数馬《わたなべかずま》の弟・源太夫

を河合《かわい》又五郎《またごろう》が斬ったことにはじまる。又五郎は岡山城下を逃亡し、やがて江戸へ出て縁故をたより、旗本の安藤治右衛門へ、

「おたのみたてまつる」

と、ころげこんだ。

武士と見こまれてたのまれれば断わるわけにゆかぬ、というのが例の「男伊達」であるから、

「おもしろい。助けよう」

たぎりたつ血気と退屈をもてあましていた江戸の「旗本奴」たちは、集結して河合又五郎の庇護《ひご》に立ちあがった。

こうなると、大名である池田忠雄も黙ってはいられない。

「池田ごときに、びくともするものではない」

という旗本一同の示威が、痛いほどにつたわってくるからである。

間もなく池田忠雄は急死をしたが、

「又五郎の首を余の墓前にそなえよ。それは、いかなる供養にもまさるぞ」

と、遺言をしたそうである。

だから、つまり河合又五郎は旗本たちの代表選手であり、荒木又右衛門と故源太夫の兄・数馬は外様大名の代表選手であったわけで、追いつ追われつ、ついに又五郎を仕とめるに至るまでの段階には、これが単なる仇討事件でない事実がいくらもあった。

一国の主《あるじ》に対しても、このように楯《たて》をつく旗本奴であるから、これが江戸市中を我物顔にのし歩くさまがどのようなものか、およそ想像がつこう。

水野成貞なぞは、髑髏《どくろ》の模様を派手に染めぬいた衣装《いしよう》を身につけ、脛《すね》をまくりあげ、鎖かたびらまで着こむという、まるで道化者のような扮装で、大小の刀の柄《つか》を白くさらした棕櫚《しゆろ》の皮で巻き、これが「白柄組」のシンボルとなった。

こういうわけだから、成貞の子の水野十郎左衛門が父におとらぬ旗本奴の巨頭となったのも宜《むべ》なるかな、であった。

「白柄組」とか「吉弥《きちや》組」とか、旗本奴たちのグループの素行には幕府も手をやいたものである。

これに対して、人入れの周旋を表看板に、博奕《ばくち》と喧嘩《けんか》（その調停もふくまれる）に日を送り、常に男の意地を立て通して、それがためには命を投げ出し、一切の利害を念頭におかぬという町奴がいるのだから「両奴」の間に争いが起きぬ筈はない。

江戸の盛り場や遊里において、両者の衝突が頻発した。

当時、目つきが気にくわぬとあって、旗本奴が町民を斬殺《ざんさつ》しても、

「これは無礼討ちである」

の一言で、斬られた方は泣き寝入りとなってしまう。

旗本奴（旗本のすべてがそうであったわけではない）たちの横暴は推して知るべしだが、彼らいわく、

「武士も町人も天下泰平の美酒に酔い痴れ、だらけきっておる」

奴にきびしかった幕府

幡随院長兵衛と水野十郎左衛門の間には、こんなエピソードがある。

あるとき、水野が自邸へ長兵衛をまねいた。

平常は対抗し合っていても、この両奴の頭目は、互いに肚《はら》のうちをさぐるようなこともしていたらしい。

長兵衛が行くと、酒が出た。

互いに大盃でのみつづけたが、そのうち、水野はいきなり脇差《わきざし》をぬいて膳《ぜん》の上の鯛《たい》の頭を切り、刀の切先をもってこれを刺しつらぬき、長兵衛の顔へ突き出し、

「肴《さかな》にせよ」

という。

その席には松平紋三郎、鳥居権之助などの旗本奴が十数名もいたが、その中で長兵衛は、

「では、御馳走《ごちそう》になりましょうかえ」

あっという間もなく、水野が突きつけている切先の鯛の頭をがぶりとくわえたそうだ。

後で、さすがの水野も長兵衛の胆力をほめたというが、天下をおさめる徳川将軍の家臣が、このようにつまらぬまねをしているのでは、幕府当局もあまりよい顔はできない。

幕府は、いままで甘やかしていた彼らに対し、次第に冷厳な態度をとるようになったし、そうなれば旗本奴たちは尚《なお》さらに反抗の度をつよめ、つよめることによってみずからを窮地へ追いこむことになるのである。

三代将軍・家光の治世がすすむにつれ、幕府政治の体制は、制度と慣例の集積の上にととのい、同時に、台頭する町民階級の経済力とエネルギーを幕府自体が押えきれなくなり、やがて協調せざるを得ないことになるのは周知のことだ。

そして武士は官僚化してゆくわけだから、旗本奴が時代からはみ出してしまうのは当然であった。

水野と長兵衛との紛争がクライマックスに達したのは、葺屋町《ふきやちょう》の劇場内における町奴と旗本奴の喧嘩であったという。

一説には、中橋広小路《なかばしひろこうじ》の猿若座《さるわかざ》において、ともいわれている。

この中橋の広小路というのは、現在の日本橋から銀座へかかる道すじの、ちょうど中間、通《とおり》三丁目のあたりで、ここが当時は江戸第一の盛り場であった。

喧嘩の原因というのも、おそらくつまらぬことで、相手が刀の鞘《さや》にふれたとか、肩にさわったとかいうようなものであったにちがいない。

芝居に脚色された長兵衛と水野の物語では、この劇場内での喧嘩が序幕（事件の発端）になっている。

このときの喧嘩では、双方の頭目たる長兵衛と水野が、それぞれに配下をしたがえて芝居見物をしており、それだけに、両方とも引くに引けぬという場面となったわけだが……。

「上は梵天帝釈《ぼんてんたいしゃく》、地は金輪奈落《こんりんならく》まで御存じの幡随院長兵衛とはおれのことだ。さあ、さあ、喧嘩の仲買なら白柄組でも吉弥組でも、おれが半畳に敷いてくれる」

と、おもしろく書けば、このような気焔《きえん》をあげて旗本たちへ迫った。

旗本奴も町奴も、刀に手をかけ（抜いていたものもいたろう）、互いに肉迫し合ったが、いざというときになって、何と旗本奴のほうが負けてしまった。

町奴のすばらしい気勢に圧迫されたものか、彼らはじりじりと後退し、ついに、たたかわずして劇場から去って行ったのである。

頭目たる水野は最後まで残って町奴たちをにらみつけていたが、これも去った。

衆人が見まもる中での、完全な敗北であった。

このようなことは、かつてないことである。

町人の「男伊達」に武士の「男伊達」が白刃をまじえずに負けたということは、たとえこの喧嘩の原因がつまらぬものであったにしろ、長兵衛以下の町奴は、ここで町民の力をしめして一歩もひくまいとする必死の意気ごみがあったのだと見てよい。

まさに、町民方の勝利であった。

江戸市中に、この事件がひろまり、長兵衛と町奴たちの俠名《きょうめい》が大評判をよんだのはいうまでもない。

この喧嘩の後に、長兵衛は配下のものを残らずあつめ、

「今度のことで、旗本奴たちも世の中のうつりかわりをはっきりと知ったろう。いつまでも、さむらい風を吹かして無体をはたらいていられる時世ではないのだ。おれも、そのことを知らせてやるために一世一代のつもりでした喧嘩だ。芝居小屋の中を血の海にしても一歩も退かぬつもりでいたのだ。ところがさいわいに、向うさまが退いてくれた。これでもう、どちらが勝ったか負けたか、何百人もの見物が承知している。おれたちの望みは達せられたのだから、向後はいっさい旗本奴を相手の喧嘩をしてはならぬ。もしも、このおれの指図にそむく者があれば、その男は、そのときから、この長兵衛が義絶をする」

きびしく、いいわたした。

水野十郎左衛門が長兵衛へ使者をよこし、

「……もはや互いに争うべきものでもあるまい。旗本と町奴は和睦《わぼく》をするべきである。それについて、久しぶりに酒くみかわしつつ、いろいろと語り合いたく思う。躬《み》どもが屋敷までおいでねがえまいか」

との口上をつたえた。

長兵衛は承知をした。

配下のものや妻の阿金《おきん》が懸命にとどめるのを振り切って、男の意地を立てぬき、死地へおもむく長兵衛のいきさつは、よく知られているところの「巷説《こうせつ》」だし、事実、長兵衛は水野屋敷へ一人で出かけて行き、殺されてしまっている。

芝居でやると、長兵衛を風呂《ふろ》へ入れて裸にしてしまい、水野が槍をもって襲いかかるわけだが、実際は、酒宴の最中に多勢の旗本奴が襲いかかり、なぶりごろしにしてしまったともいわれる。ときに長兵衛は三十六歳。

これが本当なら、どうも旗本奴は、武士のくせにすることが汚い。長兵衛の死体も莚《むしろ》にくるみ、江戸川へ投げこむという、まるで犬の死骸《しがい》をあつかうような仕方であった。

この死体は三日後に、小石川・隆慶橋《りゅうけいばし》の下へ流れつき、土地の者に発見され、浅草の長兵衛配下が引き取った。

別に、もう一つ、これは水野十郎左衛門の実弟・又八郎成丘《なりおか》の子孫の水野家につたわる説がある。

それによれば、長兵衛を風呂に入れて殺したのは水野の家来たちで、そのとき水野は大久保彦左衛門《おおくぼひこざえもん》と酒をくみかわしており、さわぎをきいて風呂場へ駆けつけて見ると、長兵衛はもう虫の息であったので、やむを得ず槍をもってとどめを刺し、家来二人の無謀な忠義立を叱責《しっせき》した。

家来たちは申しわけのため、切腹をしたという。

このほうが、何か現実性をもっているように感じられるのは筆者のみであろうか。

長兵衛の法名を「善誉道歓勇士」という。

町奴たちが亡き長兵衛の復讐《ふくしゅう》のため、水野たちが遊里からの帰途を襲撃したという説は信じがたい。

妻女の阿金は、その後、下谷《したや》・金杉《かなすぎ》へ居をうつし、町奴たちにまもられて安らかに暮らし、寛文《かんぶん》四年（一六六四）九月二十七日に四十七歳で没している。

同じ年の三月二十六日。

水野十郎左衛門は幕府評定所へよび出され、切腹を申しつけられた。

『徳川実紀』の寛文四年三月二十七日の項に、

「……小普請・水野十郎左衛門成之、無頼のきこえあるにより、昨日、評定所に召して、松平阿波守光隆へ預けられんとせしに、（水野は）被髪して袴《はかま》も着せず。そのさま不敬なればとて、切腹せしめらる」

と、ある。

水野の切腹が、みごとだったことは、諸書につたえられている。

貞宗の脇差で、一気に六、七寸ほどわが腹を引き裂いてから、

「刃《やいば》の味が、ことのほかにすぐれておる」

といい、刀を置いてから、

「いざ、首を打たれい」

介錯人《かいしゃくにん》・山名勘十郎に声をかけ、首を落とされた。

ときに水野十郎左衛門は五十二歳。

幡随院長兵衛が殺されてから十四年目のことで、長兵衛の妻は、水野が処刑されたのを知ってから死んだことになる。

幕府が、水野へ切腹を申しわたした折の「申渡し」は次のようなものであった。

「……そのほう儀、御譜代の旗本にて、御たのもしく思召され（将軍が）たるところ、数か年の不行跡、世上に隠れこれなく、あまつさえ、このたびの不覚（評定所へ、わざとむさ苦しい異様な姿をしてあらわれたこと）上《かみ》の御名を下るものなり。その科《とが》、重罪たる間、領地召上げさせられ、御仕置おおせつけらるるものなり」

水野ばかりではなかった。

この後も、旗本奴に対する処刑はきびしくおこなわれ、加賀爪甲斐守をはじめ酒井熊之助、太田杢之助《もくのすけ》、小出左膳、近藤新太郎など五十七人が八丈島《はちじょうじま》や三宅《みやけ》諸島へ流された。

もっとも幕府は、旗本奴ばかりではなく、すでに十年ほど前の明暦《めいれき》元年（一六五五）には町奴三十余人を処刑し、本腰を入れて江戸市中の治安をととのえはじめたようである。

奉行所のほかに「火付盗賊改方《ひつけとうぞくあらためかた》」という機動性をもった一種の特別警察のような

役職を新しくもうけ、犯罪その他、風紀の取締りをびしびしとおこなった。

吉原の遊里が、日本橋・葺屋町から、当時は市中をはなれていた浅草・千束村《せんぞくむら》へうつされたのもこのころで、幕府は一万五千両（九千両ともいう）を投じ、移転料として業者へ下げわたした。遊里や盛り場が、町奴や旗本奴の喧嘩場となっていたことはいうまでもなく、種々の犯罪や風紀上おもしろからぬ事態が頻発するこうした場所を、取りつぶしてしまっては、かえって悪を生む結果となりかねない。

それで江戸最大の遊里を辺地へうつしたわけだが、創成以来、幕府の政治もようやく、このあたりにまで手がのばせるような余裕ができたといえぬこともない。

ともあれ、

「男伊達なぞというものは身分の上下を問わず一掃すべし」

これが当局の方針であり、長兵衛歿後二十余年ほどして、貞享《じょうきょう》三年（一六八六）九月には、またも町奴の大検挙がおこなわれたという。

かたきうち

十五年ほど前のことになるが……。

たしか〔電通〕の主催で、医学に関する座談会があり、その席上、ガンの手術で有名なN博士から、次のようなはなしをきいたことがある。

それは、N博士のたしか後輩にあたる若い外科医のことであった。仮に名前をA氏ということにしておこう。

「そのAがね、嫁をもらいましてね。それがすばらしい美人なんだ。いや美人というばかりじゃなく、実にその女らしい、こころのやさしい女性だったもんだから、もうAのやつ、有頂天になってしまってね。ところがだ……」

ところが、その美人の細君は新婚半年にして急死をしてしまった。

なんでも釘《くぎ》をふみぬいたのが原因で破傷風をおこして死亡したのだそうだ。

A氏の悲嘆、絶望は当然であったろう。

N博士は、

「その後、Aはねえ、自殺を三度もやりかけたのですよ」

と、いわれた。

その自殺の一度目は……。

「鉄道の踏み切りに立っていてね、列車が来たところを見はからって飛びこんだのだが、勢いがよすぎて線路を飛びこしてしまい、それで助かっちまった」

そうである。

その二度目。

「海水浴場へ行きましてね。崖《がけ》の上から、海の深いところへ飛びこんだんだよ。むろんAは泳げない。今度はうまく行ったとおもったら、ちょうどその、監視員が望遠鏡で彼が飛びこむところを見ていたのだね。それっというので、たちまちモーター・ボートを出してAを助けちまった」

ということだ。

その三度目。

「それで友人の医師たちが心配してね……あいつ、悲観して何をするかわからん。ちょっと、みんなでなぐさめに行ってやろう……こういって三人ほどでね、休日にAの家へなぐさめに出かけた。ところがですよ、ちょうどそのとき、A君、カルモチンか何かのんで服毒自殺をはかったところだったんだな。みんな、もうびっくりしてね。毒薬のびんがころがっているし……、それっというので、そこはお手のものの応急処置をほどこし、Aを病院へかつぎこんでしまったので、またも、いのちが助かっちまった」

と、こういうことになる。

その後、友人たちのはげましをうけてA氏は立ち直り、やがて縁あって二度目の妻を迎えた。

これが非常な美人の上に、何から何までA氏はいうところがないという女性。A氏の人生は、この女性を得て一変した。前の細君がいたときの層倍の張りきりぶりで仕事もするし、酒ものむし、後妻のよろしさを友人たちにのろけまわるというありさま。

「ところがですよ」

と、N博士いわく。

「その幸福の絶頂にだね、A君、自動車にはね飛ばされちまったんです。それがね、ちょいと車にカスられただけで、別にひどい傷をうけたわけじゃあないんだが、倒れた拍子に頭を打った。その打ちどころが悪かったのですな。つまり頭底出血というやつ。で、ね、あっさりとA君、死んでしまったんですよ。私はそのとき、つくづく人間の寿命というものを感じましたね。人間、いくら死のうとしても死ぬときが来るまでは死ねないし、いくら、生きるよろこびにひたっていても、死ぬときがくれば死ななくてはならんのですなあ……」

以上が、N博士の語られた〔はなし〕であるが、六年ほど前に、私はこれを時代小説の世界におきかえ、武士の敵討ちの主題と合せて「運の矢」という四十枚ほどの短篇小説にし、『オール讀物』へ発表した。

A氏の物語が、どのように変えられて〔時代小説〕の舞台へあらわれたか、それをのべてみたいとおもう。

もちろん、この小説は、はじめから終りまで〔虚構〕のものとして構成されたわけだが、主題そのものには、N博士かたるところのA氏の〔人生〕という〔真実〕が厳として横たわって、それへ、作者としての私の共感がふくめられている。

「運の矢」のストーリーは、次のごとくである。

その書き出しは、

天野源助は、信州・松代《まつしろ》十万石、真田《さなだ》伊豆守《いずのかみ》の家来で〔勘定方〕に属していた。硬骨をもって自他ともにゆるす父の八太夫とは、まったく性格もちがい、天野源助へ貼りつけられた〔小心者〕のレッテルは、容易に剝《は》がれそうもない。

と、あって、この天野源助が、すなわち〔A氏〕ということになる。

この源助は武士にあるまじき臆病者《おくびょうもの》で、軽度な地震ひとつにも顔面蒼白《そうはく》となってふるえ出すものだから藩士たちの軽蔑《けいべつ》ははなはだしいものがある。

しかし、家老の原八郎五郎は、

「今の世には二通りのかたちがござる。それは武道に秀でたるものと経理や学問の道に達したるものと、この二つにて、双方とも武士の心得として無くてはならぬもの——なれど、国の治政については経理に達したる武士の方がお役にもたち、重き役目を身をもって果しおることはご承知の通り。天野源助の経理の才能を、それがしは、わが真田家における宝物の一つと考えております」

と、いっている。

この天野源助の妻さかえは、醜女《しこめ》だが性情きわめてやさしく、夫の源助ばかりか、父の八太夫へもよく孝をつくし、源助はこの妻を溺愛《できあい》している。

この妻のさかえが、軽い風邪をこじらせたのが原因で急死してしまい、天野父子の悲しみは深刻をきわめ、ついに源助は、千曲川《ちくまがわ》へ入水して自殺をはかる。ところが、これを目撃した足軽の内川小六がすぐに追いかけ源助を助けてしまう。

次に源助は、城下外れの道で、暴れ牛に出会い、この牛の角にみずから躰《からだ》を投げかけるがタイミングをあやまり、紙一重の差で牛は源助とすれちがい、彼方《かなた》へ突進し去る。

こうした最中に、源助の父の天野八太夫が同藩の森口庄五郎とあらそい、斬殺《ざんさつ》されるのである。

源助は亡父の〔仇討《あだう》ち〕の旅に出かける。

愛妻をうしなった彼は、むしろ敵の森口と出会い、返り討ちになることをのぞんでいる。斬られたいとさえおもっている。

半年後。

二人は、中仙道《なかせんどう》・美江寺《みえじ》の宿《しゆく》外れで出会い、斬り合いとなるのだが、皮肉なことに死をねがう源助の無心の刃《やいば》が、かえって強敵を倒してしまうのだ。

故郷へ帰った天野源助は父の敵を討った〔名誉〕と、二度目の妻を獲得するに至る。

この妻・清乃は美女である上に、前妻さかえにまさるともおとらぬやさしい女性なので、源助は再び〔家庭の幸福〕の中にひたり、性格まで一変する。役目にも大いにはたらき昇進もする。

この幸福の絶頂にあって、源助はある日、城下の天光院の和尚《おしよう》を訪問し、夕暮れになって道へ出たとき、江戸からの急使の早馬にはね飛ばされ、あっけなく死んでしまう。


簡単にストーリーをのべたが、前述A氏の実話と、それを時代小説化した私の物語とを、くらべていただくと、私の〔小説〕つくりの過程の一端がおわかりになれようか、とおもう。

「運の矢」の物語は現代にあったものを、二百年のむかしを舞台にして、人物の性格もすべて私のものとし、つくりあげたものだが、どちらかというと、はっきり史実にあるのを小説にするよりも、このほうがむずかしいのである。

〔天野源助〕という人物に、A氏の人生が乗りうつり、作者としての私が同化してしまわなくてはペンをとれぬ。

わずか四十枚の短篇ではあったが、ペンをとるまでの数日間は実に苦しく、つらかったものだ。

*

敵討ち、または仇討ちの制度は、封建の時代に確立したといってよい。

封建時代（江戸時代）というものは、天皇の領地以外の日本の土地を、将軍（幕府）が諸大名にわけあたえ、大名それぞれにわが封土を治めた時代をさす。

これら大名の上に徳川幕府という日本全体を統治する〔政権〕があったわけである。

だから……。

A大名の領国とB大名の領国とでは、それぞれの風土景観がちがうように、法律も制度もまた異なる。

政治の大要は幕府を中心にしてうごいてゆくのだが、A国もB国も、一個の〔国〕であった。

ゆえに、たとえば信州・松代十万石、真田家の家来なり領民なりが人を殺し、越後・新発田《しばた》五万石、溝口家の領国へ逃げこんでしまえば、もう真田家の法律は適用されないことになるのだ。

当時、日本には無数の国境が存在したのである。

逃亡した殺人犯人が国境を越えてしまえば、みだりに追手の人数をさし向けるわけにもゆかない。

だからといって〔殺人犯〕が国境を越えてしまえば安全だというのでは、たまったものではない。

そこで、

「殺された者の肉親が犯人を追ってゆき、死者のかたきを討つ」

ことが容認された。

正当な敵討ちであれば、武士の場合、領主から日本全国共通の〔敵討ち免許状〕が下付されるし、もちろん、幕府へもこのことが届け出られる。

つまり〔敵討ち〕は、復讐《ふくしゅう》をふくめた制裁のことだが、いくら肉親のかたきを討つといっても、親のかたき以外の、伯父伯母《おじおば》、妻などの敵討ちという場合は、事情によって許可されるし、兄のかたき討ちはよいが、姉や弟妹のかたき討ちは先ず、正式の許可が出ないことになっている。

なんといっても肉親を殺された家族たちが犯人をうらむことは、むかしも現代も変りがないことであって、暴走運転手に肉親をひき殺された家族が、

「あの運転手を殺してやりたい!!」

と叫ぶありさまが、よく週刊誌などに報ぜられている。現代は日本の法律が犯人を追い、これを裁いてくれるから肉親も親族もこれにまかせている。

けれども、封建の世は、前述の状態であったから、肉親のうらみをこめた制裁が、

直接に犯人の心身へ加えられるのである。

現代人から見ると、まことに〔野蛮〕におもえようが、当時の西洋諸国にくらべれば、日本の〔敵討ち制度〕は、まだしも文明的であったといえよう。

主人もちの武士である場合。

人を殺して逃走すれば、自分の家もつぶれてしまい、家族も陽蔭《ひかげ》の道を生きて行かねばならぬ。

その上、殺した相手の子なり弟なりは、犯人である自分を追って故国を発し、血眼になって旅の空をさがしまわらねばならぬし、自分が討たれぬかぎり、彼らの家と家族も正常な状態にはもどらないのである。

ことに、その殺人の原因が下らぬ喧嘩《けんか》さわぎなどであった場合、取り返しのつかぬことになるのだ。

武士たちは、こうした事実をよくわきまえており、だから、よほどに身をつつしんでいたとおもわれる。人ひとりを殺した為、多勢の人びとが苦しむことになるからだ。

武士の真の心得というものは、もし人を殺したなら、自分もその場で自決してしまわねばならない。

こうすれば、敵討ちの悲劇だけは食いとめることができる。

〔悲劇〕といったが、まさに、それである。

運よく、短い年月の間に目ざす敵を見つけ出し、これを討ちとることができればよいが、十年二十年かかっても、なかなか当の敵にめぐり合えないことがある。ひどいのは四十年もたってから、やっとめぐり合い、討ち果したときは敵も七十をこえた老人、自分も六十すぎの老体となっていたという例もある。

敵のほうでも、

（いつ見つけられて、刃をつきつけられるか！……）

不安と恐怖にさいなまれつつ、旅から旅へ逃げまわる。かくれ住んでいても、一日として安眠することができない。

敵を討つ方も同様であったろう。

（いつ、返り討ちにあうやも知れぬ）

なのだ。

敵は、こちらを返り討ちにしてしまえば、たちまちに我が身が安全となるから、もし敵が先にこちらを発見した場合、そっと、かくれて後をつけて来て、こちらがねむっているところを襲撃し、返り討ちにしてしまうということが充分にあり得るわけだ。だから討つ方もこわい。夜も安眠できぬのである。

こんな例もある。

討つ方が、全く腕に自信がない。

（とても、あの敵には勝てぬ）

と、きめこんでしまっている。

ところが、敵討ちの旅に出てから一年後に、街道を行く当の敵を発見した。

(いた!!)

本来ならば、おどり上ってよろこび、すぐさま名のりをあげて斬りかかるところなのだが、

(と、とても勝てぬ……)

恐怖ばかりが先に立ち、手も足も出ない。

しかし、見逃すわけにもゆかぬ。この敵を討たねば故郷へも帰れぬし、家族にも会えぬ。武士の掟《おきて》で自分の家も立たぬのである。

で……仕方なく、敵の後をつけて行った。つけて行ったが、こわくてこわくて斬りかかることができない。

こうして約十八年もの間、びくびくしながら討つ方が討たれる方の後をつけて旅をつづけた。討たれる方はこのことに全く気づかずに十八年を旅に暮しつづけていたのである。

この反対に……。

討たれる方が、討つ方を先に発見した。

ところが敵の方が弱い。

(なんとか一つ、返り討ちにしてやろう)

と思うのだが、こわくて手が出ない。

仕方がないので、

（よし、討つ方のうしろへぴたりとついていれば、おれを見つけることはできまい）

ときめ、討たれる方が討つ方の後へくっついて歩いた。

この場合は、何と二十四年も、こうしたかたちで旅がつづけられたのである。

そのうちに、討つ方が病気となり、ついに失明してしまった。

それでも尚《なお》、杖《つえ》にすがりながら、敵をさがしもとめて歩いている。こうなると故郷の親類も実家もかまいつけなくなってしまうから、当人は乞食《こじき》同様の姿で旅をつづけなくてはならない。実に悲惨なものだ。

（ああ、気の毒にな……）

と、今度は敵のほうが同情してしまった。

二十何年も、ぴったりとうしろへついて暮してきたのだから、これはもう一種異様な感情が生まれてきたのであろうか……。

討つ方の眼が全く見えなくなって、ついに行き倒れ同様となったとき、敵のほうが、もうたまりかねてしまい、返り討ちにすることも忘れて駆け寄り、抱きおこして懸命に介抱した。

眼が見えないのだから、敵の顔もわからぬ。

第一、二十四年もたっているのだから、顔を見たとしてもわからなかったろう。討つ方は十七歳のときに故郷を出ているのだ。それがいま四十をこえている。

た。

こうして……。

討つ方は討たれる方の看病をうけ、その親切に感謝しながら息をひきとってしまった。

二十余年もさがしもとめていた敵とも知らず、その腕に抱かれて、である。

討つ方も討たれる方も、絶えず人生の断崖《だんがい》のふちをわたりつつ、逃げて、追って、必死の生活模様を展開するのだし、その状態も多種多様である。

時代小説を書くものが執筆意欲をそそられるのも当然であろう。

私も、史実に即した仇討ちや、すべてをフィクションの構築によって書いた仇討ちをまとめた本を二冊ほど出した。

これからも尚、仇討ち小説を書いてゆくことだろうが、彼ら（討つ方と討たれる方）の生態を原稿紙の上に追いつづけるたびに、いよいよ興味をそそられる。

彼ら二人のみのことではない。彼らの家族、そして彼らを取り巻いている社会や経済の状態。ときによっては、そこに政治的に大きな問題さえ生まれることがあって、そうなると単なる〔敵討ち〕だけを描くのではなく、種々の環境に発生する人間のドラマに共通した主題をとらえることを得るわけだ。

〔敵討ち〕の主題は日本独自のもので、いまこれを再検討するとき、単に「野蛮で古めかしい」こととして片づけてしまえぬ何ものかが潜在していることを知らぬわけにはゆかないのである。

新選組異聞《しんせんぐみいぶん》

土方歳三《ひじかたとしぞう》

いまから六年ほど前の、夏のある日のことであったが……。

母と家内と三人で、テレビを見ていると、母が何気もなく、私に、

「土方歳三《ひじかたとしぞう》っているだろう、新選組のさ」

「ああ、いるよ」

「たしかねえ、その土方歳三のだと思ったけどねえ……」

「なにが？」

するとと母が、

「あの土方って人の彼女は、京都の、経師屋《きょうじや》の未亡人だったんだってねえ」

と、こういうのだ。

私は顔色を変えた。

「どうして、そんなこと知ってる？」

「むかし、お父っつぁんにきいたことがある」

母の父は、すなわち私の祖父である。

祖父の名は今井教三《きょうぞう》といい、もとは、下総《しもうさ》・多古《たこ》一万二千石、松平勝行につかえた家老の三男に生まれた。

祖父は、維新後、実家が瓦解《がかい》してのち、今井義教《よしのり》の養子に入った。

今井義教は、いわゆる江戸の御家人というやつで、明治の世になってからは尚更《なおさら》に食べてゆけるものではなく、片だすきをかけて傘張りの内職をしたりしていたのを、

「子どものころ、私は何度も見て、おぼえている」

と、母はいう。

だから、養子に入った祖父も（当時は少年）すぐに奉公へ出ることになった。

錺職《かざりしょく》の徒弟となり、一人前になってから、祖父は養父母を引き取ったものであろう。

私は幼時、この教三祖父から大へんに可愛がられたものだが、私が十歳の冬に、祖父は病歿《びょうぼつ》している。

「で、おじいさんが、土方歳三のことを何といったのだ？」

「それがさ……」

と、母が語るには……祖父と同業の錺職人で浅草《あさくさ》・田原町《たわらまち》に住んでいた山口宗次郎という人が、祖父に、

「おれの親父はね、むかし、新選組の土方歳三というえらい人の馬の口とりをしていたそうだ」

と、語ったことがあった。

当時、新選組も、世の中にあまり知られてはいなかったようだが、何かのときに祖父が、このはなしを母へしたのを、母が急におもい出して、私にいい出したのだ。

それもこれも、息子の私が時代小説を書いていることが母の連想をよんだのであろう。

「もっと、くわしくはなせよ」

「はなせったって、それだけしかおぼえていない」

「もっと何かあるだろう。おじいさんにきいたことをおもい出してくれ」

「ふむ……それだけだ。その山宗《やまそう》さんのお父っつぁんが、土方歳三の馬の口とりをしていた、それだけのことだよ」

「もっとおもい出せ」

「むりだ。四十年も前のこったもの」

だが、それだけでも私にとってはじゅうぶんであった。

このときまでは、私は〔新選組〕を書こうという意欲があまりなかったといってよい。

新選組については、故子母沢寛《しもざわかん》氏の不滅の史伝があり、われわれが、足をふみ入れるべき余地はない、と、私は考えてもいた。

しかし、このとき、母がもたらしてくれた素材——すなわち、新選組の副長をつとめ、鬼とよばれた土方歳三の馬丁をつとめていた男が、明治になって錺職人となり、その息子が友人（私の祖父）へ「土方歳三の色女は、京都の大きな経師屋の後家さんだったそうだよ」と、こうはなしたという、それだけのことが、私の執筆意欲をそそった。

　そこで、あらためて新選組関係の資料をあつめ直し、翌年になってから、土方歳三を主人公にした「色（いろ）」という短篇を『オール讀物』へ発表したのである。

　このことがきっかけとなり、以後、私は新選組を主題にした小説をいくつか書くことになる。

　で……。

　小説「色（いろ）」における土方歳三の恋女については、名も知らず、どういう状態で二人の関係が進行したのか、それもわかってはいない。ただ〔経師屋の未亡人〕というイメージだけを根底にして、主題をふくらませてゆかねばならなかった。

　わずか六十枚ほどの小篇ながら、この小説を書き上げるまでには、ずいぶんと骨を折ったものである。

　女――お房と土方が初めて出会うシーンは鳥辺野《とりべの》の墓地の夏の夕暮れにした。

　ここで、土方が、お房の知人でもある長州の志士・岡部喜十郎の襲撃をうけるのを、お房が目撃するわけだ。

　ここはうまく行ったのだが、それだけで二人の恋が実るわけではない。

　二度目の出会いのシチュエーションを考えあぐねてしまい、折から、深夜の大阪・

道頓堀《どうとんぼり》を歩いていると、路傍に人だかりがしている。

のぞいて見ると、猿まわしが、猿をつかっているのだ。それを見物しているうちに、二人の二度目の出会いが出来上った。

本文を、ちょっと引用させてもらおう。

「……何時ものように一点の乱れもない服装の土方歳三は陣笠《じんがさ》をかぶり、徒歩で四条《しじょう》大橋《おおはし》を渡って行った。

橋の東詰で人だかりがしている。寄って見ると、中風病みの老人が飼猿に芸をさせているのだ。

猿も老いていた。竹馬に乗ったり、唄《うた》とも呻《うめ》きともつかぬ老人の濁《だ》み声に合せて踊ったり、懸命にはたらくのだが、笑いさざめく人だかりのうちからは、なかなかに銭が投げられない。

(哀れな猿め……)

じわりと歳三の眼がうるんできた。

歳三も猿には深い愛着がある。子供のころに山猿を〔三公〕と名づけ飼育していて、病死したこの猿を埋めた裏山には、いまも歳三が据えた墓石が残っている筈であった。三公の命日なれば我しづか——と、これも京へ来てからの歳三がよんだ一句である」

ちなみにいうと土方歳三には『豊玉集《ほうぎょくしゅう》』という句帳が、現在《いま》も残っている。句はいずれも単純率直なもので、あまりうまいとはいえない。それだけに〔三公の命日なれば……〕の一句を、土方に代って私がつくるのに、いかにも土方の俳句らしくつくらねばならぬので（私が俳句をつくるのがうまいからというのではない）苦労をしたものだ。

さて……本文へもどる。

「紙にくるんだ小粒が歳三の手から老猿の前へ放り投げられると同時に、横合いからも喜捨《きしゃ》が飛んだ。ふっとそっちを見て、歳三は目を瞠《みは》った。人垣の頭ごしに、お房の顔がおもはゆげにうつむき、ちらりと上眼づかいに歳三へ一礼を送ると、すぐに人垣から離れて行った。

追って出たが、一瞬、女へかける言葉を探しかねてためらううちに、お房は盛り場の雑沓《ざっとう》へ溶けこんでしまっていた」

その後、三度目の出会いによって、二人はことばをかわすようになるのだが、とにかく、この二度目の出会いがきまると、小説を一気に書きあげてしまうことを得たのである。

この小説「色（いろ）」は、発表されて、さいわいに好評であった。

長谷川伸《はせがわしん》師が、

「色を書いてから、君は、ちょいと変ったね」

そういわれたことがある。

「どう変りましたか?」

「いい方にさ」

「自分では、わかりません」

「そりゃ、そうだろうね」

しかし……。

その小説がうまく書けたというのではなく、そのとき、私が直面していた重くて堅い壁のどこかへ、たとえわずかながら穴をうがつことができたような〈感じ〉を、私は感じていた。

どこがどうというのではない。

もやもやとして、重苦しかったものの一角が、少し破れた……そうしたものにすぎなかったのだが、「色(いろ)」を書いたことによって、私が新しい視界をのぞみ得たことだけはたしかであった。

「色(いろ)」は、別に野心作でもないし、よい出来ばえでもない。

ただ「色(いろ)」という小説のよしあしではなく、この小説を書くことによって、私は、大いに益することがあった……それを長谷川師は指摘されたのであるし、私も「自分ではわかりません」といいつつ、そのことを感じていたのである。

もっとも、こういうことは読者や編集者には関係のないことで、作者だけの感覚にすぎない。

何かの偶然によって得た素材を、これも或《あ》る機会を得て一篇の小説に書きあげ、そのことが次の仕事へ微妙な影響をあたえてくる経験は何度もしている。そのくり返しといってもよい。

なるべくは、自分にとってよい影響をあたえる機縁となる小説を書きたいと、いつも考えているのだが……。

なかなか、うまくゆかぬものだ。

「色（いろ）」を書いた翌年に、私は永倉新八《ながくらしんぱち》を主人公にした「幕末新選組」という長篇を書いた。

これは、新選組の剣士の中でも人に知られた永倉新八のお孫さんが存命しておられることを知って、意欲をそそられたのである。

永倉新八《ながくらしんぱち》

新選組の隊士の中では、神道無念《しんとうむねん》流の剣士で、近藤《こんどう》・土方《ひじかた》も剣術では一目も二目もおいたといわれる永倉新八《ながくらしんぱち》の事跡が、かなりくわしく、つたえのこされた。

これは、永倉自身が大正四年まで、七十七歳の長寿をたもち存命していたのと、彼の〔語りのこし〕をもとに、長男・杉村義太郎氏が『永倉新八伝』を出版されたからである。

義太郎氏の息・杉村道男氏は、現在も北海道で元気に暮していて、しかも道男氏は、祖父・新八の晩年を見ておられる。

私が、永倉新八を主人公にして「幕末新選組」という長篇を書く気もちになったのは、その杉村道男氏へお目にかかり、おはなしをうかがえば、何か新しい素材も得られようとおもったのと、先ず数ある新選組隊士の中では、この永倉新八が、もっとも私の好む人物であったからだ。

新八の父・永倉勘次《かんじ》は、蝦夷《えぞ》（北海道）松前《まつまえ》藩・松前伊豆守《いずのかみ》の家来である。

身分は、江戸屋敷・勤務の〔定府取次役〕で俸禄《ほうろく》百五十石。役目柄から見ても、相当の能吏であったろう。

新選組隊士の中では、こうした父をもった永倉新八など、まあ毛並のよいほうであったといえよう。

幼時から腕白小僧で手がつけられなかったという新八だが、少年のころから神道無念流・岡田十松《じゆうまつ》の門へ入ると、剣術の手すじが天才的で、十五歳には切紙《きりがみ》をゆるされ、十八歳には本目録をうけ、岡田道場でも屈指の剣士となった。

杉村道男氏が私に、

「私の祖父《じじい》は何ですなあ、つまり剣術一方の男でして……いわゆる飯よりも好きというやつ。それでもう堅苦しい大名の家来なぞになるのが厭《いや》で厭でたまらない。それよりも、天下の風雲に乗じ、わが一剣をもって身を立てようという……」

こう語られたが、ついに新八は父にそむき、当時、下谷《したや》・三味《しやみ》線堀《せんぼり》にあった松前藩邸を脱走してしまった。

そのころの、新八の挿話は何もつたわっていない。

で……。

子供のころの〔腕白小僧〕ぶりを小説で描くため、新八が、鳥越の菓子舗〔亀屋〕の八千代《やちよ》饅頭《まんじゆう》を母からお八ツにもらうと、このまんじゅうの中の餡《あん》をぬきとり、小さな自分のお尻《しり》から排泄《はいせつ》された黄色のかたまりをつめこみ、これを藩邸の門番をしている足軽《あしがる》へ「食べないか」と、わたすシーンを考え、ここが小説の書き出しになった。

足軽の大草五十郎が、いつもの腕白小僧がまんじゅうをくれたので面くらったけれども、甘いもの好きの彼は、大よろこびで、この饅頭を口へ入れてしまう。

小説には――。

「……悲鳴と怒りの叫びをあげ、五十郎老人が饅頭を放り出したとき、いつの間に忍び戻って来たものか、ものかげにかくれていた永倉栄治（新八の幼名）が、手を叩き足をふみならして、よろこびの声をあげた。

『食った、食った。大草五十郎がくそを食った、くそくそと泣いた』

『ま、待て！　畜生……』

『わあーい』

栄治は、風のように侍長屋へ逃げこんでしまった。

さすがに、こんどは大草五十郎も黙ってはいなかった。五十郎老人は、憤然として、このことを上司に訴え出た。

永倉勘次は、ただちに、江戸家老の下国東七郎《しもくにとうしちろう》によばれて注意をうけた。

『栄治のいたずらも度がすぎるようじゃ。気をつけさっしゃい』

『はっ……』

父親としての面目は、まるつぶれとなった。

おとなしい永倉勘次が、長屋へ帰って来ると、栄治を庭に引き出し、木刀をふるって、七歳の息子が悶絶するまで折檻《せっかん》を加えたという」

と、先ず〔小説〕ではこのようになってくる。

作者としての私が、新八なり、永倉勘次なり、足軽の老人なりに没入してしまえば、腕白時代の新八を描写するための創作の嘘はたちどころに、〔真実〕と、なり得る。これが小説である。

＊

永倉新八は、江戸生まれの江戸育ちだけに、後年、新選組へ入り、京都で羽ぶりがよかったときも、決して、いわゆる〔成りあがりもの〕にはならなかったようだ。

だから、江戸で近藤勇《こんどういさみ》の貧乏道場〔試衛館《しえいかん》〕にころがりこみ、好きな剣術修行に明け暮れしていたときと、人柄が少しも変らなかった。

そこへゆくと、近藤勇なぞは、いまや時めく新選組・総長として、京都守護職松平容保《まつだいらかたもり》の麾下《きか》にあり、勤王革命の蠢動《しゅんどう》に立ち向う幕府側の尖兵《せんぺい》として華やかな脚光をあびるにつれ、貫禄もついたかわりに、人柄も変ってきたようである。

永倉新八などが、つい、むかしの剣術仲間のつもりで、二人きりのときなど気やすげに、

「近藤さん」

などと、よびかけるや、近藤はたちまち不きげんになり、じろりと、永倉を見たきり、返事もしなくなった。

(むかしのおれではない。いまのおれは天下の近藤である)

つまり、いつ、どこでも隊士たちは自分に敬意をはらうべきである。自分は新選組の総長なのだから〔総長〕とよぶべきである。近藤はそうおもいはじめた。

（近藤さんも、とうとう成りあがりものになってしまったな）

と、新八は顔をしかめ、今度はろくにあいさつもしないようになった。近藤もおもしろくない。

こういうことで、一時は、この二人の間がうまく行かなくなったようだが……もともと近藤勇は永倉新八のさっぱりとした気性と剣術を好んでいたので、あの池田屋斬込みのときも、新八を大いに頼りにしてくれたものだ。

新八は、京都にいたころ、島原《しまばら》の芸妓《げいぎ》・小常と同棲《どうせい》し、磯子《いそこ》という子をもうけた。

この磯子が生まれて間もなく、時勢はがらりと変転し、薩摩《さつま》・長州の両藩が、ついに同盟をむすび、強大となった勤王勢力の結集が、徳川十五代将軍・慶喜《よしのぶ》をして、

〔大政奉還〕

へ、ふみきらせることになる。

ここに、二百六十余年の間、日本の政権の座にあった徳川幕府は崩壊し、新選組も旧幕府勢力と共に江戸へ逃げ帰った。

で……。

新八は、小常にも磯子にも生き別れとなるのだが……、後年、明治の世になってから、生き残った新八が久しぶりで京都をおとずれた折、旧知の八百屋の女房と出合い、

小常は死んだが、磯子は美しく成長し、女役者〔尾上小亀《おのえこがめ》〕となり、関西で人気をよんでいることをきかされ、この八百屋の女房の手引きで、新八は二十三歳に成長したむすめと再会することになるのだ。

そのころ、すでに新八は結婚し、長男・義太郎をもうけている。

維新の動乱が終ったとき、永倉新八は敗残の身を旧主家である松前家へよせた。父母もこのときは病歿《びょうぼつ》している。

松前家の家老・下国東七郎は、

「江戸にいてはあぶない」

というので、松前家の本国である北海道・福山（松前）へ新八を送った。

近藤勇は捕えられて死刑になるし、土方歳三は、北海道の旧幕軍へ加わって戦死。新選組生き残りの隊士というのは新八をはじめ、ごくわずかなものであったが、いずれも諸方へ潜伏している。

勤王派を相手に、あれだけあばれまわった新選組だから、旧幕勢力の反抗が全く熄《や》み、明治新政府によって近代日本の歯車がまわりはじめるまでは、新選組残党の一人として、新八もうかつに江戸へはもどれなかったろう。

明治三年の春。

新政府は「前将軍をはじめ旧幕臣、大名の罪をゆるす」との布告を発した。

むすめの磯子に会ったのは、それから二十年も経ってからのことだし、中年になった新八は、北海道へ妻子をのこし、東京へ出て、諸方の剣術道場をたずねまわり、相変らず〔好きな道〕でゆうゆうとたのしんでいたようだ。

すでに永倉新八は、名を〔杉村義衛《よしえ》〕とあらためている。

妻女の米子《よねこ》は、元松前藩の藩医・杉村松柏《しょうはく》のむすめで、だから新八は杉村家の養子となったわけであった。

養父の松柏が明治八年に病歿してから、新八は諸方へ出かけるようになった。

「あそんでもいられぬさ」

と、米子にいうのだが、だからといって新八に出来るものといえば〔剣術〕のみだ。

北海道・樺戸《かばと》（現・樺戸郡月形町）に新設された監獄の剣術師範としてまねかれたのも、そのころのことであった。

〔樺戸監獄〕では、所員のみか、囚人たちにも精神修養のためとあって剣術の稽古《けいこ》をさせたそうである。

「よしきた!!」

新八も大よろこびで、妻子をつれて樺戸へ赴任した。

この仕事が気に入ったと見え、明治十九年六月、四十八歳になるまでつとめている。

辞職後、杉村家の親類がいる小樽《おたる》へうつり住んだ。

「死ぬ前に、もう一度、東京を見ておきたい。ついでに米子。お前さんも東京見物をしたらどうだ」

というので、またも妻子をつれて上京。

明治三十二年まで、牛込《うしごめ》や浅草《あさくさ》で町道場をひらいたりして暮している。

近藤勇が刑死した板橋《いたばし》宿の刑場跡に、新八は諸方へ寄附を仰ぎ、近藤・土方をはじめ旧新選組隊士たちの墓碑をたてた。

〔隊士殉難の碑〕というものだ。

これは、国難のためにいのちを捨ててはたらいたことを意味するもので、新選組が〔賊徒〕でないことを証明したわけだから、永倉新八がやってのけたことは堂々たるものだ。いまもこの墓碑は板橋駅のすぐ近くに残っている。

「明治維新なんてえものは、つまり薩長《さっちょう》たちと徳川との争いさ。勤王なんていうことは、あらためていうまでもない。そのころでも日本国民、みんな勤王だからね」

日清《にっしん》戦争が始まったとき、当時、五十六歳になっていた新八は、

「抜刀隊の一員として従軍させていただきたい」

と、志願をしたそうである。

明治政府は、しかし、これを採りあげなかった。

新八は、せがれの義太郎に、

「もと新選組に手をかしてもらったとあっちゃあ、薩長の連中も面目まるつぶれというわけかえ」

こういって苦笑をした。

＊

明治三十二年夏。

六十をすぎた新八は、妻子をつれて、北海道・小樽へもどった。むすめのゆき子も生まれていたし、数年前に小樽へ帰っていた長男・義太郎は、土木建築業者として、事業家肌の性格を発揮し出していた。

いまも小樽にある明治の風趣濃厚な〔北海ホテル〕が建ったとき、義太郎は専務取締役をつとめている。いわゆる〔地方名士〕というところだ。

義太郎が結婚し、道男という初孫を得てからの新八は、

「この年になって、こんなにうめえおもちゃにありつけようとは思わなかった」

大よろこびだったそうである。

杉村道男氏は、新八祖父の、老いて尚《なお》、あどけない童顔のおもむきをよくつたえている胸像を前にして、私にこう語ってくれた。

「祖父は、さよう私の十三、四のころまで生きておりましたかなあ。御承知のように老いて尚、剣術が好きなものですから、私を引っぱり出しては稽古をつけてくれるのですがね、いやいや、どうも大へんな稽古なもので閉口したもんです。竹刀《しない》も普通のやつの上に革袋をかぶせた重いものだし、面も胴も籠手《こて》も、防具いっさい身につけてはいかんという。道男、ちょいと稽古をつけてやろうといって、祖父が、小樽の水天宮の境内へ私を引っぱり出す。子供だからといって少しの容赦もなくなぐりつけるの

だからたまりません。私がこぼすとね、父（義太郎）が、これからはもう剣術の時代ではないんだから柔道をやれ、と、こういう。私もその気になって、父から柔道着を買ってもらう。すると、今度は祖父がおさまりません。どうもね、じじいと父の間にはさまって困りましたよ。

祖父はね、私が柔道をやるとごきげんななめというやつで、小づかいも飴玉《あめだま》も買ってくれない。すると父がね、お前、柔道をやるなら小づかいをやるぞ、と、こういいましてね。しまいには祖父と父が大喧嘩《おおげんか》をはじめるのです」

また、

「祖父が年をとって、亡くなる少し前でしたが、よく孫の私をつれて映画見物に出かけたものです。同じ映画を何度も見る。そうして、わしも長生きをしたので、こんな文明の不思議を見ることが出来た。実になんともうれしい、妙な気もちだ。近藤や土方が、この映画というしろものを見たら、どんな顔をするかなあ……なんてね。とにかく、小樽へ映画……活動写真ですな、そのころは。それがかかると毎日のように足をはこぶ。私をお供につれてね。

あるときでした。下足のところで、映画がハネると非常に混雑をするのです。そのころはいちいちはきものを下足へあずけて中へ入ったものですからな。

とにかく、見物の人たちが先をあらそう。その中を七十をすぎた祖父が子供の私の手をひいて、ひょろひょろもまれているわけです。するとね、土地の若いやくざ者が

七、八人で面白がって、このじじい、早くしろ、とか何とかいいながら、祖父をあっちこっちから小突きまわすのです。祖父はじっとこらえて、おとなしく、やくざ者に小突きまわされておりましたが……そのうちに『む!!』と肚《はら》の底からほとばしり出るような、低いが、ちからのみちみちた気合声を発して、ぐいとやくざどもをにらみつけたんですな。するとね、もう、やくざどもはいっせいに青くなってしまい、ぶるぶるとふるえはじめたもんです。むろん、ぱっと祖父からはなれてしまいました。尚も祖父がにらみつけている。彼らはもう恐怖で居たたまれなくなり、こそこそ逃げてしまいました。

私も子供ごころに、こういうところは、さすがに違ったものだと思いましたな。稽古をつけるときも、あの、よろよろした小さな老人が竹刀をもって立つと、躰中にぴいんと針金が通ったようになる。なるほどなあ、と思いましたよ」

新八は小樽へもどってからも道内の諸方をまわり、自分と剣を交えた相手に署名を請うた帳面を遺した。

新八の自筆で〔英名録〕と記された、この帳面は、いま、杉村道男氏が保存しておられる。

私も、これを見せていただいたが、帳面の表紙を繰ると、次の紙面に〔神道無念流・岡田十松門人〕とあり、さらに、

〔——旧会津藩御預、新選組副長助勤、永倉新八改、杉村義衛〕

堂々と、したためてある。

青春の誇りと、わが一剣にかけた過去を、永倉新八は、いささかも悔ゆるところなく、明治から大正へかけての新時代を生きぬいて行ったと見てよい。

大正四年一月五日。

永倉新八こと杉村義衛翁は七十七歳の長寿をたもち、ついに病歿した。

死因は、虫歯の治療をこじらせてしまい、骨膜炎から敗血症をおこしたのだという。

聞書・永倉新八

〔新選組〕の隊士たちは、局長・近藤勇、副長・土方歳三をはじめ、維新動乱の最中に一命をかけ、一剣をもって闘った人びとだけに、小説にしておもしろい人物が多い。

永倉新八もその一人であるが、この人は、蝦夷《えぞ》（北海道）松前藩の藩士の子に生まれた。父親の永倉勘次は、百五十石どりの〔定府取次役《じょうふ》〕をつとめてい、代々、松前侯の江戸屋敷・勤務であったから、新八は江戸の水で産湯《うぶゆ》をつかい、江戸で育ったのである。

それだけに、江戸の気風を身につけていて、新選組へ入ってからの行動も、まことにさわやかなものであった。

新八の剣術は、近藤勇が、

「真剣で立合ったら別だろうが、道場の稽古《けいこ》では、とても永倉君に歯が立たぬ」

といったほどに、天才的なものであったらしい。

江戸人らしい物事にこだわらぬ恬淡《てんたん》たる性格のもちぬしで、

「そうした性格が、あの人を生き残らせたんでしょうな」

と、亡き子母沢寛氏も、私に、そうもらされたことがあった。

私が、永倉新八を主人公にした小説『幕末新選組』を書いたのは、もう七、八年も前のことになる。

私どもが〈新選組〉を書く場合、なんといっても、子母沢氏の名著『新選組始末記』のお世話にならなくてはならない。

これは子母沢氏が若きころ、それこそ体力にものをいわせ、いそがしい新聞社勤務のかたわら、何度も何度も京都へ行かれ、新選組ゆかりの場所を綿密に調査され、当時のことを知る〈生き残りの人びと〉をさがしては、たんねんに聞書をとられたものが、あの『始末記』となったわけだ。

「もう一歩というところでしたよ。もう一歩、遅れていたら、生き残りの人たちは亡くなってしまいましたから、はなしをきくことができなかったでしょう」

しみじみと、子母沢氏がおっしゃったことがある。

私が永倉を書くにあたって、子母沢氏は何日もかかり、実に懇切な指導をして下すった。これは何も私のみにかぎったことではない。新選組を書く人たちに対しては、

「私で、お役にたつことでしたら……」

惜しみもなく、素材を提供されたようである。

『幕末新選組』は、家の光社で出している『地上』という雑誌に連載したものだが、同社の札幌駐在員から、

「永倉新八のお孫さんが、札幌に住んでおられます」

と、知らせて来たので、私はすぐさま、編集部のMさんと共に、北海道へ飛んだ。

永倉新八は、維新動乱に生き残ってのち、北海道・小樽《おたる》へ住みつき、大正四年一月五日に、七十七歳の長寿をたもち、世を去った人物だ。

死因は、虫歯の治療をこじらせ、骨膜炎から敗血症を引き起した。それがいのちとりとなったらしい。

「とても痛かったらしいのですがね。じじいは、いささかの苦しみをもうったえませんでしたよ。これは、子どもごころにおぼえています。病中、絶えず微笑をうかべておりましてね」

と、札幌でお目にかかった永倉新八のお孫さんにあたる杉村道男氏は、私に、そう語られた。

道男氏は当時、六十をこえておられた。

そして、祖父・新八のことを〔じじい〕とよばれた。そしてそのよび方は、いかにも江戸のころをおもい起させるものであった。

当時、杉村道男氏は、たしか札幌のH大学につとめておられたようだ。数年前に同氏は亡くなられたが、小柄だったという祖父・新八とは反対に堂々たる体軀《たいく》のもちぬしであった。

「じじいは、江戸から北海道へ逃げて来まして、以前の松前藩の藩医で杉村松柏のむすめの米子と夫婦になったのです。ええ、養子というわけでして、名前も杉村義衛とあらためました。それで、私の父の義太郎が生まれたわけです。ええ、米子。つまり私の祖母なんですが、とても、おしゃれでね。ばばあになってからも、うっすらと白粉《おしろい》なぞをつけていたのをおぼえています。やはりその、大名の家の、つまり松前の殿さまの侍医をしていた人のむすめですから、見識高いし、それにおねりでね。じじいは、いつもやりこめられていましたよ。

　ま、そういうこともあって、明治になってからも、じじいは東京へ出たり、あっちこっちをまわりまして、好きな剣術をやって暮していたようです」

　といいながら道男氏は、当時の新八が試合をおこなった相手に署名を請うた帳面『英名録』数冊を見せて下すった。表紙には新八の筆で〔神道無念流・岡田十松門人――旧会津藩御預、新選組副長助勤・永倉新八改、杉村義衛〕と、堂々としたためてある。

　これは道男氏が、父・義太郎からきいたことだそうだが、新八は晩年に、

「なあに、明治維新なんてえものはね、つまり薩長《さっちょう》と徳川の争いさ。いまのような文明開化はどっちにしろやって来たんだ。時勢というものだから、薩長だろうが徳川だろうが同じだね」

　そういっていたそうである。

明治十年の西南戦争が起って間もなく、永倉新八は、北海道樺戸《かばと》（現・樺戸郡月形町）に新設された監獄の剣道師範としてまねかれたことがある。

この監獄では、所員のみか囚人たちへも、精神修養のためとあって、剣術の稽古をさせたそうな。おもしろい監獄ではある。

杉村道男氏は、はなしの合間合間に、

「イヤ、イヤ、イヤイヤ」

という間投詞をはさむのが癖であった。

「どうも、どうも」

とか、

「いやはや」

とか、

「まったく」

とか、いろいろな意味に、この「イヤ、イヤ」はつかわれるのである。

永倉新八は、道男氏が、十四、五歳のころまで生きていたそうな。

「私のじじいは、なんですなあ、つまり剣術一方の男でして……あとのことは何もできぬというわけでして……イヤ、イヤイヤ……ですからその、維新後は、ずいぶんと貧乏をしたようですが平気なものだったらしい。暇さえあれば竹刀《しない》をかついで諸所方々へ稽古をつけに出かけたものです。ばばあと夫婦《いっしょ》になって、私の父が生まれてからも小樽に落ちつけず、妻子をつれて東京へ行き、なんでも浅草の北清島町《きたきよしまちょう》に住んで、そこを根城に、東京中の道場をまわっては剣術をやったんですなあ。好きなんです。とにかく、剣術が……ふしぎなじじいでしたよ、イヤ、イヤイヤ」

この前後に、永倉新八は、おもい出もふかい京都をおとずれ、新選組で活躍していたころ、島原《しまばら》の芸妓《げいぎ》・小常に生ませたむすめの磯子にめぐり合ったりしている。すでに小常は亡くなってい、磯子は〔尾上小亀〕の芸名で女役者となり、大阪で大評判をとっていたそうな。

磯子が生まれたときは、京都から敗走する幕軍と共に江戸へもどり、諸方に転戦して〔官軍〕と戦っていた新八だけに、成長したわがむすめをはじめて見て、びっくりしたらしい。

このはなしにふれると、杉村道男氏は、

「イヤ、イヤイヤ……」

と、ことばをにごしてしまわれるので、私は深くきくことをやめた。

磯子は、長生きをして神奈川県・藤沢《ふじさわ》市で亡くなったともいう。

永倉新八が、かつての同志・近藤勇ほか隊士の墓碑を、近藤が刑死した板橋刑場跡にたてたのも、この東京時代であった。

これは〔新選組隊士殉難の碑〕である。殉難とは、国難のために一命を投げうったことを意味する。

だから永倉は、この墓碑をたてたことによって、新選組は朝敵でも賊徒でもないことを世間に証明したことになる。寄附も相当にあつまったと見え、現在も板橋に残る、この墓碑はなかなかに立派なものだ。

この間に、北海道の樺戸監獄へ赴任したり、また東京へもどったりしていたらしい。永倉が、一家をあげて北海道へもどり、小樽市に永住することにきめたのは明治三十二年夏のことで、ときに永倉新八は六十一歳。長男・義太郎のほかに、ゆき子という娘も生まれていた。

義太郎氏は、小樽で土木建築の仕事をはじめ、のちには帝国興信所の支所長になったり、北海ホテルの取締役になったりして、いわゆる小樽の名士の一人になった。

老いた永倉新八にとって、孫の道男は、文字どおり「目に入れても痛くない」存在であって、

「道男。剣術をやれ、剣術を……」

すすめてやまない。

当時をかえり見て、杉村道男氏いわく。

「ところがですな。父の義太郎は柔道をやっていましてね。ですから父は私に、これからはもう剣術の時代ではない。柔道をやれ、としきりにいうのですな。じじいはじじいで、柔術なんぞいくらやっても何の足しにもならんという。間にはさまって子供ながら、実に困ったもんです。

イヤ、イヤイヤ……じじいはね。私が柔道をやるとゴキゲンナナメになってしまい、小づかいもくれぬし、飴玉《あめだま》も買ってくれない。

父は父で、柔道をやるなら小づかいをやるというので、いやどうも、困りました。でも結局は、じじいのいうとおりになりましたよ。私がさよう、十二、三のころですかなあ。じじいは私を、小樽の水天宮の境内へ引き出し、よく稽古をつけてくれるのですが、……イヤ、イヤイヤ。たまったものではない。普通の竹刀の上に革袋をかぶせた重いやつで、防具も何もつけぬ素面素籠手《すめんすごて》で、ビシビシとなぐりつける。まったくどうも弱りましたが……しかし、そのあとでもらう小づかいがたのしみでしてなあ」

老いてからも永倉は、諸方へ稽古や試合に、よく出かけたそうだ。道男氏も、そのお供をさせられたらしい。

札幌のH大学へもよく出かけたが、六十をこえた永倉新八が、H大の道場へ立ち、学生たちに、

「さあ、みんな順番にかかっておいで」

こういって竹刀をかまえると、それまでの、よぼよぼとして、まがった背すじにぴいんと鉄線が入ったようになったという。

学生たちは防具をつけて、つぎつぎに打ちかかるのだが、永倉は稽古着一枚を身に

つけたきりで、

「さあ、来い。さあ来い」

ぽんぽんと、おもしろいように打ちすえてしまった。

「年を老《と》ってからの、じじいの口ぐせは、わしゃあ、しあわせものだよ……と、いうのでしたよ。よっぽど剣術が好きで、その好きなことを死ぬまでやっていられたからでしょうなあ」

と、道男氏はいわれた。

「じじいが亡くなるすこし前でしたかなあ……小樽で、父が経営していた劇場《こや》へ、よく活動写真や芝居を見に出かけたものです。いつでしたかなあ、芝居がハネまして下足番のところへ出て来ると、いつも孫の私がお供でしてね。いつでしたかなあ、芝居がハネまして下足番を争って履物を取ろうとするわけ。そこで、じじいがですな、よろよろしているのです。まったく、よぼよぼのじじいに見えるのですな。ま、そのとおりなので。するとですな。土地の若いやくざが五人か六人、おもしろがって、じじいを小突きまわすのですよ。私もたまらなくなってね、じじいが可哀相で……じじいは、だまって、よろよろと小突きまわされている。

そのうちにですな。じじいの背すじがぴいんと立ったとおもったら、じじいが、低いけれども肚《はら》の底からひびき出たような気合を発して、ぐいと、やくざどもをにらみつけたんですな。

するとね、もう、やくざどもは、いっせいに青くなって立ちすくんでしまい、ガタガタとふるえているのですよ。結局、コソコソと逃げてしまいましたが……子供ながら見ていた私も、さすがに違ったもんだな、とおもいましたよ。そのころはもう竹刀をもたなくなってから久しかったので、私も、じじいはすっかりおとろえている、と、はじめはおもっていただけに、ちょっと、びっくりしましたよ」

道男氏が、

「おじいちゃん、強いね」

うれしそうにいうと、永倉は鼻の先で笑って、

「あんなのは屁《へ》みたいなものだよ」

と、こたえたそうである。

それはそうだろう。近藤勇も一目を置く名剣士で、池田屋の斬込みから鳥羽《とば》・伏見《ふしみ》の戦争に至るまで、新選組の血闘のほとんどに参加している永倉新八なのである。

「じじいは、酒が好きでしてね。酔って上機嫌になると、さあ見てくれ、といいまして、ぱっと着物をぬぎ、下帯ひとつの裸になってしまい、腰のあたりを手で叩《たた》きながら、さあ見てくれ、この通りだ、と得意になる。その腰のところには弾丸の痕《あと》が残っていました。維新のさわぎのときの、どこかの戦いで受けた鉄砲傷なのでしょうが、じじいは、この傷の痕をぴたぴたと叩いて、わしは、これでも御国のためにいのちを

かけてはたらいてきた。この傷痕は、わしの誇りだ……と、威勢のよい声を張り上げたものです」

祭りのときなどは、小樽の住之江《すみのえ》町の遊里へ、少年の道男をつれて行き、芸妓をあげて大さわぎをする永倉新八であった。

「ばばあは、そんなときいやな顔をしましたが、父は気前よく、さあ行っておいでなさいと小づかいをじじいにやっていましたよ」

杉村道男氏は、なつかしげにそう語られた。

永倉新八は、息を引きとる前に、

「悔はないよ」

の一言をもらし、莞爾《かんじ》として眼をとじた……というのは、私が小説で創作したラストシーンである。

新選組史蹟を歩く

私がこれまでに新選組をあつかった小説を書いたのは、次の四篇である。
「色（いろ）」短篇―土方歳三
「ごろんぼ左之助」短篇―原田左之助
「幕末新選組」長篇―永倉新八
「近藤勇白書」長篇―近藤勇
この七年間に、新選組を書くたび、私は京都へ出かけ、何度も遺跡をめぐったものだ。

新選組史蹟と子母沢寛先生

新選組といえば、なんといっても故子母沢寛不朽の史伝『新選組始末記』を手引きとしなくてはならぬ。少年のころからの私が新選組に対する決定的なイメージをもつことができたのも、この子母沢先生の名著あればこそといってよい。

去年（一九六八）、亡くなられる数日前に、子母沢先生にお目にかかったときも、

「いま、八木さんのところはどうなっていますかね？」

なつかしげに眼をしばたたかれて、問われた。

八木さん……つまり、発足当時の新選組の屯所《とんしょ》がもうけられた八木源之丞《やぎげんのじょう》屋敷で、芹沢鴨《せりざわかも》が暗殺されたのも、この屋敷内においてであった。

子母沢先生が〔新選組〕を執筆された昭和初年には、まだ近藤勇《こんどういさみ》や土方歳三《ひじかたとしぞう》の顔を見知っている古老が生きのこっていたので、

「もう少しのところで、あの人たちのはなしをききのがしてしまうところだった。私がそれこそ足を棒のようにして語りのこしをかきあつめ、新選組を書いて間もなく、そうした古老たちは、みな亡くなってしまったのですからね」

と、先生はいわれたことがある。

私が、いまの京都の、そうした遺跡の写真を撮《と》ってごらんにいれると、

「ほ、ほう……いま、こうなってしまいましたか……」

巨体を折りまげるようにして、熱心に、いつまでも飽かずにながめておられるのだった。

玄関がまえに往時を偲《しの》ぶ

新選組・発足当時の屯所・八木源之丞邸はいまも濃厚に旧態をとどめている。むろん、当時の敷地は現在の数倍もあったということだし、近藤、土方、芹沢ら十三名が起居したといわれる離れの建物もいまはない。

だが、母屋はほとんど当時のもので、市電の四条大宮の一つ先、四条坊城の停留所前の祇園《ぎおん》社の横道を南へすすむと、間もなく左手に八木邸の門前があらわれる。道端に〔新選組遺蹟〕の石碑が建ってい、植込みにかこまれた石畳の向うに、門がのぞまれる。

門を入ってすぐ右手が玄関。むかしの郷士の玄関がまえをしのばせるに充分の雰囲気が、あたりにただよっている。

八木家に葬式があったとき、近藤勇と芹沢鴨が、机をならべて弔問客の受けつけをしたという玄関が、すなわちこれである。

この母屋の一室で、芹沢鴨が土方・沖田《おきた》など同志たちに暗殺された。その部屋が現存している。

情婦《おんな》と共に裸体で酔いつぶれたまま床へ入っていた芹沢鴨は、血まみれとなって逃げようとしたが、せまい室の中で、刺客たちは折り重なるようにして白刃をたたきつけた。

その刀痕《とうこん》が、部屋の柱の其処此処《そここ》に残っている。

「芹沢はんはなあ、この、となりの部屋まで逃げておいやしたんどすえ」

と、八年前にはじめて、ここを訪れた私に、八木邸にいた婦人が説明してくれたものだ。

こうして芹沢が死に、募集した浪人も多勢参加し、新選組のかたちがととのうと、八木邸では手ぜまになり、道をへだてた東がわの同じ壬生村《みぶむら》の郷士・前川荘司《まえかわそうじ》の大きな屋敷を借りうけて、屯所とすることになった。

この前川邸は角地で、そのとなりに〔新徳寺〕がある。

地形は当時と変っていない

幕府に浪士隊を結成させ、これを京都まで引張って来た黒幕の清河八郎《きよかわはちろう》が本拠とした寺が、これである。

さて、前川荘司邸は……。

これも、八木邸ほどではないが、まだ旧態をとどめている。

前川邸は総敷地四百三十坪ほどで、長屋門のある堂々たるかまえだ。

現在は紙商の持家になっているけれども、

「できるだけ、むかしのままにしておくつもりですが……、どうも、いろいろと不便でして」

と、東京出身の主人が今度久しぶりにたずねた私にいった。

このごろは、見学者も非常に多いのだそうである。

表門を入って突当りが玄関だが、その左手に戸口があり、ここを入るとひろびろとした土間の大台所で、土間を突切ると〔内庭〕へ出る。

内庭をかこむようにして南側から東側にかけて土蔵が三つほどならんでい、このうちの一つの内部で捕えられた勤王志士・古高俊太郎《ふるたかしゅんたろう》が激しい拷問をうけ、これが端緒となって、かの〔池田屋騒動〕がおこるわけだ。

旧前川邸内の屋上・物干場へ上ると、細い坊城通りをへだてて、すぐ向うに八木邸がのぞまれる。

壬生寺は、八木邸の南どなりで、地形は当時とまったく変っていない。

もっとも当時は、このあたりを中心に人家がかたまり、あとは雑木林や村の田畑がひろびろと展開していたという。

江戸時代の残り香と島原遊廓

壬生の屯所の旧跡を見てから、坊城通りを南へ、ぶらぶらと二十分も行くと〔島原《しまばら》口〕へ出る。

いうまでもなく、京に名高い島原遊廓の入口である。大門のまわりの竹矢来や天水桶、柳の木など……そこだけを切りとって見れば、まるで舞台の書割りだ。

京都へ行けば、いまのところ、まだ〔江戸時代〕の残り香が、かなり残されている。それとても、いまのうちであろう。

民間にあるこれらの建物はいずれも老朽しつくしているし、くずれるときはみな一緒だとおもう。そのあとで、たとえ元のままに建て直そうとしたところで、むかしのままの人〔職〕がなく、建築の資材そのものが全く変ってきており、住む人のこころが、むかしのものを〔不便〕きわまるものとしか考えていないから、間もなく京の町中の風景も一変してしまうであろう。見るならいまのうちなのである。

新選組の人びとは、壬生の屯所から、よく島原の廓《くるわ》へ通ったものである。

近藤勇がよく通ったという〔木津屋〕ものこっているし、有名な揚屋《あげや》〔角屋《すみや》〕も、これはむかしのままの姿をとどめて営業をしている。

〔角屋〕だけは、ぜひ見ておくがよい。

観光バスのコースに入ってもいるけれど、それでは階下の大広間、玄関口、大台所ぐらいしか見られないから、単独で出かけることだ。

その建築の美しさ、見事さは、この短い稿に書き切れぬ。実に大したものである。

七年前、私が友人と、冬の午後おそい時刻に角屋へ出かけ、島原の芸妓《げいぎ》を三人ほどよんでもらい、酒をのみ、二時間ほどいて屋内をくまなく見せてもらったことがある。会計が一万円ほどであった。

いまは、とてもこうはゆくまい。

廓の西門（裏門）のあたりも、なかなか風情があってよい。すぐ向うに山陰本線が通ってい、丹波口《たんばぐち》の駅も近い。畑や木立も多く、西山の山なみがなだらかにつらなってい、当時のことをいろいろ想起させてくれる景色ではある。

三条小橋、池田屋の襲撃

元治《げんじ》元年（一八六四）六月五日（現代の七月八日）は、祇園《ぎおん》祭の宵宮《よいみや》にあたる。新選組が二手に別れ、縄手《なわて》の四国屋と三条小橋《さんじようこばし》の池田屋に集合している勤王志士たちを襲撃した当日でもある。

副長・土方歳三がひきいる一隊が四国屋に向い、池田屋へは、局長・近藤勇みずから九名の隊士と共に、三十余名の志士たちが会合している池田屋へ斬りこんだ。

折りしも多勢の隊士が食中毒にかかってしまい、この斬りこみに参加不能となったため、近藤は小勢をひきいて決死の覚悟で池田屋へ向った。

昼間のうちに、隊士たちは二人、三人と何気ない様子で壬生の屯所を出て、先斗町《ぽんとちよう》の町会所へあつまった。

敗れたものの悲歌がただよう

この町会所は、いまの先斗町・歌舞練場のところにあった。

ここから西へ小路をぬけ、高瀬川《たかせがわ》に沿った木屋町《きやまち》の通りを北へすすむと、すぐに三条小橋が見える。

その西たもとに旅宿の池田屋があった。

いまも旅館で、前に石碑が建っている。

このあたりは京都の繁華街の中心だけに、往時の景観をしのぶ何物もないが、しかし地形や町すじには変化がなく、そこが京都の京都たるところで、いまのところ、江戸時代の地図を持って出かけても、町すじや道すじがぴたりと合うのである。

池田屋の内外で双方が激闘をくり返すうち、所司代からも守護職からも出兵して池田屋をかこみ、志士たちはさんざんな目にあったわけだが……。

その京都守護職たる会津《あいづ》藩主・松平容保《まつだいらかたもり》の宿舎だった〔光明寺〕は、左京《さきよう》区黒谷《くろだに》にある。

吉田山の手前を右へわけ入った台上にあるこの寺こそ、江戸幕府の京都における最後の拠点であったといえよう。

敗者の拠点である。

だから、さびしい。

動乱に倒れた会津藩士たちの墓地が裏山にある。

ここには明治維新の旧蹟《きゅうせき》をたずねる人びとの足も向かない。

敗れたものの悲歌が、この墓地にただよい一つ一つの墓石に、

「これか……」

と思うような人びとの名がきざまれているのだ。

近藤勇の愛妾《あいしょうみ》深雪太夫《ゆきだゆう》

勤王側の拠点としては、長州・薩摩両藩の京都藩邸をあげるべきか。

長州藩邸の跡は、現・京都ホテルで、その東裏にある木屋町すじに〈幾松《いくまつ》〉という旅館がある。

ここに、かの桂小五郎《かつらこごろう》〈木戸孝允《たかよし》〉の愛人だった芸妓・幾松の屋形があったというのだが、そうではない。

旅館〈幾松〉は、かつての長州藩・控屋敷の跡である。

長州藩・代表たる桂小五郎が公私ともに活用していたものであろう。

この宿には、もっともらしく、桂の遺品や遺影など飾られている部屋が鴨川《かもがわ》の河原をのぞんでいる。

幾松は三本木の芸妓であった。三本木の通りは、鴨川にかかる丸太橋町の西たもとを北へ入ったところで、ここは当時、京都の花街として知られた場所だ。

桂小五郎が幾松なら、近藤勇も三本木の芸妓某を妾《めかけ》にしていたとかで、まじめな勇が、京都へ来てからは女あそびだけはなかなかさかんなものであった。

もっとも性格が生まじめだけに、一夜のあそびだけでは、すまなくなってしまったともいえる。

勇の愛妾《あいしょう》として、もっとも著名なのは、島原の遊女だった深雪太夫《みゆきだゆう》、本名をおわかといって金沢の産。

このおわかを、勇は七条・醒《さめ》ヶ井《い》の〔休息所〕へかこった。

おわかを廓からうけ出すための大金を、勇は隊の公金から借り、これを約一年がかりできちんと返済したそうだ。

〔休息所〕というのは〔妾宅〕のことで、幹部隊士は、それぞれに女をかこっていて、そこに家庭のやすらぎをもとめていた。

勇の妾宅がどこにあったものか……いま醒ヶ井へ出かけて見ても、まさか碑は建ってはいまい。

西本願寺の新本営から大坂へ

このころになると、新選組も壬生から西本願寺、さらに堀川通りの東、不動堂村へ立派な新本営をもうけて引きうつることになった。

皮肉なもので、この新本営へ移って二年たたぬうち、情勢は一変した。

徳川将軍みずから大政を奉還し、勤王雄藩の同盟によって、江戸幕府の栄光は、ここに消える。

京都における旧幕勢力は、いっせいに大坂へ引きはらう。

夢をふくらます二条城の景観

最後の将軍・徳川慶喜《とくがわよしのぶ》が、二条城へ在京の諸藩有志をあつめ、

「……旧習をあらため、政権を朝廷に帰し、ひろく天下の公儀をつくし、聖断を仰ぎ、皇国を保護せば、かならずや海外万国とならびたつべく、我国につくすところ、これにすぎず……」

と、政権を皇室へ返すための沙汰書《さたしょ》を発表したのは、慶応《けいおう》三年（一八六七）十月十四日である。

二条城の殿舎に、この劇的な広間が現存している。

このためばかりではなく、二条城を見物することは何度くり返してもあきない。城が美しいのは、やはり京の都にあるからだろうが、江戸時代の殿舎の景観の一典型として、時代小説などを書くものの夢をいろいろにふくらませてくれる。

二条城の周辺には、所司代屋敷、奉行所跡、諸役組屋敷跡などが碑によってわかる。

こうして、情勢は鳥羽・伏見の戦争にもちこまれる。

この前に、近藤勇は、高台寺の伊東甲子太郎《いとうかしたろう》一派の残党によって狙撃《そげき》され、肩に重傷を負い、大坂城へうつされてしまった。

それで土方以下の隊士たちは、伏見奉行所へ入って、他の幕軍と共に、大坂の前衛基地ともいうべき伏見の町をまもることになった。

伏見の北方、わずか三里の京都は、すでに勤王雄藩の兵力をもって制せられている。

伏見の町もふしぎなところで、建物は変っても、町すじ道すじが大体むかしのままのようだ。

豊臣《とよとみ》時代の時代《ころ》の伏見の地図をもって行って、町を歩いて見ても、およそ迷わぬ。加藤清正《かとうきよまさ》の伏見屋敷の地形までも容易にさぐることができるのである。

慶応四年（明治元年）一月三日に、鳥羽《とば》街道・下鳥羽村近くで両軍の戦端がひらかれた。

その夜。

伏見奉行所の北方にある〔御香宮《ごこうのみや》〕へ薩摩《さつま》軍が陣をかまえ、どしどし大砲を撃ちかけてきたので、新選組も会津藩兵と共に、薩軍陣営に向って突撃したものだ。

奉行所から御香宮まで、ゆっくりと歩いて十五分ほどなのだが、なかなか敵陣へ接近することができない。

これは、伏見の街路がせまい上に、道が坂になっていて、その上に薩軍の陣地がある。

新選組は、この坂道の下から突進するのだが、上から猛烈に大砲・鉄砲を撃ちかけられて、いやもうひどい目にあったものである。

そうした戦闘の模様が、いまも伏見の町を行くと、あきらかになるほど、町のかたちが〔歴史〕になっているのである。これも、いまのうちなのであろうか。

勤王軍のイギリスわたりの新鋭火砲のすさまじさを目撃した土方歳三をして、

「刀と槍《やり》だけでは、とても戦さはできぬ」

と嘆息せしめたのは、このときのことである。

イメージが摑《つか》めなくなった東京

鳥羽・伏見の一戦にやぶれた旧幕府勢力は大坂を捨てて最後の本拠たる江戸へ逃げ帰った。

江戸になると、もう、だめである。現代の東京から当時の息吹きを感ずることはむずかしい。

宮城（江戸城）なり、上野《うえの》・寛永寺《かんえいじ》の慶喜謹慎の部屋なり、そうした遺跡をたずね歩いたところで、周辺の景観が全く変りすぎてしまっているのだ。

なにしろ、江戸の名残りの一つとして有名だった日本橋の頭上へ高速道路をぬけぬけとかぶせてしまうような政治家や役人や商人たちが、いまの東京に充満しているのだから、たまったものではないのだ。

彼らのいずれもが、故郷を別にもっている。

東京へ来て、東京で稼いでいるのだから「旅の恥はかき捨て」同様なことを平気でやってのける。

これをしも〔東京人〕というべきか……。

だからむろん、近藤勇の道場〔試衛館〕の跡などは、当時の小石川《こいしかわ》・小日向《こひなた》柳町へ出かけて行って見ても、はっきりした場所はつかめないし、つかめたところで何のイメージもうかんでは来まい。

新選組の前身たる〔浪士隊〕の集合がおこなわれた小石川の伝通院《でんずういん》は、いまも往時の場所にある。

景観から何もつかめぬにせよ、新選組を小説にする場合は、一応、むかしの地図をもって歩いて見るべきであろう。こうして、距離感を得ておかねばならない。むかしはタクシーがあったわけでもなく、バスも地下鉄もなかったのだ。

流山《ながれやま》から板橋への距離感

江戸へ帰った新選組が〔甲陽鎮撫隊《こうようちんぶたい》〕となって甲府《こうふ》へ進発。途中、甲州・勝沼《かつぬま》の戦闘にやぶれ、またも江戸へ逃げ帰った後、近藤と土方は、下総《しもうさ》・流山《ながれやま》へ行き、ここで一隊を組織した。

流山で、近藤勇は官軍に捕えられる。

このときの本営にあてられていた家が残ってい、この家ばかりではなく、流山の町自体が伏見《ふしみ》の町と同じような江戸時代の空気をたたえているのはおもしろい。

流山で土方と別れた近藤勇は、やがて、板橋《いたばし》の官軍本営へ護送される。

そして約二十日後。

板橋の刑場へ引き出されて、首を斬られるのである。

この刑場は国電（現JR）板橋駅のすぐそばで、ここに近藤・土方をはじめ、維新戦争に殪《たお》れた新選組隊士の墓碑が建てられてある。

すなわち〔隊士殉難の碑〕というもので、殉難というからには、国難のためにいのちを捨てたことを意味する。勤王軍に対する賊軍ではないことを、かたちの上で証明したものだ。

この立派な墓碑を建てたのは、新選組の元隊士で、大正四年まで生き残った永倉新八こと杉村義衛翁である。

ここを見たときも、私は、官軍本営があった板橋の宿場跡から刑場跡まで歩いてみて距離感を得た。

刑場へ護送されて行く近藤勇を偶然に発見した勇の養子・勇五郎が、顔面蒼白《そうはく》となって後について行き、義父の最期を見とどけるまでの道すじは、現在、大幅に変り、自動車の大群が地響をあげて疾走している。

小栗上野介《おぐりこうずけのすけ》

一

私が、NHKから「小栗上野介《おぐりこうずけのすけ》」をラジオ・ドラマに書くように依頼をうけたのは、去る六月であった。

NHKでは各支局から提出されたテーマによって、これを作家に依頼するという企画で、「小栗」を提出したのは、前橋《まえばし》支局である。

もともと、私は小栗上野介という人物が〔食わずぎらい〕であった。これは作家としてほめられることではない。よくよく調べても見ないくせに、きらいだというのはいけないことなのだが、興味のない人物ではなかったので、

「やってみよう」と、引きうけたのである。

七月に入ると、私はNHKの演出部の田坂氏と同行して、小栗の終焉《しゅうえん》の地である上州・群馬郡権田村《ごんだむら》を訪れた。

倉淵村《くらぶちむら》役場には、村長さんはじめ土地の郷土史家が集っていてくれて、いろいろ話をきいたが、いずれも小栗礼讃《らいさん》であったことは言うをまたない。

郷土が生んだ名士を、郷土の人々が無条件でほめそやすのは当然であって、これは、どこの土地へ調べに行ってもほぼ同じようだ。

その点、私も充分に心得ていたつもりであったが……。

いざ資料をしらべ、ドラマの執筆にかかってみると、小栗に対する好意が多分に露呈されてしまったようである。

もっとも、これはラジオ・ドラマであり、小栗に好感をもって書いた方が、よりよくまとまると思ってしたことなのだが、どうやら私の〔小栗ぎらい〕も変ってきたようである。

ラジオでは、小栗上野介を市川団十郎《いちかわだんじゅうろう》氏が演じた。

非常な熱演で、技巧的にはともかく、真正面からぶつかった演技であり、私はとにかく、二千五百石の旗本そのものが、実にハッキリと出ていたのに感服をしたものだ。

小栗上野介は、いわゆる〔おれきれき〕とよばれる旗本のうちでも、家柄も禄高《ろくだか》も名家とよばれてもよい家に生まれた。

文政《ぶんせい》十年（一八二七）二月十二日、彼は江戸・駿河台《するがだい》の屋敷に誕生した。

初名を剛太郎忠順《ただまさ》と名付けられた。

父の又一忠高は、御小姓組にあって、ときに三十歳。母は先代忠清の長女くに子とある。父の忠高は旗本・中川忠英の四男で、小栗家へ養子に来たものである。

＊

小栗家は、清和《せいわ》天皇の第六皇子・貞純《さだずみ》親王から出ている。

そして、かの八幡太郎《はちまんたろう》義家《よしいえ》の三男・義国を経て、後年に三河国《みかわのくに》へ来て酒井《さかい》邑《むら》に住みつき、近くの松平《まつだいら》邑の豪族・松平信重《のぶしげ》に迎えられ、その邑長《むらおさ》となった。

その間、数代を経ているが、先ず小栗家の初代とされている人は、松平信吉であろう。

信吉は、三河・岩津《いわづ》の城主で、筒針城主・小栗正重のむすめを妻とし、一子・忠吉をもうけた。この忠吉が二代目である。

忠吉は、何かの事情あって少年のころから母の実家、小栗家に生長し、成人してから三河一帯の豪族として、かなりの力量をもっていた松平清康《きよやす》に仕えた。

清康は、徳川家康《とくがわいえやす》の祖父にあたる。

こういうわけで、小栗家と徳川家との間は、まだ家康が生まれぬうちから深いつながりがあったわけだ。

〔おれきれき〕もお歴々、まさに生えぬきの徳川の家来であり、旗本中の名門である。

ことに……。

四代目の忠政は、十三歳のときに家康の父、広忠の小姓として召し出され、のちに家康に仕え、三河の小豪族から天下をつかみとるまでの辛酸を主人の家康と共につぶさに味わってきたものだ。

忠政の武勇は、徳川家にその人ありと知られたほどのもので、歴戦のたびに先鋒《せんぽう》をうけたまわり、剛勇の手柄を数え切れぬほどあらわした。

家康が忠政に〔又一《またいち》〕の名をあたえたのも、彼の武勇が、又とないものであるから、という意味と、「又も一番の手柄をあらわした」という意味がふくまれている。

以来、小栗家にとって、この〔又一〕の名は代々継承されることになり、名誉のものとされた。

これだけの手柄をした股肱《ここう》の臣ではあるが、ついに大名に取立てられることはなかった。

そういう機会もあったのだろうが、たとえ二千五百石でも、徳川家の旗本の中で名門とよばれる家柄ならば、下手《へた》な大名より、羽振りもよく睨《にら》みもきくわけであって、こうした旗本に対し、大名たちは一歩も二歩もゆずってきたものである。

さて——小栗上野介忠順は、小栗家十二代目の当主ということになる。

文政十年の生まれというと、西暦で一八二七年だから、今より百三十五年前のことになる。

この同じ文政十年には、西郷隆盛《さいごうたかもり》が鹿児島《かごしま》に出生している。

このころ——ようやく徳川幕府は衰亡のきざしを見せ始めている。

当時は、もっぱらロシアが北方からおびやかしはじめ、幕府もこれに手をやいて、千島《ちしま》・樺太《からふと》方面の防備をかため、一方では強硬なロシアの南進政策を何とか食い止めようと必死であった。

鎖国の夢は、先ずこのときから破れかかろうとしていたのである。

小栗忠順は、幼年のころから非常に負けずぎらいな性格をもっていたと言われている。

「小栗のせがれな、ありゃ長生きはしまい。見よ、あの痩《や》せこけた青白い顔を……あれは子供の顔ではない」

こんなことを言う人も多くあったようだ。

その通りであった。

背丈は普通だが、それが、ひょろりと見えるほど痩せこけている。

顔色も青白いというよりは青黒く、おまけに後には疱瘡《ほうそう》を患い、その痕《あと》が〔あばた〕となってしまった。

「じゃんこの殿様が通るぞ」

駿河台屋敷近くの町民が、後年の小栗忠順を見ると、こんなことを言ったという。

たしかに、みにくいことはみにくいのだが、もともと忠順の目鼻立は尋常なのであって、現在、権田村の東善寺境内にある彼の胸像を見ると、それがよくわかる。

この胸像は、朝倉文夫氏の制作になるもので、いかにも温厚な美男子に出来ていて、小栗の風貌《ふうぼう》をつたえていないような気もする。

だが、この胸像の小栗忠順を〔あばた〕の顔にしてみたらどうか、——そう思ってながめると、彼の精悍《せいかん》な風貌が次第に浮き出して来るように思える。

小栗の風姿をもっともよく伝えるものは——彼が後年、日米通商条約批准のためアメリカへ渡ったとき、正使・新見《しんみ》正興《まさおき》や副使・村垣範正《むらがきのりまさ》などと共に米国高官たちをまじえて撮影した写真だ。

額の大きく張った木槌《さいづち》頭をややかしげるようにし、うすい眉《まゆ》の下にくぼんだ眼を、じいっと写真機に向けている。

その眼は、ぎょろりと白く光っている。

見るからに、するどい彼の才能を感ぜしめるのである。

＊

小栗忠順は、七歳のころから、安積艮斎《あさかごんさい》によって漢学をまなび、剣術は、当時の名剣士とうたわれた男谷信友《おだにのぶとも》にまなんだ。柔術は久保田《くぼた》助太郎《すけたろう》、砲術は田付主計《たつけかずえ》にと、それぞれ熱心に精励し、

「小栗のせがれ、ありゃ病気になど少しもかからぬではないか」

「そのくせ、まだ痩せこけておるにな」

「しかし、丈夫じゃ。近頃は学問、武芸ともに進境いちじるしいと言うではないか」

親類や知人も、おどろきはじめた。

たしかに病気とは縁の遠い人間に、小栗忠順はなっていたのだ。

後年の、たくましい、エネルギッシュな活動のうちにも、あまり寝込んだようには思えない。

忠順は、後に妻となった道子の実家である建部《たけべ》家に、よく遊びに出かけたが、

「小栗の餓鬼大将が来たぞ」

建部家のものは一様にそう言ったという。

十三、四歳のころから、忠順は喫煙をやりはじめた。

建部家へ行くと、悠然、煙管《きせる》を取り出し、喫煙をはじめる。

煙草盆に煙管をはたくたびに、その音が強くひびく。

この、いっぱしの大人びた仕様が、まことに板についていて、とても少年とは思えなかった。

このころから海防の急は、いよいよ迫りつつあった。

洋学が盛んになり、幕府はこれに弾圧を加えはじめた。

そして、あの天保《てんぽう》（一八三〇〜四四）の大飢饉《だいききん》というものが、ほとんど日本全国に、長期にわたってつづいた。

こうなると、米を主体にした経済と民政というものは、悲惨の極に達する。

大坂で大塩平八郎《おおしおへいはちろう》が乱を起したり、諸国に窮民が蜂起《ほうき》し、民情ようやく騒然たるものになってきた。

幕府が国を閉ざして外国との貿易を行わないのだから、こうなると手も足も出ない。

いきおい、これらの暴動に対しては弾圧と圧政をもってのぞまざるを得ないのだ。

徳川封建制度の弱体が、いまこそ露呈されたわけである。

小栗忠順は、天保十四年、十七歳の春に初めて江戸城へ上り、将軍家慶《いえよし》に目見得《めみえ》をゆるされた。

二

俗に――士農工商と言う。

封建時代の階級の序列をのべた言葉である。

武士階級の次に農民がある。

つまり米を主体とした国の経済がここに打ち出されているわけだが、実際には、町人(商)たちの貨幣を中心にした経済力が、もっとも物を言ったのだ。

百姓は国の宝――などと口では言いながら、徳川幕府が三百年の治政のうちで、農民が貧苦に苦しまなかった時代は、ほとんど無いと言ってよい。

すでに――幕府の始祖である徳川家康が天下をつかみ、永年にわたる戦国時代に終止符をうち、徳川幕府をつくりあげたときには、商人たちの経済力の伸張に、すばらしいものが見られたのだ。

このことを賢明な家康が知らぬ筈《はず》はない。

にもかかわらず、家康は幕府政治の土台を封建制度にかためたのである。

つまり徳川の天下統一に協力してくれた諸国大名に日本の領土を分ちあたえ、それぞれに米穀経済を基盤とした政治をとらせ、徳川家はその上にたち、大名たちを統率するというやり方である。

このことについては、家康も頭をなやましたことであろう。

ともあれ、戦後の統一である。

それも永年にわたって諸国の武将たちが力を競ってつかみとろうとした天下を自分がとったからには、自分に従うこれらの武将・大名たちには、それぞれに恩賞をあたえなくてはならない。

当時にあって〔領土〕こそは、彼等をなっとくさせるべき唯一無二のものである。

たとえ家康が進歩的な経済・政治の形態を考えていたとしても、それを実現させるべき余裕などあろう筈はない。

三代将軍・家光《いえみつ》のころまで、徳川幕府は諸国大名の反乱を極度におそれていたほどであった。

先ず彼等に〔領土〕をあたえる。しかるのちに……と、家康は考えたことだろうが、すでに家康の余命はなかった。

死ぬときにあたって、家康が二代将軍・秀忠《ひでただ》や幕閣の重臣たちに何と遺言したか、それは不明である。

大名たちの力を殺《そ》ぎとり、二度と反乱を起させぬための老獪《ろうかい》な高等政策は、家康歿《ぼっ》後《ご》の徳川幕府がもちいた常套《じょうとう》手段であるけれども、果して……家康が、そのようにして世を治め大名を押えつけよと遺言し、考えていたものか、どうも疑問に思われる。

それはともかく、幕府は今のべた政治形態と高等政策によって三百年の命脈を保ったのだ。

一つの政権の存続として、これは稀有《けう》のものであると言えよう。

徳川将軍は十五代の長きにわたった。

これだけの命脈を政権が保つに至った理由に、見逃せぬことが一つある。

すなわち〔鎖国〕だ。

三代将軍の寛永《かんえい》十六年（一六三九）以後——幕府は中国とオランダのみを限り、しかも長崎の港のみをひらいて交易を行い、長崎には幕府直轄の奉行所をおき、これを管理した。

キリスト教を邪教とし、その伝播《でんぱ》をふせぐという名目であったが、むろん、それのみが原因ではない。

海外文明の渡来を、幕府は極度にきらった。そして、中国・オランダ以外の外国との交易及び日本人の海外渡航をきびしく禁じたのである。何故か……？

海外の文明が、諸大名に影響するをおそれたからである。

日本の国以外には別の世界がある。

その世界には別の文明があり、別の政治がある。このことを日本の大名に知らしめることは、幕府の批判をまねくことになろう。

しかも、海外との交易を自由に諸大名へ許したならば、必然、諸大名の財力はふくれ上る。

このことが、独裁政権の座にあるものにとって怖いのは言うをまたない。

こういうわけであるから……。

すでに何度ものべて来た通り、幕末に至って、アメリカの軍艦が浦賀《うらが》へ入港し、そのおそるべき武力と文明の力を土台にした威圧をもって開港を迫ったとき、幕府の狼《ろう》狽《ばい》ぶりがどのようなものであったか……、容易にうなずけるものがあると思う。

ときに、彦根《ひこね》藩主・井伊《いい》直弼《なおすけ》が大老となり、この難局に当って、勤王派の攘夷《じょうい》の叫びを押しのけ、断固としてアメリカと通商条約をむすんだことは、周知の通りだ。

安政《あんせい》六年（一八五九）九月十三日――。

小栗忠順は、江戸城中・芙蓉《ふよう》の間に呼び出され、老中列席の上、井伊大老からアメリカへ通商条約締結のため差遣することを命ぜられた。

「正使は新見豊前守《ぶぜんのかみ》。副使は村垣淡路守《あわじのかみ》なれど、おことには充分に働いてもらわねばならぬ」

と、井伊は言った。

小栗の役目は目付であった。すなわち監視の役である。

正使・副使を助け、彼等の働きに遺漏のないよう絶えず注意を払わねばならぬ重大な役目であった。

ときに、小栗忠順は三十三歳である。

このときすでに、道子を妻に迎えていたかどうか……。小栗の結婚の年代については、はっきりしたことがわからない。

翌万延《まんえん》元年（一八六〇）一月十八日——。

正使以下六十余人の人々と共に、小栗忠順は築地《つきじ》から米艦ポーハタン号に乗組み、アメリカへ出発した。

このとき、小栗の従者の中に、領地の権田村の名主・佐藤藤七がふくまれている。

「そちは、我領地の束ねをなす者だ。外国の文明にふれておくことは無駄ではあるまい。わしも、今に、上州の領地に、領民たちに、いろいろなことをしてやり、させて見たい。わしと共にアメリカへ渡って見てはどうか」

これが、小栗の意向であった。

佐藤藤七は大いによろこび、小栗の配慮に感激をしたそうである。

のちに——この佐藤藤七は、小栗忠順の悲劇的な最後に一役を買うことになる。

＊

アメリカ使節一行は、二月十四日にハワイ着。ホノルルに於《おい》てハワイ国王に謁見をし、三月九日、サンフランシスコへ無事に入港することが出来た。

だが、すでにこのとき、井伊大老は桜田門《さくらだもん》外において水戸《みと》浪士の襲撃をうけ、暗殺されていたのである。

この三月三日——アメリカ使節の副使・村垣淡路守の航海日記には、

「三月三日——ホノルル港を出て一日二日は心地あしけれど（船酔い）日毎に空晴て、波いと静かなれば、下の船室の窓を開てあれば風も入りて心地よく……」

などとあり、加えて、

うき鳥を友とこそみれ古郷は
　　桜かざして遊ぶ乙女子

などと歌をよんでいる。この日、彼等が柱ともたのむ大老が暗殺されたなどとは、村垣にしても小栗にしても、思ってもみなかったのだ。

この航海には、日本の軍艦・咸臨丸《かんりんまる》に乗って、勝麟太郎《かつりんたろう》（海舟《かいしゅう》）も随行している。

勝海舟は、このとき、幕府の軍艦操練所教授方頭取という役目についており、咸臨丸の艦長であった。

むろん、同じ旗本でも、小栗忠順にくらべて身分も格もずっと低い地位にあった勝麟太郎だが、八年後の大政奉還にあたっては、小栗とするどく対立し、ついに、小栗は勝の非戦論に敗れることになるのである。

それはさておいて、——一行が井伊大老事件を知ったのは、四月二十三日、フィラデルフィヤに於てである。

すでに、ワシントンに於て、無事、アメリカ大統領ブキャナンとの間に通商条約の調印をすませていた一行は、珍奇なるアメリカの風俗に眼をみはりつつ各地を旅行していたのだ。

この日——一行はアメリカの新聞によって江戸の異変を知った。

「——かかる風説を聞きては、さすが寝ざめにかかりぬ——」

と、村垣は日記に書いているが、幕府は井伊大老の死を秘密にしていたので、アメリカの新聞は、大老の遭難と負傷について記してはあったが、死亡したとは書いていない。

(亡くなられる筈はない)

小栗忠順も、そう信じていた。

遭難の場所は、江戸城・桜田門外である。

しかも、大老登城の途次を襲われたのだ。

警戒厳重をきわめる大老の行列に数少ない浪士たちが襲いかかったところで、大老が死ぬというところまで成功をおさめる筈はない。

誰もが、そういう意見であった。

しかし、九月十二日——アメリカを発して帰朝の途次、香港《ホンコン》碇泊《ていはく》中に、一行は井伊大老の死を知った。

長崎から香港に来たトンクル・キュルシュスという異人によって、このことを聞いたのである。

小栗は、激怒した。

アメリカの文明をつぶさに見て来ているだけに、日本へ帰ってから大老と共に新しい日本をつくりあげる夢をふくらませていた小栗にとって、これは痛烈な打撃であったと言えよう。

「もはや、日本人同士が殺し合う時代ではない。急がねばならぬ。一時も早く、外国の文明に追いつかねばならぬ——そのことのみを考え、皆々が御公儀を助け、力を合せて事に当らねばならぬというときに、何ということを仕出かしてくれたものじゃ」

小栗は、佐藤藤七に向って忿懣《ふんまん》をぶちまけたが、この小栗の言葉の「皆々が御公儀を助けて……」というのに気がつかれたかと思う。

つまり、小栗忠順は、新時代の知識を豊富にもつ人間でありながら、あくまでも徳川将軍の忠実なる臣下であったのである。

これは、井伊大老にしても同じことだ。

「新しい日本」を、幕府を中心にしてつくりあげるという根本思想——これは、血である。

先祖伝来の血の流れである。

徳川の創世と共に生きて来た先祖の血が、小栗にも井伊にも流れていたのだ。

「政権のあり方に変りはない。勤王にせよ佐幕にせよ、天皇を頭にいただくことにおいて変りはないのだ」

これであった。

この稿の前半にのべた徳川の封建制度への矛盾に、果して、井伊や小栗は気づいていたのであろうか……。

気づいていたと、後になって、筆者は思う。

だからこそ、小栗忠順は日本に「郡県制度」を施そうと主張するのである。

けれども、日本の、この未曾有《みぞう》の国難にあたって、永らく幕府というものに押えつけられつづけて来た大名たちの反撥《はんぱつ》が、どれほど大きなものであり、旧勢力の打倒が時代の必然であることを、小栗は、ついにつかみ切れなかったと言えよう。

ここに、勝と小栗の違いがある。

そこに、勝と小栗の生いたった環境の相違があるのである。

勝海舟は、旗本と言っても、俗に〔御家人〕とよばれた貧乏旗本であり、小栗は名誉の家柄に生まれ、順調な出世コースをわたって来た秀才である。

いや、勝にしても秀才だが、名門の家柄につきまとい、沁《し》みついている徳川の臣という観念からは、小栗にくらべて自由に物を見、考えることが出来たわけである。

ここに、この二人の道が別れる。

＊

帰朝してからの小栗忠順は、井伊直弼という後楯《うしろだて》を失った。

ために——彼は、外国奉行、勘定奉行その他さまざまな職歴をつとめることになる。

幕府の首脳部が変り、急変が起るたびに、所説を曲げぬ小栗は人々から憎まれもしたし、遠ざけられもした。

と言って、力量もあり才能もある小栗を捨て去るには、あまりにも幕府は人材に乏しく、急変にゆれ動いていたのである。

こころみに、文久《ぶんきゅう》二年（一八六二）の、小栗三十六歳の年における彼のあわただしい任免ぶりを見よう。

閏《うるう》八月二十五日、勘定奉行を免ぜられ、すぐに、江戸南町奉行へまわされている。十二月には町奉行をやめさせられて歩兵奉行にまわされ、同時に、ふたたび勘定奉行を兼任させられているのである。

小栗の硬骨ぶりに手をやきつつも、尚《なお》、彼の新知識と才能にたよるほかなかった幕府のありさまが、手にとるようにわかるではないか。

三

次に、小栗上野介の任免表を記してみる。
アメリカから帰国してからのものだ。
万延元年十一月（34歳）帰朝後に外国奉行
文久元年　七月（35歳）辞職
文久二年　三月（36歳）小姓組出頭
同　　　　六月（〃）勘定奉行勝手方

同　十二月（〃）勘定奉行（兼）歩兵奉行
文久三年　四月（37歳）辞職
同　六月（〃）陸軍奉行
同　九月（〃）辞職
元治元年　八月（38歳）勘定奉行勝手方
同　十二月（〃）軍艦奉行
慶応元年　二月（39歳）免職
同　五月（〃）勘定奉行勝手方
慶応二年　八月（40歳）勘定奉行（兼）海軍奉行
慶応四年　正月（42歳）免職

およそ、右のようになっている。

この八年間が、徳川幕府にとっても小栗忠順にとっても、いかに激動的な歳月の流れであったかが、小栗の任免表を見ただけで、よくわかる。

〔勘定奉行〕といえば、幕府における大蔵大臣のようなものだし、陸軍・海軍両奉行も、それぞれの大臣といってよい。

しかも、小栗は、大蔵と海軍を兼任してもいる。

幕府にとって彼が、いかに人材であり、たのむべき才能をもっていたかが知れよう。

小栗は、アメリカから帰って来て、海軍強化に本腰を入れた。

横須賀《よこすか》海軍工廠《こうしょう》の開設は、もともと小栗の創案になったものだという。小栗を好む人は、これを高く買っている。いち早く外国文明の摂取を実行にうつした先駆者というわけだ。いまも横須賀公園には、たしか小栗の胸像がたっているはずである。

ところが……。

小栗上野介をあまり買わぬ人々は、

「何、あの時代に外国へ行ってくれれば、よほどの馬鹿でないかぎり、先進国の科学文明に目ざめないものはいないさ。当時の指導者としての徳川幕府の高官である小栗が、工場や製鉄所をつくろうと考えたことは、別にとりたてていうほどのものじゃあない。政治家として当然だよ」

と、いうことになる。

これも、もっともではある。

しかし、当時の幕府高官として、小栗はよくやった方であろう。

何しろ猫の目のように、めまぐるしく政局が変転するのだ。

そのたびに、幕閣内の勢力にも変動がある。

そのたびに、小栗は役につけられたり、やめさせられたりする。

こんな話がある。

勘定奉行をしていたときのことだ。

江戸城中で、将軍や老中列座のところで、来年度の予算と今年度の国費精算の書類を読みあげることになった。

これは、勘定奉行としての慣例なのである。

このとき、小栗曰《いわ》く、

「皆々様においては、この書類をごらん下されましょう。それで充分でござる。このような、こみ入った書類を声に出して読みあげるなどという悪習は、時間の無駄でもありますし、読んだところで頭の中には入りませぬ」

書類をおいて、さっさと退出してしまったという。

めんどうな形式と儀礼にぬりこめられているのが幕府の政治形態である。

一時代前なら、小栗は、このときの言動によって、ふたたび世に出ることは出来なくなっていたろう。

井伊大老亡きのちは、幕府要人たちは、小栗の才能をみとめながらも、感情的に小栗をきらうものがかなり多かったらしい。

もと旗本であった福地《ふくち》源一郎《げんいちろう》が自著の中で、

「あのころ、公儀が、どうして、あれだけの財源をもっていたのか、いま考えても、ふしぎでならない。小栗上野介の財政家としての手腕がなかったら、幕府はもっと早く、内側からつぶれてしまったろう」

と、言っている。

小栗に取りたてられ、のちに三井組の番頭となり、明治の時代となってからは、財界の大立物となった三野村利左衛門《みのむらりざえもん》も、

「いま、小栗様が生きておられたら、明治政府のために、日本の財政のために、どれほどのはたらきをなされたか……思うてみただけでも目にうかぶようじゃ」

こう言ったという。

＊

福地も三野村も、小栗びいきの目で見ているから、だいぶ割引かねばなるまいが、それにしても、小栗上野介の歯切れのよい活躍ぶりは誰しもみとめるところであった。

小栗は自信がつよく、権勢に決してへつらわず、賄賂《わいろ》もきかない。

仕事一本槍《いっぽんやり》で立ち向うのだから、憎まれもする。

「あいつ、やめさせてしまえ」

幕閣の偉い連中が、一度はやめさせても、またぞろ、小栗の手が必要となってくるのだ。

ひところは、幕府も薩摩《さつま》藩を抱きこみ、勤王運動の大震源地であった長州藩に痛手を加えたこともあったが、やがて、薩摩はくるりと身を返し、長州と手をむすび、ここに薩長連合成って、勅旨をうけ、錦《にしき》の御旗《みはた》をかかげた征討軍が、幕府を倒すべく、東海道を江戸へのぼって来る、ということになった。

時の勢いである。

勝海舟のような、幕臣でありながら、薩長の勤王方にも多くの知己をもつ人物が、この際、幕府方の動きに大きく関係をもたぬ筈《はず》はない。勝は、前にのべたように、家柄もない、自由な考え方の出来る貧乏御家人から出生した男である。

考え方が、一つきりではないのだ。

時にのぞみ、自由自在にうごく。

何しろ、ぐずぐずしてはいられない。

日本国内の内乱というものを長引かせればそれだけ、外国の侵略に都合がよいことになる。

「それならば、なぜに、幕府へ力を貸し、諸大名ともどもに日本の政局を安定へみちびかぬのか。薩摩も長州も、勤王方と言いたててはいるが、ありようは、公儀を倒し、おのれらの手に政権をつかみとりたいのだ」

と、これが小栗上野介のように、徳川家から代々の恩顧をうけて来ている武士たちの考え方である。

どちらにしろ、天皇が総理大臣になるわけのものではない。

天皇の下に〔政権〕がつくられることは、昔も今も変りはない。

小栗の郡県制度の案も、こうした考え方が、土台になっている。

「このままではならぬ。日本の領土を天皇に返上し、諸国を郡県制度にあらためねばならぬ」

小栗は、勝にもそう言った。

そこまではよい。まことに進歩的な考え方でもあり、外国を見て来た小栗らしい思い切った言葉ではある。

けれども、勝海舟は、これに冷笑をもってむくいた。

「小栗様。そのお考えを実行にうつすなら、先《ま》ず第一に、幕府そのものが、みずからの領地を天皇に返上し、範をたれるべきだと、こういうことになりますな」

「………」

小栗は、じろりと勝をにらむ。

ここで、小栗の進歩的な腹案も妙なものとなってくる。

〔郡県制度〕をしいても、あくまで〔政権〕は、徳川のものとしておきたい、——こういう強固な信念に変りはないのだ。

だから、官軍がいよいよ江戸城へせまりつつあるというときでも、小栗は、最後まで抗戦の決意をもち、将軍や幕閣の人々を説いてまわった。

海軍力にも陸軍力にも、幕府は官軍より以上のものをもっている。箱根《はこね》の山に敵を迎え撃ち、海上から砲撃を加えれば、官軍といえども手の出しようがない、というのである。

これより先、幕軍は鳥羽《とば》・伏見《ふしみ》の戦で、官軍の猛攻にあい、ひとたまりもなく敗走している。

「それは、みなみな力を合せなかったからだ」

と、小栗は言い切る。

それにも一理はあった。

戦国時代の一時期と同じように、このときも、「幕府が勝つか、それとも薩長が勝つか……？」

諸国大名にしても、なかなか腹がきまらないのだ。勝つべき方に味方をしなくては大変である。

何といっても、薩長二藩を主軸とする官軍は、天皇から「幕府征討」の命令をうけているのだ。

官軍に刃向うことは「天皇」に刃向うことになる。

これが、先ず、大名たちの心をすくませた。

ここで、天皇というもの、皇室という存在について、少し、のべてみたい。

*

我国において、天皇が親しく政治を行ったというのは、ずっと往古のことである。

国がひらけ、文化が進むにつれ、〔政権〕そのものは、公卿《くげ》や武家によってつかみとられてきた。

鎌倉時代からは、ほとんど武士の中から将軍になるものが出て、国をおさめてきたわけだ。

徳川の治世二百何十年の間をのぞき、日本の国土に戦乱は絶えたことがない。

しかし〔天皇家〕は、れんめんとして〔政権〕の上に何時《いつ》も在った。

権力や財力がなくても、天皇家はほろびず、国民すべての尊敬をうけてきたのである。

〔政権〕は、天皇をいただくことにより、皇室を利用することにより、日本を治めてきたといってよい。

〔万世一系の天皇〕という。

これは、日本の国をきりひらき、これを治めた最初の覇者・天皇家をどこまでも存続させて行こうというスローガンである。

むろん、現代の若者たちには、この言葉は通用しない。

つまらぬスローガンだと言うだろうし、何の意味だか、わからぬとも言うであろう。

それは、それでよいとして……。

筆者は、二千年余にも及ぶ日本の歴史の中で、見事に天皇家が存続しつづけてきたことを、ふしぎな、世界諸国にも例のないことだとは思っている。

今度の大戦にも、天皇家は生き残った。

外国との戦争に敗れて尚《なお》、生き残ったのである。

何らかの意味を、これはふくんでいる。

これからのことは、わからぬ。

しかし、日本人というものには、次のような民族性があったのではあるまいか――。

もともと、人間の住む世界というものは、明日がわからぬものである。

人間自体が、そういう宿命をもって生きている。

ことに、時代の流れが、大きく変りつつあるときや、戦乱の絶え間がないときなど、人間は、行く手の見えぬ不安におびえ、動揺する。

誰しも平和な、おだやかな時代が永遠につづくことをのぞんでいるのだ。

それでいて、人間の世界の争乱は絶えない。

人間をふくめての生物の生存闘争という〔宿命〕が、これである。

日本人は、こうした人間の世界の中で、自分の国に、ただひとつ変らぬもの――いつの時代にも、これだけは〔持続の美徳〕をそなえている存在……それを強くのぞんでいたものと思われる。

しかも、それは、宗教などのような無形のものでなく、現実に目で見、耳でとらえることの出来る〔存在〕が、ほしかったのだ。

自分の国を最初に統治した〔天皇家〕を、すべてのものの頂点におこう、これだけは、いかなる時代になっても大切にとっておかねばならぬ不動のものであってほしい、という熱望には、たしかに、そうした日本民族の性格が、ふくまれているように思えてならない。

事実、権力者たちは〔天皇家〕の存在を何よりも慎重に、大切に扱ってきた。天下とりの名目のために天皇を利用し、何とか天皇家との関係が世上のみとめるところとならぬかぎり、天下の権をつかむことは出来なかったのである。

明治維新にも、いろいろの評価はあろう。

しかし、簡単にいえば、天皇家の信任を得た勤王派が勝ち、幕府は〔錦の御旗〕の前に兜《かぶと》をぬいだのである。

これは、厳然たる事実だ。

筆者は、これからの時代も同じようなものである、といっているのではない。上から下へ……人権は平等にひろまりつつある。

おそろしいほどの科学文明が世界を支配しはじめた。これが幸福なのか不幸なのか、大自然の摂理は、きわめて正しい裁判を、人間という生物に下すであろうから、無用の穿鑿《せんさく》はやめておこう。

ただ、歴史をふり返ってみるとき、日本民族が〔天皇家〕をまもり通してきた事実を、日本人の民族性と結び合わせて考えてみたいと、思うまでである。

その明確な答えは、筆者には、まだ出てはいない。

日本の特殊な風土・自然——その他のひろい影響が、おそらく作用している……かも知れぬ。

さて……。

大分、永くなってしまった。

小栗上野介の主戦論も、天皇家を押したてて攻め来たった薩長二藩を主力とする勤王軍の前には、ついに勝ちきることが出来なかった。

勝海舟と西郷隆盛の会見がきっかけとなって、江戸城は無血開城。徳川十五代将軍慶喜《よしのぶ》は、みずから政権を皇室へ返上し、謹慎を余儀なくされた。

小栗上野介忠順も役をとかれ、野に下った。

同時に、小栗の運命は、あっという間もなく〔死地〕へ向って走り出したのである。

つぎに小栗の最後を語ろう。

四

慶応《けいおう》四年二月二十八日、小栗上野介は、江戸駿河台の屋敷を出て家族同道の上、おのが領地である上州の権田村へ向った。

その日の、小栗の日記をよむと、次のように記されてある。

廿八日（午）天気能《よし》
一、朝五ッ時前、御母様、お道（夫人）、お鉞（女中か？）出立被致、引キッヅキ自分並又一（養子）同道ニ而発足致ス。夕七ッ半スギ桶川《おけがわ》宿ヘツキ泊候。
一、今日出立の趣御届書、肝煎《きもいり》・溝口《みぞぐち》出羽守《でわのかみ》方ヘ差出ス様、祐左衛門（家来）ニ申シツケオキ候。

一、途中、大成村・普門院へ参詣《さんけい》致候。

こうして、三月一日の七ッ時（午後四時）ごろに、権田村・東善寺に到着をした。日記に——村役人、機嫌聞きにまかり出る、と書いてある。

領地といっても、上野介の屋敷があるわけではないのだから、ひとまず東善寺へ落ちつくことになったのだ。

現在の東善寺の建物は当時のものではないが、住職に言わせると、昔の通りの構造をくずさずに、火災焼失のあとの再建をおこなったという。

小さな寺ではあるが、街道を少しのぼった台地の上にあり、背後の山を背負って、権田の村の全容をのぞむことが出来る。

上野介夫婦と母は、本堂わきの八畳ほどの部屋へ旅装をといた。

その翌日、早くも、このあたりに不穏な空気が、ただよいはじめている。それを小栗の日記に見よう。

二日（戌）天気能

一、終日、在宿

一、三ノ倉ニ博徒ドモ多人数、相集リ、最寄ノ村々ニ廻文ヲマワシ、不同意ノ者ヲ焼払候抔《など》、種種申触シ趣ニ有之、右ニ付、当村エハ更ニ沙多《さた》モコレナキニツキ、村役人トモ心配ノ趣申聞候ニツキ、ソレゾレ手配致置尤可有成丈穏便ニ対談致スベキムネ、村役人エ申シワタシオキ候。

徳川将軍が政権を返上したというので、旧勢力の威風が一度に失われたのである。

官軍は江戸にせまり、幕臣は野に下った。

いつの時代でも、こうした混乱期には〔法律〕が物を言わなくなる。したがって暴徒などが、このときとばかり町や村を襲い、暴行や掠奪《りゃくだつ》を行うのが常である。

このときも、博打《ばくち》うちなぞの集団が権田村近くの三ノ倉まで押しよせてきて、言うことを聞かなければ村を焼き払う、なぞとおどしをかけ、好き勝手なあばれかたをしようとしていたのだ。

このことを聞いても、

「なるべくは、穏便にすませるよう——」

と、小栗は虫をこらえている。

もはや、幕府旗本として、小栗がたのみとする背景は失われているのだ。

自分の領地だといっても、それが果して自分のものになるのかどうか、その見通しは全くつかない。

まして、あくまでも主戦論をとなえた小栗を、官軍がこのまま見のがした上、旧領地まであたえておいてくれるものであろうか。

だが……。

「このまま、寺へ住むこともなるまい。いずれは、この近くに家を建てるつもりじゃ」

と小栗は、妻の道子にもらしている。

そして、その家に住み、領地の子弟をみずから教育し、人材を育成することに余生をかけようというのである。

しかもだ。江戸を去るに当り、小栗は幕臣中の親しい人たちへ、

「このまま、世が無事におさまってくれればよい。なれど、いかに天皇をいただき新しき政権をうちたてようとしても、その政権の主体をなすものは薩摩と長州じゃ。彼らが政権の座をあらそい、もしも再び天下乱れるときは、小栗もただちにとってかえし、上様（徳川将軍）をいただき、薩長のものどもを平定し、新しき世を招来せんと思う」

こう言っている。

あきらめているようでいて、小栗は腹の中で、勤王新政府が、うまく成りたつものではないと信じてもいたようである。そのことに、只《ただ》一つの希望をかけていたものと見える。

「やれるものなら、やってみよ!!」

これである。

長い間、幕閣にあって、日本の政治を経済を軍事を親しく手がけてもきたし、むしろ隠れたる指導者としてはたらきもしてきた小栗だけに、薩摩や長州の田舎侍に何が出来よう、という考え方も生まれたのであろう。

このことを、いちがいに笑い捨ててしまうことはならぬ。

その後——明治新政府が歩んだ危険きわまりない道程と、薩長の指導者たちの内訌《ないこう》と苦悶《くもん》がどんなものであったかを見れば、ただちにわかることである。

ただ、新政府は、これをついに乗り切った。

乗り切ったからこそ、小栗の言葉もバカにきこえるのである。

しかし、このような小栗上野介の意思は、江戸へのぼってくる官軍の憎悪をかなりかきたててしまったようである。

「小栗こそ、何をたくらみ何を仕出かすか知れたものではない」

官軍要路の人々も、みな、そう思っていた。

さて、一度は村役人を通じて穏便に退去させようとはかった暴徒たちは、一日おいた三月四日の朝、ついに権田村まで押しよせて来た。

「かくなれば仕方なし」

小栗は凛然《りんぜん》としてたちあがった。

女たちを寺からたちのかせておいて、小栗は江戸から持ち運んできた銃器（いくらも数はない）や武器をとり出し、これを領民の中でも強壮なものたちにあたえ、

「きゃつらを追い払うてくれる」

と、みずから、指揮に当った。

小栗は、かねてから領地のものには実によくしてやっている。

若いものたちにも目をかけ、すぐれた素質のあるものは江戸へ呼びよせ、家来にしたり、学問をさせたりしたものだ。

このとき、小栗と共に暴徒の魔手から村をまもろうとして集った領民は百名をこえた。

……余ハ右人数ト共ニ五手ニ別レ、二手ハ山手ノ方エ相廻シ、自分儀ハ又一ト共々歩兵二十人余ト下手ノ方へ出張致シ、外二手ハ川浦ノ方ヲ相防グ事ニ取リ分チ定メ、自分儀ハ双方ヲ指揮致居候処、敵ハ三方ヨリ、オヨソ二千人モ押寄セ、遂ニ上宿へ放火致シ、又、一方ハ下手鎮守前へ放火致シ……と日記にある。

百人対二千人の闘いであった。

村の若者たちを〔歩兵〕とよんでいるところも小栗らしい。

おそらく、小栗は、これらの若者を教育し、自分の手勢として、いざというときにそなえようと考えていたものであろう。

同時に、いかにも江戸の旗本らしい意気込みも、むしろ微笑《ほほえ》ましく感じられる。

このときの闘いでは、村民たちが大奮闘をした。

……今日ノ戦ニ、歩兵銀十郎儀ハ、スコブル奮戦、ツイニ四人マデモ討取リ……と、日記にある。

わずかながら鉄砲もあり、村民も必死に働き、小栗の指揮ぶりも、さすがに博徒の群とくらべては堂に入ったもので、この日のうちに暴徒たちは権田村から逃げ退いて行った。

〔歩兵〕が切りとった暴徒どもの首が、ずらりと東善寺前の道にならべられたそうである。

三ノ倉の村役人たちが、すぐにやって来て、どうしても喰《く》いとめられなかった詫《わ》びをのべた。

そして六日には、母も妻も東善寺へもどり、小栗はその日、馬に乗って近くの観音山という台地へのぼり、家をたてるため地所をえらんでいる。夕方になると、前々日の闘いに手柄をたてたものを呼出し、二分金を褒美《ほうび》にあたえたりしている。

この後——小栗は、毎日、観音山へ通い、家を建てる準備に忙殺された。

三月十一日の日記に……観音山開発之儀、村方黒鍬ニ申シツケ四百坪平地ニ致シ代金三十両ニテ出来之積尤一人二坪ノ積リ（中略）先金五両相渡ス——とある。

かくて、小栗は権田の領地を、おのれの城郭として、ここに住みつこうとしているのだ。

将軍・慶喜《よしのぶ》でさえ、江戸に居られず、実家の水戸へ帰ったほどなのに、あくまでも小栗は強気である。

何も権田において官軍を迎え撃とうというのではない。

どこまでも、幕臣・小栗上野介としての面目をつらぬきたいという意志が、ごく些《さ》細《さい》なことにまでもあらわれているのを、小栗日記は読むものにつたえてくれるのである。

三月十四日には、吉日だというので、妻の道子が腹帯をした。妊娠していたわけである。

十六日には、倉賀野《くらがの》宿から四十個の荷物もとどき、小栗は、いよいよ住宅の普請にとりかかりはじめる。

そして二十日には、名主の佐藤藤七の願いを聞きいれ、金二百両を貸しあたえている。

この金を村のために借りたのか、佐藤自身が借りたのか、不明である。月に一割の利息をおさめる、といって佐藤が借りたものだが、どうも、この佐藤藤七という名主は、くわせものらしい。

小栗は、この男を可愛がって、アメリカへ行くときに供をさせているほどだ。こうした混乱の時代だから、何かうまい儲《もう》け口でもあって、佐藤が小栗をくどき、金を出させたもののように思われる。

廿四日の日記を見ても、相かわらず小栗は観音山の普請場を見まわり、母や妻は、近くの野に摘み草をしに出かけている。

まことに、のびやかな明け暮れに見えるが、小栗上野介としても胸の中は、おだやかではなかったろう。

官軍は江戸へ迫りつつある。

しかも、江戸には、上野の山へたてこもった彰義隊《しょうぎたい》なぞの抵抗も考えられるし、会《あい》津《づ》を中心とした東北の諸藩は、まだ降伏をしてはいない。

海軍をひきいて、これも東北へ向った幕臣・榎本武揚《えのもとたけあき》も健在の筈《はず》である。

まだ、官軍が勝利をおさめたというわけのものでもないのだ。

しかし、東海道をのぼる官軍のほかに、東山道をのぼる官軍がある。

この官軍は、飛驒《ひだ》、信州、上州から、さらに東北へ進み、徳川の残存勢力を平定しようというものであった。

総督は、岩倉具定《いわくらともさだ》であり、参謀には板垣退助《いたがきたいすけ》、伊地知正治《いじちまさはる》なぞが任じていた。

東山道の官軍は、やがて、信州を平定し、上州へあらわれ、高崎《たかさき》城下へ本部をおいた。

むろん、高崎、安中《あんなか》、小幡《おばた》の三藩も官軍に帰順し、その管理下におさめられたのである。

一方、東海道の官軍も、四月十一日に江戸へ入り、将軍の去った江戸城を手中におさめた。

将軍、徳川慶喜は、ひたすら恭順降伏の意を表したので、朝廷も慶喜の死一等を減じ、これを水戸城へおしこめてしまった。

江戸にあった武器、弾薬などのすべては官軍のものとなり、これから官軍は、幕臣を江戸から追いはらい、次いで旧幕府における責任者の処分にとりかかった。

今でいう戦犯である。

ところが、そのころは戦時裁判なぞという形式はふまない。

官軍自体の土台が、まだかたまってはいないのだから、何事においても急速なる処置を必要としたのだ。

もちろん、手もまわりきれない。

個々の責任者が、ほとんど独断で細かいところは処理して行くというわけだ。

ここに悲劇が生れる。

小栗びいきの人々に言わせると、権田村を襲った暴徒の一群も、すべて官軍の謀略によるものだ——ということになる。

西郷隆盛は、五百人という大盗賊団をあつめ、これを江戸及び関東一帯に放ち、戦乱に必要な軍用金を掠奪《りゃくだつ》させた、小栗を襲ったのも、この一味だと言う。

確証はない。しかし、こうした見方もあるほど、官軍も戦費には困っていたのである。

こういう弱味を、幕府方にも、また諸外国にも、さとられてはならない。

そこに苦心もあり、焦慮もあったわけだ。

ぐずぐずしていると、いつ、どんな形で、外国の侵略の手がのびてくるか知れたものではない。

イギリスなぞは、日本の国体が、往古から天皇の威光を中心にうごいてきている、

という歴史まで研究し、

「これは官軍を助けるべきだ」

と、進路をきめたそうだから、ここでもまた錦《にしき》の御旗《みはた》が物を言っているのである。

こうするうちにも、江戸のありさまは刻々と、小栗につたえられてくる。

日記の文章に、小栗は、まったく主観と感情を見せず、淡々として見聞の事実のみをかきとめているのだが、四月十六日の記述を見ると……。

……騎兵隊(旧幕府の)桜井衛守来リ去ル。十一日、江戸御城モ尾藩ニ引渡シ相成、最早致シ方コレ無ク(中略)同志者二十人脱走致シ会津ニ罷越、再挙ヲ計リ候ツモリニ御座候ムネ申聞ス。路用無心ニ付、金二十両遣シ候……とある。

江戸を逃げ、会津へたてこもって一戦をまじえようとする旧知の旗本に、餞別《せんべつ》として二十両の大金をあたえているのだ。

こんなことをしていながら、小栗は権田村を動こうともしない。

五

小栗の領地を襲った暴徒どもが、果して官軍にあやつられていたものであったかどうかは、ここでは追及することをやめる。

確実な資料が無いからである。

けれども、彼等が、高崎の官軍本部へあらわれ、口々に、権田村の小栗の防戦ぶりを報告したことだけはたしかである。

それを聞いて、官軍の参謀たちも、

「なるほど。小栗とは聞きしにまさる奴だ」

と思った。

暴徒たちの言葉は、たぶんに大げさなものとなっている。

「何しろ、鉄砲もあり大砲もあり、村のものも小栗の家来も、大変な人数でございました」

と、こういうことになってしまった。

自分たちが負けて追い払われたのだから、敵の力を何倍もの大きさに表現してしまう。

官軍としても、かねて小栗上野介という人物が、どんなかを知ってもいるし、「小栗なら、やりかねない」という考えにもなる。

そこへ、またもう一つ、「錦の御旗を怖れざる不届きな奴！」という憎しみも加わる。

まるで、権田村が要塞化《ようさいか》してしまったようにも思えるし、生ぬるい方法ではとてもいかぬ、こういう人物こそ、まっ先にやっつけてしまえ、という気分にもなってくるのだ。

このうちにも、小栗は、せっせと普請場へ通い、自邸建築の指揮に当っている。

いまから考えると、身に迫る危険を、よくも何とも感じないものだと思わずにいられないほどだ。

家を建てるということは、人生を建てるという意志があるわけだ。

意地を張って逃げないというのではない。家を建てて何とか権田村で生きて行こうとしているのである。

十九日には、またも桜井衛守がやって来て、金をねだり、小栗は金五両をやっている。

会津へ行き戦うのだからといって、二十両も貰《もら》ったくせに、桜井はまだ権田村にいたらしい。四日たって、また来て、「いくらか合力をしていただきたい」などと、ぬけぬけと言っているのだ。

佐藤藤七（庄屋）に大金を貸したり、こんな男に金をあたえたり、このころの日記から感じられるのは、人がよすぎる小栗の風貌《ふうぼう》だけである。家来も少なくなり、さびしくなったので、まわりへ集まってくるものには気が弱くなっていたものであろうか。

かくて、四月二十九日となる。

いよいよ、小栗上野介は、最後の日に向って歩を進めはじめる。

この日——。

高崎の官軍は、高崎、安中、小幡の三藩に、

「小栗を高崎に出頭させるよう、命ぜられたい」

と言ってきた。

三藩の重役は協議し、宮崎八三郎（高崎）、星野武三郎（安中）、山田角右衛門（小幡）の三名を代表にえらび、これを権田村へ差し向けたのである。

三人は、夜に入ってから三ノ倉へ到着した。

三ノ倉からは、すぐに権田へ使いの者をやり、このむねを小栗につたえさせた。

明日、三人の使者が権田へやって来る、というのである。

翌月も四月だ。

なぜなら、旧暦によって閏《うるう》をもちいていたから、この年は閏年で、四月が二か月つづく。

かくて、閏四月一日となった。

三藩の代表者はおそるおそる権田村へやって来て、「おや？」と思った。

暴徒どもが言う砲台もなければ陣屋もない。初夏めいた明るい陽ざしに、村の野も山も、しんかんと静まり返っているではないか――。

東善寺へつくと、小栗が待っていてくれ、こころよく、もてなしてくれる。三藩の家臣たちは、かつての幕府高官であった小栗へ、旧幕府に従っていた大名の家来として……いや、今日は官軍に帰順した大名の家来として、まことにつつましく面談をした。

ともかくも、こうなれば、官軍がもたせてよこした命令書を小栗に見せなくてはならぬ。見せた。次のようなものである。

小栗上野介、近日、その領地、上州・権田村に陣屋をかまえ、砲台をきずき、容易ならざる企てあるむき諸方の注進あり、聞きすてがたく、ふかく探索を加え候ところ、逆謀判然、上は天朝に対し奉り、下は、主人・慶喜の恭順降伏に相もとり候につき、逮捕の儀を、その藩々に申しつけ候。国家の協心同力のため忠勤をぬきんじべく候。万一、手に余り候えば、さっそく官軍本陣へ申し出ずるべく候。そのときは、先鋒諸隊をもって、一挙に小栗儀を誅戮《ちゅうりく》いたすべきこと。

これは三藩に渡された命令書だが、代表者はこの写しをもっていたらしい。

「まことに困りましたなあ」

三人とも首うなだれてしまった。聞いたことと見たこととは、まるで違うのだ。小栗は、官軍に手向いをするどころか、隠居所を建てている最中なのである。これでは〔逆謀判然〕ではない。いざとなればと考え、八百もの士卒に武装をさせて乗りこんできた代表者たちも、気がくじけてしまった。

徳川の世のころは、とても頭が上がらぬほどの高官だった小栗でもあるし、代表者たちは、ただもう小栗が気の毒でならなくなってきた。

小栗は、命令書の写しを見るや、

「は、は、は。これはおかしい。なるほどのう。世のうわさというものは、ひろまるにつれ、大きくなるものじゃ」

笑ったが、さびしい笑い声であったという。

「おそれ入りました。私共も、つい先頃までは同じ徳川家の下にあったもの同士でございます。それが、このようにして……」

「あ、申されるな。ようわかっております」

小栗は少し考え込んでいたが、やがて、

「なれど、お手前方もすでにごらんのごとく、この小栗は、このような寺の一室に起居し、官軍に手向いするなど、まことに笑止千万。なるほど大砲は一門ござる。だが、これはアメリカみやげの品で、弾丸もありませぬよ。わずかに鉄砲二十丁がござるが、これも先日のごとき暴徒の襲撃にそなえるためじゃ。と申すのは、それがしども、家族家来をふくめ、二十名にも足らぬのでな」

「いや、わかりました。これでは官軍参謀の言わるることと、まるで違います」

ここで、小栗が決意をして、こう言った。

「それがしが、官軍の言わるるごときまねを致したならば、この場にて捕えられるのが当然なれど……それでは反《かえ》って、この小栗の真意をうたがわれることになりましょう。それで、かようにいたそうと存ずる。この寺にある銃器一切を引きわたし、それがしの倅《せがれ》又一を官軍本営へおつれ願いましょう。つまり、人質と申すよりも、それがしに他意なきことを証明いたすためにな」

どうしたらよいかと困っていた三藩の家来は、この言葉をきき、大いによろこんだ。

小栗の一人息子を人質に連れて行けるなら、官軍への申しわけも立派にたつ。

それにしても、どこまでも人のよい小栗であることか。どこまでも人を信じ、法をたより、自分が公明正大に出れば、相手も同じ出方をしてくれると信じてうたがわないのだ。養子とはいえ、又一は、小栗家の後つぎとして上野介がもっとも愛し、いつくしんできた青年なのである。

＊

ともかく、ここに至って、小栗も狼狽《ろうばい》をしている。日記に、それがまざまざと感じられるのだ。

自分は官軍に逆心をいだくものではない。その理由は、こうこうである、と三藩の使者に答えた事柄を、こくめいに記入している。

権田村は自分の領地なのであるから、ここに引きこもっておとなしくしているかぎり、官軍といえども無茶なことをする筈《はず》はない、と信じきっていたものであろう。

又一を差出したについても、まさか、こちらから進んで出した人質に害を加えることなどあろう筈はない。官軍も武士ならば、何事にも公明な態度をもってのぞむに違いない、と信じていたものか……。

自分がこうであるのだから他人もこうであらねばならぬ、という考え方——これは、小栗の一生についてまわった。

よきにつけ悪《あし》きにつけけである。

小栗は、政治家として、あくまでも公明率直な生き方をしてきた。生一本な、裏表のないやり方である。陰謀をたくらんだり、人や事象の裏の裏を見通し、腹の底が二枚にも三枚にも重なっているというタイプではない。これでは、政治家として……ことに、明治維新前後のすさまじい動乱期の中を泳ぎぬいて行くためには、小栗上野介という人物が、あまりにも正直すぎ、単純すぎるような感じを、筆者は彼の日記から感じないわけにゆかなかった。

彼は、政治をうごかし、人をうごかす器量はなかったのだ、と、ついに思い至るわけである。

そのかわり、小栗は、よき政治家の下にあって、自分のもつ才能を生かしていったなら、充分に腕がふるえた人物だった、と考えられることも、たしかだ。

あの謀略がうずまき、人心の焦点が浮動する混乱の時代にあって、行先をひたと見通し、縦横の活躍をおこなった勝海舟とは、ここで人間が違っているわけなのであろう。

「だが、万一のこともある」

さすがに、又一を高崎へ送り出したあとで、小栗も心配になり、とりあえず、母と妊娠中の妻を、権田村からひそかに逃げさせることにした。

日記は、ここで切れている。

同時に、小栗自身も、東善寺から権田村字亀沢の農家、大井秋次郎方へ引き移っている。

これが三日の夕刻であった。

すると、この夜ふけに、庄屋の佐藤藤七がたずねてきた。

「何用じゃ？」

小栗の問いに、佐藤は、おどおどと眼を伏せつつ、

「殿様が、もしも、権田をお立退きなさることになりますると、村のもの一同が官軍によって罰せられまする。それに、高崎の官軍本営へ出頭なされた又一様の御一命にもかかわりまする。なにとぞ、東善寺へおもどり下さいまするよう」

こう言うのだ。

そう言えと、佐藤は官軍に命ぜられたものである。

官軍の一部隊は、すでに三ノ倉までつめかけてきていた。

小栗は、しばらく佐藤藤七を見つめていたが、あきらめよく、

「よし、戻ってつかわす。そして、わしが官軍に申しひらきをしよう」

と、答えた。

この佐藤の申出がなければ、いざとなったとき、小栗も権田を逃亡していたかもしれないと思う。

かくして、佐藤は恩人を売ったわけだ。

よほど骨がしっかりした男でなければ、「後は引きうけました。お逃げ下さい」と

肚《はら》をすえることも出来なかったろう。

終戦後の米軍と日本人の関係が、そのまま、このときにも当てはまる。のちに佐藤は裏切者の汚名を着て、わびしい老年を迎えることになるのだが、この場合の佐藤藤七を、いちがいに悪人ときめつけてしまうわけにも行くまい。

こうした時代における人間の弱さは、後世の人々の指弾とは別のものである。

しかし、この佐藤が少しの間に小栗から二百両もの大金を引き出していることを考えると、筆者もこの男を好きになれない。

ともかく、小栗は東善寺へ戻った。

二人の家臣にまもられ、義母と共に会津へ逃げのびた妻の道子は、のちに一女をあげ、これによって小栗家の血統は存続されることを得た。かつて小栗の世話をうけたことのある三井家の大番頭・三野村利左衛門が、道子たちの面倒を何くれとなく見たそうである。

小栗上野介は、閏四月五日の朝、東善寺を包囲した三藩の兵によって捕えられた。

このとき、小栗は死を覚悟した。三ノ倉の抵抗もなく、まことに落ちつきはらって官軍陣営へひかれて行った。

家来の大井、多田、沓掛《くつかけ》も主人と共に捕われた。

次の日の朝、たちまちに小栗と家来たちは、三ノ倉の烏川《からすがわ》のほとりへ引き出された。

斬られるのだとわかったとき、家来たちは口惜しがり、口々に「残念!」と叫んだ。

「しずかにせよ」

小栗は、あくまでも騒がず、申しわたしもない不条理の死刑に対しても、未練がましい一言をのべることもなく、

「このようなときには、いかなる正義も通用するものではない。みれんがないようにせねばならぬ」

と、家来たちに言った。

家来たちの処刑が終ったあと、官軍の軍監・原某が、「何か言い残すことはないか」ときいた。

二十そこそこの若い軍監が威張りくさって、人並なことを言うのである。官軍も人手が足りなかったものであろう。

「ない」

と、小栗は答えた。

首を斬られるときも、さすがに小栗の威風は官兵どもを圧倒し、首斬り役は一太刀で首をおとせず、からくも二刀目で小栗の首をおとした。小栗上野介ときに四十二歳。三ノ倉の道ばたにさらされた小栗の首のそばの立札に書かれた〔右の者、朝廷に対し奉り、大逆を企て候こと明白につき、天誅《てんちゅう》をこうむらしめしものなり——東山道先鋒総督府吏員〕の文字を、権田村の人々は、どんな眼で見たことだろうか。

まことに勝てば官軍……である。

一日を置いた七日には、高崎の官軍が小栗又一を、従者三名と共に引き出して、町中を引きまわしにかけた上、首を斬った。又一は二十一歳という若さであった。

東善寺にあった小栗の家財は、いずれも官軍が没収した。手早く言えば、勝手に盗みとってしまった。

戦乱の世とは、こうしたものだ。

もしも幕府が戦争に勝ったとしたら、薩長をはじめとする勤王方の主だった人々は、どんな扱いをうけたことか。やはり同じような事態も起きたことだろうと思う。

動乱の時代には〔責任〕の所在が無くなってしまう。

正義といい、人道というも、平和な時代の産物であって、戦争をやっているときに〔道徳〕が生きた例は少ない。

少ないがある。そこに人間のすばらしさもあるわけだ。

伊庭《いば》八郎《はちろう》

私の書斎の棚の上にある、青年武士の小さな写真を見た来客に、

「だれですか、この人は？」

と、よく問われる。

「伊庭《いば》八郎《はちろう》です」

そうこたえても、

「ははあ……？」

伊庭の名を知らぬ人が多い。

この写真は、伊庭家の末孫である古田中みなさんのお宅へうかがったとき、

「こんなものでございますけど……」

と、古田中夫人が見せて下すった写真である。

幕末の名剣士たる伊庭八郎秀頴《ひでさと》は、最後の最後まで徳川と江戸の栄光のために戦いぬき、かの北海道・箱館《はこだて》（現函館）の戦争で死んだ。

この写真は、おそらく、江戸を逃げて、榎本武揚《えのもとたけあき》らの〔五稜郭《ごりょうかく》〕へこもった旧幕軍

に投じてのち、箱館で撮影したものとおもわれる。

故・子母沢寛先生も、

「これはめずらしい。八郎の、こんな写真は見たことがない。どこで手に入れましたか？」

おどろきに瞠目《どうもく》されつつ、しかも、八郎を愛することでは人後に落ちない……と、みずからいわれるほどの先生だけに、

「うちに何枚もございますから、よろしければお手もとに……」

私がそういうと、さもうれしげに、

「これはいい、この八郎はまったく八郎らしいですなあ」

と、おっしゃったものだ。

この写真は、古田中夫人の手もとにあるものを、私のカメラで撮《と》ったものである。髪は、例の講武所ふうの茶せんにゆいあげてい、一文字のりりしい眉《まゆ》、美しい鼻すじの下にきゅっと引きむすばれた口に江戸ざむらいの底意地の強さが、はっきりと看取される。

色も白かったらしい。

双眸《そうぼう》は二重まぶたの中にらんらんと光ってい、その光の底にやさしい彼の性格と、死を前にした愁《うれ》いとがしずかにただよっている。

八郎、この写真ではフランス風の旧幕軍・軍服を着用してい、つめえりのえりもと

が少しはだけて白いシャツがのぞいている。

私が彼を主人公にして「幕末遊撃隊」という小説を週刊誌に連載したのは、もう六、七年前のことになるだろうか……。

少年のころからのわれわれが胸にえがいていた白面の剣士・伊庭八郎のイメージと、現実（写真）の彼の容貌《ようぼう》とが、これほどにぴったりしていようとはおもってもみないことであった。

むろん、仕事をする上では、どれほどに書きよかったかも知れない。

＊

高二百俵の幕臣で、御徒町《おかちまち》に〔心形刀流《しんぎようとう》〕の道場をかまえていた伊庭家は、江戸でも名流とうたわれた剣家であった。

そうした家の子に生まれたのに、

「おれが本気で竹刀《しない》をにぎったのは十六の年齢《とし》だ。それまでは本の虫さ。竹刀の音をきくのもいやだったものだ」

と、八郎がいっている。

なぜ、はじめのうちは剣術がきらいだったのか……小説では、そこを書かねばならない。

私は、新吉原の遊女で、八郎とはふかい仲だった廓内・稲本楼の小稲《こいな》へ、八郎の台詞《せりふ》として、こういわせている。

「学問と剣術とを秤《はかり》にかけ、重い方をとったまでだ。人間、二つのことを一度にはやれねえものだし……ことに、このおれは尚更《なおさら》、二つのことを一度にはやれねえのだ」

なぜ、二つのことを一度にやれなかったのか……。

種々の取材をしたのちに、私は八郎を肺患もちの青年とした。

どうも、そのような気がしてならなかったからだ。いまでも、そう感じている。

もっとも、彼の病患については、なにも書きのこされてはいないし、語りのこされてもいない。

これはいいつたえられていることだが、八郎十六歳のときに、父の供をして、細川《ほそかわ》侯の江戸屋敷へおもむいたとき、書院の床の間にかかっていた宮本武蔵《みやもとむさし》えがくところの画幅を見て、ほんぜんとさとるところあり、

「私、剣の道へすすみます！」

と決意し、以後は書物を捨て、一心に剣術へうちこんでいったという。

八郎の剣は、あの新選組の沖田総司《おきたそうじ》のように、天才的なものがあったらしい。

めきめきと技倆《ぎりよう》がすすんだ。

しかし、八郎は父・軍兵衛の後をつぐことができなかったのである。

軍兵衛は死にのぞみ、

「八郎では、まだまだじゃ」

といい、高弟の坪和惣太郎《はがそうたろう》を養子とし、伊庭の当主とした。

さらに軍兵衛は、この養子に、

「おぬしが見て、八郎かならずしも当家の後をつぐべきものとおもわぬときは、門弟のうちより人をえらび、伊庭の後とりにせよ」

と、いいのこしている。

伊庭の心形刀流は、初代・秀明が創始したもので、後年、秀澄の代となって幕府につかえたわけだけれども、

「後つぎは、かならずしも実子におよばず」

という家法がある。

後つぎの実子が剣士として立派であっても、門弟の中にこれをしのぐ人物がいた場合は、これを養子に迎えようというのだ。

また、このことを伊庭の代々は実践してきたようだ。

見事なものといわねばなるまい。

現に、八郎の実父・軍兵衛も養子である。

さて、伊庭家の養子となった垪和惣太郎は家代々の名〔軍兵衛〕を名のることを遠慮し〔軍平〕と名のったほどの温厚な人物であったから、少年の八郎をすぐさま自分の養子として、

（一日も早く、家を八郎どのへゆずりわたさねばならぬ）

情熱をこめて、八郎を教導した。

こうした家風の〔家〕に生まれ、こうした〔実父〕と〔養父〕をもった伊庭八郎の性格がどのように形成されていったか……いうをまたぬことであろう。

宮本武蔵の画幅を見たとき、この養父と一緒だった、ともいわれている。

＊

いうまでもなく伊庭八郎は生粋《きっすい》の〔江戸ざむらい〕であるから、天才的な名剣士としての風貌《ふうぼう》へ、酒も女も、料理もたのしむ余裕と生活が裏うちされていなくてはならない。

ことばづかいも、ふだんは江戸人らしい伝法さがあり、物事のとりなしがさばけていて、粋《いき》でなくてはならぬ。

私ごときが、彼を小説の主人公とする場合、実にもう、そこのところがむずかしいのである。

伝法ではあっても、町人や遊び人のそれであってはならない。

あくまでも武士……徳川の家来としての伝法さが出ないと、鼻もちならなくなってしまう。

うっかり、よい気もちになって筆をすすめると、それこそ鼻もちならぬ気障《きざわ》りな文章になりかねないし、いや味な伊庭八郎になってしまう。

八郎の女である遊女・小稲などというのは、もっともむずかしい。

当時の新吉原の〔おいらん〕であるからには、廓《くるわ》ことばをつかわせるのが本当だし、やってやれぬことはないのだが、そうすると、どうも感覚的にずれてしまうような気がして、この小稲には、実にまいってしまったことをおぼえている。

たとえば、江戸の芸者の中でも、深川《ふかがわ》のそれは、気風もことばづかいも全く芸者とは異なる。江戸の女を書きわけることはまことに至難のわざなのだが、そうした風俗を知る作家や研究家がいなくなり、社会生活の上に、その残滓《ざんし》もなくなった現在、書きわける必要も当然ないのかも知れない。

結局は小稲も、私自身がつくったことばづかいで小説に登場させたが、いま読み返して見ても冷汗が出るようなおもいがする。

ところで、養父・軍平が一日も早く家をつがせようとし、また八郎自身の剣が、だれの目から見ても、それにふさわしくなってから、いかに養父が家督をすすめても、八郎は辞退しつづけている。

時局は、いよいよ切迫していた。

長い〔鎖国の夢〕がやぶれ、幕府は欧米列強の強硬な圧迫をうけて〔開港〕にふみきらざるを得なかったし、幕府政権の前担当であった大老・井伊《いい》直弼《なおすけ》をめぐる政局の動乱と革新思想弾圧につながる勤王運動の火の手は、いよいよ猛烈になってきている。

八郎も、

（これは只事《ただごと》ではすまぬ）

と、考えていた。

八郎自身は、あくまで徳川幕府の傘下にあって、この国難のためにはたらくつもりだから、

（道場と伊庭家は養父にまかせ、おれは……）

どこまでも動乱の矢面に立ち、いのちを捨ててはたらきぬく決意をかためるに至った。

彼の、わずか二十七年の生涯は、このときに決まった、といえよう。

＊

私の書いた伊庭八郎が肺患病みの青年になっていたのを、子母沢寛先生が読まれ、

「どこで、しらべられました？」

のちに、私にいわれたことがある。

「あれは、私がそう感じたものですから……」

こう、こたえると、先生は、

「いやしかし……私もむかし、伊庭家は代々、胸が悪かった、ということをきいたことがあります」

そう、いわれた。

もしそうだとしたら、作者として、こんなにうれしいことはない。

その伊庭八郎の肺病のことだが……。

八郎なじみの新吉原の遊女・小稲が、将軍について京都へのぼった八郎に、見舞い

の品を送りとどけてくるところがある。

その品について、いろいろ考えたが、そのころの吉原の遊里では、古銭の穴に三味線《しゃみせん》の糸を通し、これを腰まわりにむすびつけて〔御守〕にするというのが流行していたということをきいていたので、これをつかうことにした。

すなわち、小稲は麻を二枚重ねにしてぬいあげた筒袖《つつそで》の肌じゅばんの布と布の間にびっしりと古銭をぬいつけたものを、八郎へ送りとどけてくる。

〔御守〕になると同時に、風雲急な時勢で、将軍の親衛隊の一員ともいうべき八郎の、戦闘用にも役立つという。

「おもいつきましたね」

と、子母沢先生がほめて下すった。

伊庭八郎には、遊女・小稲のほかに、もう一人、切っても切れぬ人物がいる。

すなわち、上野広小路《ひろこうじ》の料亭〔鳥八十《とりやそ》〕の料理人で鎌吉である。

八郎は、この鎌吉をひいきにして、日に夜に〔鳥八十〕へ通った。

必然、鎌吉調理するところの食べものが、八郎の膳《ぜん》に出てこなければならない。

むかしの食べものについて書くのは、めんどうである。

時代小説を書きはじめたころ、寛永《かんえい》時代の町人に西瓜《すいか》を食べさせてしまい、大失敗をやってしまったことがある。西瓜は南蛮渡来の珍果で、これを日本の土地で栽培し、これが庶民の口へ入るようになるのは、もっともっと後年のことなのだ。

しかし、江戸も末期となれば、いくらかは書物も残っているし、私のようなものにも手がかりはつかめる。そのころの料理の献立を記した書物やら書きつけやらを参考にし、私が鎌吉になったつもりで献立をつくってみた。

相鴨《あいがも》の山椒醤油《さんしょうじょうゆ》のつけ焼
鰹《かつお》の土佐《とさ》いぶし
銀杏《いちょう》どうふと、かる鴨のわん盛
穂紫蘇《ほじそ》の吸物
鳥八十名物の雷干

先ず、こうしたものだ。

〔鳥八十〕は鳥料理で売った料亭であるから、そのつもりでこしらえて見て、知り合いの老料理人に見せ、意見をきいたら、

「いいじゃありませんか。おかしくありませんよ」

と、いう。

後に、鳥羽《とば》・伏見《ふしみ》の一戦で幕府が勤王軍に大敗し、十五代将軍だった徳川慶喜《とくがわよしのぶ》と共に、八郎たちも江戸へ引きあげて来て、八郎は、ついに病床へつくことになる。

これを知った鎌吉は、すぐさま小さな盤台を伊庭屋敷へ抱えこみ、八郎の好物を料

理して食べさせるのだが、このときは、三州味噌《みそ》(八郎は三州味噌を好んだそうな)に新わかめの味噌わん。鶉《うずら》の焼鳥に粉山椒《こなざんしょう》をそえ、あとは甘鯛《あまだい》の味噌漬《みそづけ》などにした。

「これは、よござんすね」

と、老料理人が、いってくれた。

*

将軍が政権を朝廷へ返上し、上野・寛永寺《かんえいじ》へ謹慎して、さらに、数名の供につきそわれ、生家の水戸へ去ったのちも、旧幕府の人びとの抵抗は熄《や》まなかった。

伊庭八郎も、その一人である。

八郎は、旧幕軍・遊撃隊士であったから、この〔遊撃隊〕の名をもって同志をつのり、現千葉県・木更津《きさらづ》の近くにあった請西《じょうざい》一万石の藩主・林昌之助忠崇《しょうのすけただたか》をたより、同志と共に江戸を脱出した。

このときの軍費その他に必要な三百両という莫大《ばくだい》な金を、吉原の小稲が八郎へ都合してやったものである。

「それは、本当のようでございますよ」

と、伊庭家の末孫、古田中みな夫人が私にいわれた。

当時、全盛の小稲の客の中には、だいぶんに著名な人物がいたようである。彰義隊《しょうぎたい》の天野《あまの》八郎《はちろう》もそうだし、長岡《ながおか》藩の家老・河井《かわい》継之助《つぐのすけ》もしかりなどという。

だが、小稲がいかに伊庭八郎へうちこんでいたかは、この三百両の一件をもってもわかろうというものだ。

いま『林昌之助戊辰《ぼしん》出陣記』というものが残されているが、その慶応《けいおう》四年（一八六八）四月二十八日の項には、

「……此頃、江戸脱走の遊撃隊三十余名。木更津に着岸し、隊長・伊庭八郎、人見勝太郎の両人、今日、請西の営に来り、これまた徳川恢復与力の儀を乞う」

とある。

さらに、林昌之助は、

「……伊庭・人見の両士を見るに、剛柔相兼ね、威徳並行の人物なり。ことに隊下の兵士、よく、その令を用い、いずれも真の忠義を志すの由」

と、書いている。

その「……剛柔相兼ね……」のことばが、いかにも伊庭八郎の人柄をしのばせているのではないか。

こうして、遊撃隊と請西藩士を合せ、わずかに百名たらずで、海上を相州・真鶴《まなづる》へ上陸した。

小田原藩に援兵を乞おうというのである。

江戸から、幕臣・山岡鉄太郎《やまおかてつたろう》が馬で駈《か》けつけて来て、八郎を説得し、

「むだな抗戦をやめろ」

と、いうところがある。

それに対し、伊庭八郎が自分の立場を主張するわけだが、その八郎のことばをつくるのに、まったく苦労した。

伊庭八郎という人物の、ごくわずかに残っている言動から推定して行くわけだが、この八郎の台詞《せりふ》がうまくいかなくては、小説全体の主題がちから弱くなってしまう。それだけに、むずかしくもあったけれども、結局、私は現代からの明治維新についての見方から、というよりも、まったく、そのときの八郎の気もちになって、この台詞をつくったものだ。

次のごとくである。

「山岡さん。あなたは古いとか新しいとかいうが……去年、慶喜公《だんな》が、わずか一日にして、おんみずから天下の権を朝廷に返上したてまつったことを何とごらんだ?……一滴の血もながさず、三百年におよんだ天下の権を、将軍みずからがさっさと手放したのだ。こいつは、いまだかつて、わが国の歴史になかったものだ。外国にだってありゃあしませんよ。こんな新しいことはないとおもいますがね、どうです山岡さん……ここで、その官軍とやらが新しい奴らなら、よくやってくれた、われわれも共にちからを合せ、国事にはたらこう……と、こういって来なくてはならねえはずだ」

それなのに、薩長両藩を主軸とする官軍は、むりやりに徳川家滅亡をくわだて、戦争へ引きずりこんでしまった。八郎たちの抗戦は、それによって、

「やむにやまれず、微衷をつくすため」

に行なわれようとしている。

これより後に……。

箱根三枚橋の戦闘で、伊庭八郎は左腕をひじの下から切り落されるという重傷を負ってしまう。

隊員と共に、熱海《あたみ》沖へまわって来てくれた旧幕府・海軍の軍艦〈蟠竜丸《ばんりゅうまる》〉へ収容された八郎は、船医の永島竜斎の手当をうけたが、切断されたひじのところから骨の先が突き出ているので、

「この、骨が……」

と、竜斎が口ごもるや、おうむ返しに、八郎が、

「先生。この骨が邪魔ですかえ」

いうや、右手に抜きはなった脇差《わきざし》で、みずから、突き出した骨を傷口すれすれに切って落したという。

これを見た外科医の永島竜斎が、おもわず悲鳴を発したそうだ。

さらに八郎は、榎本武揚ひきいる海軍と共に北海道へわたり、最後の一戦をこころみることになる。

北海道での、八郎の活躍ぶりも見事なものであったが、箱館の五稜郭に追いつめられた旧幕軍が降伏する七日前の、明治二年五月十一日。ついに、八郎は死んだ。

これまでの戦闘で、八郎は左の肩口と右の太股《ふともも》へ銃創をうけて、ひどい出血のため、

五稜郭の堡塁《ほうるい》近くの板ぶきの民家へ入って養生をしていた。

十一日の朝。

「気分が、だいぶよい」

と、八郎は、江戸から北海道までつきそって来てくれた〔鳥八十〕の鎌吉にいい、外へ出て、井戸端へ行き、顔を洗おうとした瞬間に、どこからともなく飛んで来た流弾一発。これが八郎の喉《のど》をつらぬいた。むろん即死である。

伊庭八郎は、浅草《あさくさ》の貞源寺にある伊庭家の墓へほうむられた。

二十七年の短い生涯であったが伊庭八郎のそれは常人の百年にも匹敵しよう。激動波乱の時代へ正面から身を打ちあてて行った烈しさのうちにも、悠々として人間のたのしみを味わいつくし、小稲や鎌吉のような人に最後までつきそわれ、花のごとくに散った伊庭八郎は、これまで私が書いてきた小説の主人公の中でも、もっとも好きな男である。

『幕末遊撃隊』という題名で書いたこの小説を週刊誌に連載してから、もう足かけ七年にもなる。

私は、もう一度、彼を書いて見るつもりだ。

真田《さなだ》幸貫《ゆきつら》

真田幸貫は、白河《しらかわ》藩主・松平定信《まつだいらさだのぶ》の二子に生まれた。幼名を次郎という。彼が、真田家の養嗣子《ようしし》となったのは文化《ぶんか》十二年（一八一五）七月、二十五歳のときであった。

真田家の藩祖は、信幸《のぶゆき》である。真田幸村《ゆきむら》の兄であり、昌幸《まさゆき》の長男だ。

周知のごとく、昌幸・幸村の父子は豊臣家に味方をして、最後まで徳川家康を苦しめたものだが、信幸は家康の養女を妻に迎え、あくまでも徳川につき忠誠の実をあげたので、家康の天下統一成ったとき、譜代大名の席に列することが出来た。

といっても、それは表向きのことで、その実は外様《とざま》大名並の待遇をこうむっていたのだ。

家康が死ぬと、徳川幕府は非常に真田家というものに神経をとがらしはじめた。

これは徳川幕府の高等政策のあらわれでもあり、数代にわたって、幕府は真田家の勢力を殺《そ》ごうとかかった。

四代の信弘《のぶひろ》の時代には、かなり富有だった財産も、幕府の課役その他によって吸いとられ、城内御殿で使う灯明油さえ倹約したという。

真田のみか、どこの大名でも、このころになると金づまりもひどいことになってきている。

その大小にかかわらず、御家騒動がひんぱんに起っては消え、また起る。大名の生活というものは金がなくても金がいるように出来ているから、騒動が起るのは当然であった。

うまく始末がつけばよいが、少しもつれた御家騒動でも起そうものなら〔治政不行届き〕とあって、幕府は容赦なく大名の家をとりつぶしてしまったものだ。

徳川が天下をとる前から仕えていた臣下の大名（譜代大名）はともかく、途中から徳川の勢力に従った大名（外様大名）に対する幕府の警戒と圧迫は峻烈《しゅんれつ》をきわめたのである。

隠密を派遣して、絶えず諸国の大名の動きを気にしている。

徳川三百年にわたる平和な時代でも、将軍家にも大名の家にも絶えず暗闘がくり返されてきた。

戦争がなくなったので、武士のすることがなくなり、権力と金力の渦巻きの中に、武士の魂は巻きこまれ、台頭する町人の財力と武家の体面とにはさまれ、武士階級というものが、戦国のころの確固とした意味を失って行くわけである。

「もともと、徳川の天下というもの——いや、幕府の政事の仕組みというものが、家康公以来、まったく変っていないのが、そもそも無理なのじゃ」

幸貫は、つねづね、そう言っていたという。

つまり徳川幕府は、もともと三河国《みかわのくに》の小領主から成り上がり、血族の犠牲と権謀のかぎりをつくして血みどろな戦いをくり返し、その力によって天下をつかみとった。〔政権〕だというのである。

だから、天下をとったとき、幕府は何よりも〔戦争〕によるみずからの失墜を恐れた。

徳川の天下を存続させるためには、他の大名たちの戦力を押えきらねばならぬ。徳川家康は将軍としてまことにたんげいすべからざる政治家である。

しかし、幕府を創立したときに、家康が張りめぐらした政治機構というものは、どう見ても戦時体制によるもの、いわば軍政のかたちをなしていたと言えよう。

これは無理もないことだと思う。

しかし、戦争は消えた。

何十年もたつうちに、大名も将軍も戦争なぞを起す気力さえ失ってしまった。忘れてしまったのだ、そんなものは……。

結構なことである。いつの世にも戦争はつまらぬことだし、おまけに日本の国内で国民同士が戦い合うことなど、今から見ればバカなことだ。

そこで、今までは武士階級に圧迫されつづけてきた庶民たちが、さまざまな様相をもって天下の政治に介入して来ることになる。戦争がないのに、いつまでも創成以来の政治機構のワクにとじこもっている幕府や大名たちが、次第に力を失って行くのは当然である。

ここに、明治維新の発芽が一つある。

つまりその種は、徳川初代の将軍家康みずからが蒔《ま》いたということに結局はなるのだ。

素因と結果は、——一国の、一家の、一人の人間の歴史を微妙複雑に織りなしているのである。

*

真田幸貫は、まだ松平家にいたころから、質朴剛健であった。

これは、父の松平定信の教育によるものであろう。

松平定信は八代将軍・吉宗《よしむね》の二子、宗武の子だから、将軍の孫に当る。奥州白河十一万石の領主で天明《てんめい》七年（一七八七）から寛政《かんせい》五年（一七九三）まで、幕府老中の重職をつとめた。

いわゆる寛政の改革を行なったのは定信であって、これは、東北諸藩の輿望《よぼう》をにない、定信が行なった政治改革である。

今までの商業主義的な幕府の政治が都市を中心にして行なわれ、農村、ことに東北のそれは貧困のどん底にあったわけで、松平定信は、この偏重的な政治をあらため、東北重農主義的な政治を展開しようとしたのだ。

何といっても、当時は〔米〕が経済の基盤となっていた日本である。

定信の改革方針も悪くはなかったが、結局は失敗した。

くわしくのべているヒマはないが、つまりは、どうにもこうにも飽和の頂点に達した幕府の政治機構がうまくうごかなくなってしまっていたのだ。

ともかく、そういう父・定信の考え方にしつけられたのだから、幸貫が大名の子にしてはちょっと異色の存在だったということは言えよう。

身の丈、六尺に近く、声は遠鐘のごとしと物の本にある。

武術は、弓馬、柔・剣術、いずれも奥儀をきわめ、木綿の着物・袴《はかま》をつけ、供もつれずに江戸市中を闊歩《かつぽ》するので、

「若様、もしものことがありましては、私めが迷惑をいたしまする」

老臣の山口重太夫というのがときどき江戸屋敷を出て行く幸貫の後を追ったものである。

「重太夫。今日は、おもしろいところへ連れて行ってやる」

などと、幸貫は下町の片隅や両国《りようごく》の盛り場などにある汚い居酒屋へ重太夫を連れこんでは、

「どうじゃ、うまいぞ、これは――」

煮しめや濁酒《どぶろく》を食べたり飲んだりするのだ。

「若様にも困りました」

へいこうして、重太夫が主君の定信にこぼすと、

「放っておけ。これからの大名は、その位でのうてはならぬ」

定信は微笑して、重太夫に言ったという。

こういう幸貫であるから、いよいよ真田家の養嗣子になると決まったとき、

「心得ました。なれどしばらくはお暇《いとま》を……」

引きうけるや、すぐさま供もつれずに信州へ旅立って行った。

まず松代《まつしろ》領内の視察を行なわんためである。

三か月ほどして江戸の松平屋敷へ帰って来た幸貫は、木綿の着流しの裾《すそ》を端折《はしょ》って素足にわらじをはき、まことに見事な浪人の風体だったので、松平の家来たちはびっくりした。

つまり、そういう風体で、これから自分が当主となる松代の領国を見まわって来たわけだ。

こんな幸貫だから、もちろん、真田家へ乗込むについては並々ならぬ抱負があったものと見てよい。

＊

幸貫は、真田家へ入って八年後の文政《ぶんせい》六年（一八二三）八月二十日に、正式に家督《かとく》をつぎ、名実ともに真田の殿様となった。

幸善と名のっていたのを幸貫にあらためたのも、このときである。

このころ、英国の商船がしきりに琉球《りゅうきゅう》や、浦賀《うらが》に来て、開港を迫りはじめている。北方ではロシアの圧力が次第に加わり、蝦夷《えぞ》（北海道）地方一帯における強い危機感を、さすがに幕府も感じ、ああでもない、こうでもないと、さわぎはじめてきた。間宮林蔵《まみやりんぞう》や近藤重蔵《こんどうじゅうぞう》の北海探検などを幕府が重視し、これに援助をあたえたのも、そのあらわれである。

アメリカはまだ顔を出してはいなかったが、ヨーロッパ諸国の海外進出は、阿片《アヘン》戦争によって支那《しな》をも侵し、支那はついに香港をイギリスに割譲するに至った。目と鼻の先へ外国勢力の侵入があって、その上に、いよいよ日本へもよだれをたらしはじめたことは、知る人ぞ知るのであった。

言うまでもなく、幕府は百七十余年前の寛永《かんえい》十六年（一六三九）に〔鎖国令〕を発布し、中国（支那）・オランダ以外の貿易と、日本人の海外渡航を禁止してしまっている。

中国・オランダとの交易も、長崎のみを開港し、ここに厳重な監視を行なって、海外文明の国内に侵入することを極度におそれていたものだ。

もともと〔鎖国〕はキリスト教の伝播《でんぱ》をおそれ、幕府が施《し》いた法令である。

例の島原《しまばら》の乱――。

三代将軍家光《いえみつ》のころに起った、あのキリシタンの一揆《いっき》の狂信的なおそるべき団結力と闘志を、幕府は目のあたりに見て、いささか、おどろいた。たかが異教徒の叛乱《はんらん》をとりしずめるために、大軍を派遣し、さんざんに手こずったものである。

「国を閉じよ!!」

将軍のみではない。幕閣の重臣たちも、国内大名の叛乱をおそれるのと同様に異教徒の反抗をおそれた。

鎖国……。

これも〔明治維新〕をひき起した素因の一つだと言えよう。

「今から見れば、おろかなことをしたものと思えようが、それは後世のものの眼をもっての批判であって、二百年に近い昔むかしのことは、わかっておるようでも、わからぬことが多いものじゃ」

幸貫は、後年、愛寵《あいちょう》の家臣・佐久間象山《さくましょうざん》に、しばしば、そうもらしたといわれる。

キリストの教えそのものはともあれ、外国の侵略が当時の日本に対して、どの程度の意図をもっていたか……。

「あながち、幕府のみが無理無体な弾圧を信者に加えたとは、当時に生きておらぬ我々が早急に断じてよいものか、どうかじゃ」

何しろ、豊臣秀吉の朝鮮征伐の失敗を眼前に見てきたものがいくらも残っていた当時のことである。

外国の侵入を自由にゆるしていたら、日本がどんなことになっていたか、知れたものではない。

だが、その一方では、鎖国の夢をやぶられたとき、日本の力は武力にも経済力にも、ヨーロッパやアメリカに対抗する何ものも持ってはいない心細さであった。

長崎から、ひそかに流れこむ西洋文明の香りは、真田幸貫のもっとも関心をよせざるを得ないところのものになった。

その香りは、オランダからもたらされた。

幕府は、西洋の書物などを一手に管理していて、これを民間にも他の大名たちにも流そうとはしない。

幕府自体の力がおとろえてきているだけに、外国文明がもたらす〈批判の眼〉をわが権力に従属するものにあたえたくない。おそろしいのだ。

「なれど、手をつかねておるわけには行くまい」

幸貫は、佐久間象山という家来のもつ才能に、この意味から、もっとも大きな期待をかけるに至った。

佐久間象山は、代々真田家に仕えた家に生まれ、父は一学といって側右筆《そばゆうひつ》組頭という役目ながら五両五人扶持という、士分としてはきわめて身分のひくいものである。

象山は、父の一学が五十歳のときの子で長男である。

幼名を啓之助といった。幸貫が真田の当主となった文政六年には、象山は十三歳である。

子供のころの象山は、まるでけだもののような精悍《せいかん》さをもっていて、城下周辺の山野を駆けまわって四日も家に帰らぬこともあり、喧嘩口論の絶え間がなく、衣服は常にやぶれ、生血を流さぬ日はなかった。

しかも、六歳のときにはじめた四書の学問などはたちまちに卒業してしまい、近辺の子供をあつめて路傍に講義までするようになった。

それを、たまたま通りかかって聞いた松代藩の学者・林単山が、その講義の見事さに、「佐久間のせがれは、世におそろしいやつ」と驚嘆した。

象山の父・一学は〔卜伝流《ぼくでん》〕の名手で、家には小さな道場もあって、藩士たちも通っている。

真田幸貫は藩主となった翌年に、ふらりと二名ほどの家来をつれたのみで城を出て、この一学の道場へやって来た。

そのとき、十四歳の象山の稽古《けいこ》ぶりを見て、

「うわさにたがわぬ小せがれじゃ」

いっぺんに気に入ってしまったらしい。

「これ、そちの太刀筋は天晴れなものじゃ。ほうびをつかわそう、何がのぞみじゃ」

幸貫が、にこにこして声をかけると、象山は、

「私の生みの母親は、いまだ父上の召使いということになっておりまする。従って、私は、母の名をよびすてにいたさねばならず、これは子として、まことに心苦しゅう思いまする。何とぞ、母を父の正妻にして下さいますよう、願いあげまする」と言う。

真田家には、身分違いのものを正妻にしてはならぬという藩法があったのだ。象山の母は足軽《あしがる》の娘であった。

父の一学は、おどろいて象山を叱《しか》りつけたが、

「よい。余が、そちの母に目通りを許そう」と、幸貫は言い、これを実行した。殿様の目通りがゆるされれば、文句のないところだ。

数年後に、幸貫は小うるさい老臣達の反対を押しきって、この法令を撤廃してしまった。

＊

どの大名の家にも、重代の老臣というものがいて、これが殿様を補佐してきた。これらの家老たちの家がらは、いずれも藩祖信幸譜代のものであるから権力もつよく、殿様の思うままには決して動かない。

ことに新しい主君——ことに他家から養子に迎えた主君などは、こうした老臣たちのきびしい目に見張られ、いちいち難くせをつけられるのだから、たまったものではないのである。

真田家のみならず、おおむね、どこの大名の家でもそのように思ってよろしいと思う。

何かにつけて「殿。そのようなことは真田の家風に合いませぬ」とか、「先君は、そのようなことを決しておっしゃいませんでした」とか、新しい殿様が治政に新風を

送りこもうとしたり、何か意欲的な考えを実践したりしようとすると、かならず、こうした老臣・重臣たちの阻止にあったり邪魔をされたりする。

重臣の方がえらくて殿様の方が馬鹿な場合は、それでもよいが、この反対になると悲劇である。

大名の家というものは、殿様だけが偉くてもいけない。家来たちが主を怖《おそ》れて口もきけなくなり、殿様のやることがどうしてもエゴイスティックなものとなりがちになる。

と言って、家来がえらく殿様がバカでもいけない。下から萌《も》え出ようとする良い芽がつまみとられてしまうからだ。

だから、上もえらく下もえらいものがそろっていないと、よい政治を行なうことが出来ないということになる。これは、昔も今も同じであろう。

真田家においては、上下の間に、それほどひどい〔へだたり〕はなかった。けれども、何しろ真田幸貫のように外国文明の吸収に情熱をかたむけ、これをもって新時代への陣痛をのりこえようとかかった殿様へ、真田家の老臣達の抵抗が向けられたことは言うまでもない。

こういう話がある。

佐久間象山の偉材であることに目をつけた幸貫が、象山を早くから江戸へ派遣し、ひろく学術の道に進ませて、その才能の育成につとめたころのことだ。

象山は江戸屋敷にいて佐藤一斎《さとういっさい》・松崎慊堂《まつざきこうどう》・梁川星巌《やながわせいがん》・藤田東湖《ふじたとうこ》など、いずれも中央にあって学識を天下にうたわれた文化人と交流し、〔真田の佐久間象山〕の英才が江戸でも評判になりはじめていた。

「我藩の後進の勉学をはかるため、佐久間に四書《ししょ》の訓点をつけた著述をせよと申しつたえよ」

折柄、松代にあった幸貫から命が下った。

四書（大学《だいがく》・中庸《ちゅうよう》・論語《ろんご》・孟子《もうし》の四書）は、当時、武家の子弟が必ず卒業しなくてはならぬ経籍である。

「おれは、一日だってこんな仕事のために自分の勉強の時間を割くわけにはいかん。それは殿も、よく御存知の筈なのに……」

象山は不満であった。不満だが、幸貫のためなら身命をも惜しまぬとまで誓った象山だから、ともかく一年の間、藩邸にとじこもって、『四書経註傍釈』と名づけた著述を行なった。これは四書の漢文に送り仮名をつけ、読みやすくした上で、象山の講義が附されたものだ。

「よう出来た。さすがに佐久間じゃ。ほめてとらせよ」

幸貫は、賞めたばかりか、五両五人扶持という薄給の象山へ、一躍百石をあたえたのである。

四書の訓釈を命じたのは、昇給の名目をつけるためであった。

五両五人扶持の薄給では、書物もろくに買えぬ象山の苦悩を察していたわけだ。察してはいても「これで本を買え」と、たびたび金をあたえるわけにもいかない。他の家来の〔うらみ〕を買うし、老臣たちがとめにかかるにきまっている。

いや、名目をつけた上でも、「このような抜擢《ばってき》は異例にすぎまする」と老臣たちは息まいた。

「いや。佐久間は、おのれの百石を、おのれのためにつかうことはすまい。藩のため、国のためにつこうてくれよう。これでよい。もう何も申すな」

幸貫は、強引に押しきってしまった。要するに象山抜擢のキッカケさえあればよかったのだろう。

もう一つ、ある。

あるとき穢多（賤民）に関係した訟獄事件が起った。

幸貫は城中に裁判場をもうけ、みずから裁断を下そうとしたが、このとき、関係者一同を三の丸広場へ入れて、裁判を傍聴せしめんとした。「なれど、賤民どもは城内へ入れるわけにはまいりますまいかと――」と、郡奉行《こおりぶぎょう》の北沢源次兵衛というのが言うと、

「かまわぬ。穢多の関係ある事件に、彼等のみをしりぞけることが出来るか。賤民とは世上が勝手に名づけたものである。彼等といえどわれらと同じ人間ではないか」

この幸貫の言葉は、当時の大名として異常なものといってよい。現代では当然の言

い分だが、当時、殿様とよばれるものが、たとえ意識だけでも、こうした考え方をもっていて、それを平然と誰にでも言ってのけたということは、注目すべきことだ。

だが、このとき北沢奉行は、

「なりませぬ。藩祖信幸公以来、いまだかつて賤民の城中に入りましたる例はございませぬ。もし今日、先例をお破りあそばすなら、おそれながら、殿の御失徳になりましょう!!」

おめず臆《おく》せず、敢然として言い返した。

「ふむ……」と、幸貫は、北沢奉行が緊張のあまり顔面蒼白《そうはく》となって失神する一歩手前まで、穴のあくほど北沢の眼を見すえていたという。北沢も、これだけの諫止《かんし》をやるからには、命も家も捨ててかかっているわけだ。

かなり永い間、睨《にら》み合っていたが、

「よし。このたびは、そちの言をいれよう」

あっさりと、幸貫は自説を曲げた。ふだんの幸貫に似合わぬことでもあり、あとになって佐久間象山が、幸貫に向い、

「まことにもって殿の御明断と存じましたのに、何故、北沢ごとき石頭の申すことをおいれなさいました?」

と訊《き》いたところ、幸貫は、

「たしかにその通り。北沢の申すことは間違いじゃが、命をかけて主の余に諫言を行

なった精神は、いまどきの侍として図抜けておる。いまの世には、只《ただ》もう、今日一日が安穏にすぎればよいという、いじけた気持で、人も国も日和見《ひよりみ》ごころだけで大切な月日を、うかうかとすごしている中にあって、北沢の気骨は珍重するに足ろう。余は、あの男の気骨をうまく育ててみたいと思うし、もし、余にあやまちあれば、彼のような男に容赦なく諫止してもらいたいと思うたので、このたびは、彼をとがめずにおくことにした」

「いや。殿に、そのようなあやまちが起きよう筈はございませぬ」

「バカを申すな、象山。人間というものは、老いて立派になるものと、老いてから堕落するものと両方ある。ことに後者が多い。余といえども人間だから、行先、どんな〔わな〕に落ちこみ、ついには女狂いなんどもやりはじめるかも知れぬわ。は、は、は——」

笑いとばしたが、象山はうなだれてしまっていた。

あれだけ自分の才能と学識に自信をもち、傲岸《ごうがん》不屈とよばれた佐久間象山だが、主君の真田幸貫だけには頭が上がらなかったようだ。

＊

天保《てんぽう》十二年（一八四一）六月——。

真田幸貫は、幕府の老中に任ぜられ、名実ともに日本の指導的政治家の一人となった。ときに五十一歳である。

前にものべたように、幸貫の実父・松平定信は徳川将軍（八代吉宗）の孫だから、幸貫も徳川の血をうけているわけだ。老中という要職についたのも不思議ではないし、折りから将軍も十二代家慶《いえよし》となり、老中の一人で政権を一手に握っていた水野忠邦《みずのただくに》（浜松五万四千石）が、内外の危機を乗りこえるため、水戸の徳川斉昭《とくがわなりあき》とむすんで幕閣の刷新を行なった。

幸貫が水野の抜擢《ばってき》をうけ、老中の一員となったのも、もともと、水野忠邦という大名が、幸貫の実父・松平定信に可愛がられていたという素因があったからだろう。

幸貫の方でも、むろん運動を行なった。

若いころ——まだ真田家へ養子に来る前から、父・定信の教えをうけ、徳川の政治に不満を抱いていた幸貫である。

真田家の当主となっても、養子くさくちぢこまってはいず、大いにその英才ぶりを発揮し、全く家風も政治も違う真田十万石を牛耳ってきた幸貫だ。

真田一国から日本全国の指導者の一人となって、外には異国の侵略をふせぎ、内には貧富の差が激しくなり、年々の飢饉《ききん》つづきで疲れ切った日本の経済をたてなおそうという幸貫の抱負は押え切れるものではない。

「おそれながら、老中の座におつき遊ばすのは結構にございますが……そうなりますと、何かにつけ、諸事物入りとあいなります。このたびは、おとどまり下さいますよう——」

幸貫が、老中入りの運動をしきりにはじめたのを見て、老臣たちはまたも止めにかかった。

幸貫は、舌打ちをし、それから苦笑をうかべ、

「たかが一人の大名の家が、物入りだとか何だとか言うておる場合ではない。そのような甘い世の中ではないのが、わからぬのか——」

このころには、老臣どもも幸貫に抵抗しきれなくなってきていた。幸貫は尚《なお》も奔走をつづけ、その甲斐《かい》あって、水野忠邦の意を動かし、ついに老中となったわけだ。

天保という時代は、まことに大変な時代であった。

内外の苦患《くげん》が一時にふき出してきた時代である。それをくわしくのべている余裕はないが、水野忠邦は強引に政治改革を行なった。いわゆる〔天保の改革〕である。

この改革は、あくまでも勤倹一方のきびしいもので、国民の〔ぜいたく〕をいましめ、物価騰貴を徹底的に押えようとしたものだ。

しかし、失敗した。

前将軍時代までの爛熟《らんじゅく》しきった享楽生活に馴《な》れた町民たち——ことに富有な商人たちは、水野の苛烈《かれつ》な取締りに不満をもった。ともかく日本の経済そのものが武士の手から離れ、こうした富豪たちに握りとられているのだから、その力はあなどりがたい。もちろん政治的にもいろいろな方面から彼等の動き、考え方が大きく物を言っているのである。

ことに、江戸と大坂のまわり十里四方を幕府の領地にしようとしたことが、諸大名を怒らせてしまい、水野忠邦を中心とした幕閣は、ついに二年後の天保十四年閏《うるう》九月に崩れかかってしまった。

水野は罷免《ひめん》となり、一時は、真田幸貫がその後（勝手掛《がかり》）にすわったが、翌年六月には再び水野が返り咲いた。それも一年とつづかず、弘化《こうか》二年（一八四五）二月には、またも水野は老中を罷《や》めさせられ、そのかわりに阿部《あべ》正弘《まさひろ》（備後福山十万石）を主軸とした新内閣が生まれた。

真田幸貫も水野失脚にともない、弘化元年に老中の座を下りた。

しかし、在任中に、幸貫は海防掛をつとめ、旧来の外国船に対する処置を大いにあらためたりした。すなわち「外国船と見かけ候はば二念なく、打ち払ひ申すべく候……」という〔黒船打払令〕が、まったく時勢に合わぬことを水野に建言し、ついに――「外国船と見かけ候はば、とくと相ただし、薪水《まきみず》など不足にて帰国しがたき向きへは、薪水・糧食を給すべし」というように大改正をやったのである。これは、佐久間象山と共に幸貫が慎重に研究を重ねた結果であった。

前年、イギリスは支那へ侵入（阿片戦争）、ついに香港を奪いとったことが、海ひとつへだてた日本にも非常な脅威をよんでいたのだ。

佐久間象山も、幸貫も、はじめのうちは、外国と戦っても侵入をゆるすな――という考えだったが、象山の洋学への研究も進むし、それによって幸貫も外国の文明がいかに強度なものかを知り、いたずらに攘夷《じょうい》のみに固執していては却《かえ》って危いとさとったのだ。

天保十三年に、佐久間象山は幸貫に対し〔海防八策〕という意見書をさし出している。

その大要は、西洋製の船艦をつくることは幕府の厳禁するところだが、そのような時勢おくれの法律はこれを廃し、異国から技術者を招いて、軍艦・大砲などをつくる技術を日本人に学ばせ、近き将来、日本人のみの手で、外国侵入を防げるようにしておかなくてはならぬ——ざっと、こういったものだ。

象山は、のちに、みずから大砲をこしらえてみたり、電気科学の研究をしたりして、当時の日本では、もっとも外国文明に通じた先覚者となるに至った。

このため、象山は幕府からも睨《にら》まれ、安政《あんせい》元年（一八五四）九月に、真田家から蟄《ちっ》居《きょ》を命ぜられ、約十年も松代へ引きこもって、活動を禁じられてしまった。

それというのも、二年前の嘉永《かえい》五年（一八五二）六月に、象山の楯《たて》となってくれた主君・真田幸貫が病歿《びょうぼつ》してしまったからだ。

幸貫の歿年は六十二歳である。

幸貫の歿後——真田家では莫大《ばくだい》な借金が残った。約十五万両ほどである。これは、幸貫が一意専心、学問と海防のために藩財政をかたむけてしまったからだろう。

死に当って、幸貫は家老の真田志摩と、後嗣子の幸教《ゆきのり》を枕頭《ちんとう》に呼びよせた。

幸教は、幸貫の嫡孫である。

幸貫には男子三人あったが、いずれも先に病歿していたのだ。

幸貫は、まず真田志摩に、

「余が真田の家の財政を乱したことは、そちたちにもすまぬと思うているが、これは将来、かならずや、何らかのかたちで当家へ返ってくると思うてくれい」

と言い、それから二人に向い、

「遺言じゃ。よう聞け。いまや外国からの刺戟《しげき》は年毎《としごと》に激しく、いずれは四海統禦《とうぎょ》に帰することは明白だが――それまでには幕府も日本も、そちたちも、驚天動地の事態に直面しなくてはなるまい。余はそのときを待たずして死なねばならぬ。痛憤かぎりない。そちたちは、余が行なって来たことをもう一度ふり返って、余の志をむなしくせぬように……」

こう、言いのこした。

幸貫の歿後――十二年たった元治《げんじ》元年（一八六四）七月十一日――佐久間象山も京都で、勤王攘夷《じょうい》派の浪士たちに暗殺された。

外国文明のオーソリティだった象山は、皇室からも親任をうけ、幕府も、これを頼るようになってきて、京都へのぼったのも幕府の命をうけ、幕府と皇室との融和をはかるためもあった。

象山は亡き幸貫と同じ〈公武合体論〉者であった。

つまり、あくまでも徳川幕府をもって皇室を守り、国を守ろうという考え方である。

薩摩、長州などの尊王攘夷派に睨まれたのも当然であった。

「政権をにぎるものは、誰であっても同じことじゃ。それが良い政治を行なうか、悪い施政をするかの二つに区別されるにすぎない。余が、あくまでも徳川幕府によって、勤王の実をつくし、政治改革を行なおうとするのは、それが、いちばん、日本の国民を苦しめずにすむからだ。この上、内乱が起り、昔の戦国時代のやり直しをさせられてはたまったものではない」

これは、かねがね、真田幸貫が、象山にもらしていた言葉だという。

真田幸貫は、松代領国に於て、その階級を問わず学問の普及に力をつくした。

現代でも、信州の地は俗に〔教育県〕とよばれ、向学の念が、さかんである。

その基盤となったのは北信では松代町、南信では伊那《いな》の高遠町《たかとおまち》だといわれている。

佐久間象山《さくましょうざん》

佐久間象山と、その主君・真田幸貫《さなだゆきつら》との関係は、すでにのべた。幸貫の異常な興味と信頼を一身にあつめたからこそ、身分の軽いものの家に生まれた象山が、幕末の、もっとも進歩的な学者として、明治維新における非常なひろがりをふくむ影響を〔日本〕にもたらしていると言えよう。

佐久間象山の写真を見ると、まさに異様の相貌《そうぼう》をしている。まず、顔が長い。馬づらというのだ。その顔の約半分が額だといってもよいほどに、オデコがひろい。

馬づらだが、鼻は高く肉づきもゆたかで、大きな双眸《そうぼう》は額の下にくぼんでいるのだが、それが何時《いつ》も炯々《けいけい》として光っている。

「啓之助（象山の幼名）の眼はテテッポウじゃ」と、子供のころから噂をされたものだ。テテッポウというのは、松代《まつしろ》でいう梟《ふくろう》のことである。

しかも肌の色はまっ白で、背丈は五尺八寸以上もあったらしい。

こういう男が、これもケタ外れの精力と偉大な頭脳を天性にそなえていて、常人なら、夜も眠らずに勉強をつづけて一年余はかかるという〔オランダ文典〕を二か月で身につけてしまったほどの知力があったのだから、名実ともに天下の佐久間修理《しゅり》で通るようになってからは、まことに、すばらしい風格をそなえるに至ったのだ。

象山先生、なかなかのお洒落《しゃれ》であった。

長くたらした清正《きよまさ》ひげは黒々と光り、髪は総髪《そうがみ》。外出のときも家にいるときも必ず黒の紋服をつけ、下着は一日に二度も替える。

まことに堂々たるもので、後年、象山が幕府の命令で横浜を視察したとき、威風堂々たるその馬上の姿を見て、通りかかった英国人がペコリとおじぎをし、

「すばらしい!! ぜひ、写真をとらせて下さい」

と、しきりにたのむ。

象山は馬に乗ったまま、通訳を呼び寄せて、その英人に向い、

「その写真の種板をつくるのにはどうしたらよいのか? 沃度《ヨード》を用うべきや? 又は臭素なるや?」

と訊《き》いた。

英人は、当時の日本の武士に、こんな科学知識があるのか、とびっくりしたそうだ。すでにこのとき、象山は自分でカメラを造っているし、自分で自分を撮影してもいたのだ。

こういう象山だから、女性も威圧される。

威圧は尊敬に変る。

ずいぶんと艶聞《えんぶん》もあった。

正夫人は、お順といって、これは、かの勝海舟《かつかいしゅう》の実妹である。やせて小柄な海舟にくらべて、お順は豊満な美女であった。

「おれは、乳も臀《しり》もふとやかな女がよい。そういう健全な女におれのすぐれた血をひいた子を何人も生ませて、世の中の役に立てたいと思う」

こんなことを放言している象山だけに、お順の顔よりも肉体に、すっかり惚《ほ》れこんでしまったらしい。兄の海舟とは、もとより親交があったから、この縁談はすらすらとすすんだ――というよりも、当のお順が、もう夢中になってしまったらしい。ときに象山は四十二歳、お順は十七歳であった。

ところが、この、お順との間には、ついに子をもうけることが出来なかった。理由はわからぬ。すでに墓石の下にねむっている象山夫妻に訊いてみなくてはわからぬだろう。

三男一女の子は、いずれも象山が妾《めかけ》に生ませたものだ。

象山の女性については、こんな話がある。

天保《てんぽう》七年（一八三六）のことというから、殿さまの幸貫が象山の学問を助け、その愛寵《あいちょう》もいよいよ深まりつつあったころだ。象山は二十六歳。江戸での遊学によって、自らの知力にまんまんたる自信もつき、殿さまを助けて、日本を背負って立とうという意気込みは天をつくばかりであった。

二か年にわたる江戸遊学を終えて、この年の春に、佐久間象山は、故郷の松代へ戻って来た。殿さまが〔城付月並講釈助《たすけ》〕という役目を言いつけたのだ。つまり、藩の子弟へ学問を教える、といったような役目だったのだろう。藩校の助教授といったところだと言ってよい。

象山の家は、松代城下、有楽《うら》町というところにある。

すぐ近くに、飯島紀郷《のりさと》という藩士の家があって、この飯島の妻女でなかという婦人が琴の名手であった。

象山も琴はやる。うまいのだ。十歳のころ自ら好んで松代の僧・活文《かつもん》という琴のうまい坊さんに習ったたし、江戸へ出てからは、あの猛烈な勉強のかたわら、もと旗本で当時は風流な隠居暮しをしていた仁木《にき》三岳《さんがく》について、みっちりと琴を習った。

三岳は琴の大家で、江戸でも有名な人だったらしい。象山は三岳から三十余曲を習い修め、奥伝をさずけられたという。

こういう象山と、飯島の妻女のなかとが、同じ町内に住んでいて、琴曲について語り合わぬ方がどうかしている。

「いつも、御屋敷内よりもれる琴の音にひかれ、つい、御無礼とは存じながら参上いたしました。いかがでござろうか？　私と合奏を……」

象山は、飯島邸を訪問して、なかにたのむと、なかも好きな道だから、

「では、お願いいたしましょうか……」

ということになった。このときなかの夫、飯島紀郷は、江戸屋敷につとめていたから、松代の家にはいない。

象山は、いつも白昼に飯島家を訪れた。合奏するときには、飯島家の子女や女中などをそばにおいて合奏を聞かせ、決して後指をさされないように注意をおこたらなかったのだが……。

それでも、世間はうるさい。まして性格奔放な象山が、主人の留守中の家へ、しばしば訪問して、妻女と琴の合奏をしているというのだから、たちまちに評判となった。

「よいかな——佐久間啓之助とかけて何と解く？」

などと、口の軽い連中が集っては二人の間をとやかく言いたてる。

「わからんな」

「よし、教えてやろう。佐久間啓之助とかけて、腹帯と解く。心は、おなかをしめる。どうじゃ」

「は、は、は、——こりゃ面白い」

評判がうるさくなったので、象山も、ぷっつりと飯島家訪問をやめた。ところが——そのうちに、飯島家で小火事《ぼや》が起った。幸いに寝具や家具を少し焼いただけで消し止めることが出来たのだが……。

後がいけなかった。何となく飯島の妻女なかが変になってきたのだ。火事のショックで頭が狂い出したらしい。

「ああ——啓之助どのがお見えにならぬ。なぜお見えにならぬ……わたくしのことを、もうおきらいになったのか……ああ、啓之助どのに会いたい、会いとうてならぬ——これ、松吉や、佐久間様方へ行き、啓之助どのをおつれして来てくれぬか……」

などと、下男に向ってまで口走るのだ。

これが、また、たちまち評判になった。

なかは、象山より十歳上の三十六歳。あぶらの乗り切った盛りで、しかも美人である。

このことを聞いた飯島紀郷は、江戸屋敷から手紙をもって、象山を詰問してきた。

象山は、堂々と釈明した。何しろ訪問のときは、飯島家の人びとの目の前で合奏し、終るとすぐに帰宅しているのだから、飯島もすぐに了解し、後年、この二人は、すこぶる仲よしになった。

のちになって、飯島紀郷が象山にこう言ったという。

「おぬしは何とも思わなんだであろうが、わが女房どのは、少々、おぬしに心をうばわれていたようじゃよ」

永らく夫が江戸に詰めているので、飯島の妻女も心さみしく、そこへ象山があらわれて琴の合奏となったのだから、無理もないところか……。その妻女は、間もなく快復して、夫の紀郷とも円満な生活を送ったという。

それにしても、この飯島紀郷（楠左衛門）という藩士も、なかなか心のひろい、さばけた快男子であったようだ。

＊

周知のごとく、徳川幕府を倒して明治新政府の原動力となったのは薩摩《さつま》・長州《ちょうしゅう》・土佐《と さ》・肥前《ひぜん》の諸藩だが、ことに薩長二藩の勢力が大きい。

つまるところは——皇室を上にいただく政権が、徳川から、これらの藩閥に替ったわけである。

だから、最後まで官軍に抵抗しつづけた会津《あいづ》藩はじめ東北の諸藩は、明治新政府からひどい扱いをうけ、徹底的にやっつけられている。

このことについては、いずれふれるつもりだが、そこへ行くと真田藩はうまくいった。

むろん、戊辰《ぼしん》の戦いには官軍方へついたのであるが、何よりも、佐久間象山という男に心服し、その洋学の知識と、日本人ばなれのした（当時にあっては——）スケールの大きな思想に影響をうけた者がたくさんいる。

薩摩にもいるし、長州にもいる。西郷隆盛《さいごうたかもり》・木戸《きど》孝允《たかよし》・大久保《おおくぼ》利通《としみち》など明治政府の大官もそうであるし、これらの人びとが薫陶を受けた藤田《ふじた》東湖《とうこ》・吉田松陰《よしだしょういん》など、いずれも象山と親交があった人びとである。

こういうことが微妙に、維新後の真田藩へ影響していると、筆者は思っている。

真田家では——幸貫の孫の幸教に子がなく、伊予《いよ》・宇和島《うわじま》の藩主・伊達《だて》公の次男保《やす》麿《まろ》を養子に迎え、これに幸民《ゆきもと》を名のらせ、家をつがせた。

この幸民の時代に、明治維新が成ったのである。

維新後——真田家は伯爵に列せられた。

このときまで象山が生きていれば、まだ六十を越えたばかりだ。

死ぬまで、象山は主君・真田幸貫の「余が、あくまでも徳川幕府によって勤王の実をつくし、政治改革を行なおうとするのは、それが、いちばん日本国民を苦しめずにすむからだ。この上に内乱が起り、昔の戦国の世のやり直しをさせられては、たまったものではない——」という信念を受けつぎ、活躍をした。

幕府がつぶれ、薩長の手によって政権がつかみとられたのを見たら、象山は何と言ったろう……。

それを考えてみると、いろいろな興味もわいてくるが、佐久間象山は元治《げんじ》元年（一八六四）七月十一日に、京都に於《おい》て暗殺された。

国を開き、外国の文明を積極的にとり入れようという象山の考えと行動は、あくまでも天皇を押したて外国の侵入を追い払って、幕府を倒し新政権を樹立しよう、という勤王攘夷派から大いに睨《にら》まれたわけだ。

象山は、京の木屋町《きやまち》に居を定め、皇室や公卿《くげ》と幕府との間を何とか溶け合せようとしていたし、勤王派の諸藩にも開国の意義を嚙《か》んでふくめるように教えさとすことに力をつくしていた。

薩摩や長州の指導者たちも、象山の思想には共鳴していたらしい。

しかし、何よりも彼等は、徳川幕府という腐れかかった（そう彼等は信じていた）政権を打ち倒さなくてはならなかった。

開港にかたむき、外国勢力に圧迫されつづけている徳川幕府を倒すスローガンは、まさに、この反対のものでなくてはならない。

（ともかく、徳川を倒すまでは――）

西郷や木戸などは、心中ひそかに象山に共鳴しつつも、攘夷のスローガンをかかげざるを得なかったのであろう。

当時は桂小五郎《かつらこごろう》といった木戸孝允なども、たびたび、木屋町の家に象山をおとずれ、

「くれぐれも、御自愛を願いたい」

と忠告をしている。

「何、わしが死ぬものかよ」

象山は平気であった。

そのころ、象山は、皇室を彦根《ひこね》にうつし、幕府の手によってこれを守ろうという計画をすすめていた。京の町は勤王浪人の暴動がはげしく、これに対して幕府も会津藩や浪士隊（新選組）を使って対抗するというわけで、血なまぐさい事件が、ひんぴんとして起る。

象山の計画を知った勤王浪人たちが激怒したのは言うまでもなかった。

元治元年七月十一日――象山は若党・馬丁を従えて、自らしたためた開港の勅諭草案をふところにして山階宮《やましなのみや》邸へ伺候した。

こういうわけだから、天皇も、象山の開国論に少なからず心をひかれておられたと見てよい。

象山は山階宮邸を辞してから、五条寺町《ごじょうてらまち》にあった真田藩の宿舎・本覚寺へ行き、それから帰途についた。これより先、象山は若党一人を先に帰宅させている。

本覚寺を出ると、象山は、残った若党の坂口某に、

「お前は風邪気味じゃそうな――後から、ゆっくりと帰ってまいれ。音吉、お前は坂口に附きそってやれ」

こう言って、若党と草履とりの音吉を後に残し、自分は馬丁の半平一人をつれて、騎馬で木屋町の家へ向かった。

まだ日は高い。

この日の象山は、黒の肩衣《かたぎぬ》をつけ、もえぎの馬乗袴《うまのりばかま》をはき、騎射笠《きしゃがさ》をかぶり、備前《びぜん》長光の太刀をたばさみ、西洋鞍《ぐら》をおいた愛馬〔王庭〕にまたがって、道行く人びとが思わず、ふり返ってみるほどの美々しいいでたちであった。

家に近い木屋町の手前の四条小橋《しじょうこばし》をすぎたところで、すーっと後から近づいて来た二十七、八の浪士風の男が二人、馬の左右から、いきなり切りつけた。

その一人が、肥後《ひご》の浪士・河上彦斎《かわかみげんさい》である。

みつけた。

象山は、彦斎の抜きうちに腰のあたりを斬られたとき、かっと眼をむいて彦斎を睨《にら》

「何をする!!」

河上彦斎といえば、当時名だたる暗殺の名人であったが、後年になって、

「おれは、あのときまで人を斬ることを何とも思わなかったものだ。人を斬るという

よりも薪《まき》ざっぽうを斬っているつもりだったが……あのときだけは、人間を斬ったと

いう気がした。馬の上から象山に睨みつけられたとき、思わず、胃《い》の腑《ふ》をぎゅっと何

ものかにつかみしぼられたような気がして、冷汗が、どっと流れた」

と語っている。

これより以後、彦斎は決して人を斬らなかったといわれている。

象山は、彦斎の一刀を腰にうけてから、馬を飛ばし、自分の家の前を五十間ほどす

ぎたところで、またも数名の浪士にかこまれて斬りつけられた。そして死んだ。

総身に十三か所の疵《きず》があったという。

その翌日になって、三条大橋に次のような立札がたてられていた。

佐久間修理

この者、元来西洋学を唱い、交易開港の説を主張し、枢機（皇室）方へ立入り、御

国是を誤り候罪、捨ておきがたく候ところ、あまつさえ奸賊《かんぞく》会津・彦根両藩に与同し、

中川宮と事をはかり、恐れ多くも九重御動座、彦根城へ移したてまつり候儀を企て……(中略)大逆無道天地に容れ可らざる国賊につき、今日天誅《てんちゅう》を加えおわんぬ……。

皇国忠義士

元治元年七月十一日

会津藩の悲劇

一

慶応《けいおう》二年（一八六六）七月二十日。

徳川十四代将軍・家茂《いえもち》は、大坂城内において死去した。まだ、二十一歳の若さであった。

かの勝海舟《かつかいしゅう》をして、

「家茂公のことをおもうにつけ、おれは何とかはたらかなくてはいかぬと思い思いしたものだよ。天下のためとか何とか大仰なことではなく、このお人一人のために、いのちを捨ててもいいと考えたことさえあった」

と、いわしめた将軍・家茂である。

家茂は、少年のころに紀州《きしゅう》家から幕府に迎えられ、将軍の座についたのだが、それから死ぬまでの七、八年は幕末の動乱騒擾《そうじょう》の波濤《はとう》に明け暮れ、彼の、あまりにも若い歳月は苦悩の連続であったといってよい。

「お若かったから、ひたむきでありすぎたのだよ。こころと躰《からだ》をなまけさせる術をお知りにならなかった。当然ではあるが、残念だったね。家茂公がせめてあと五年、この世におられたら維新の姿も、ほんのすこしだが変っていたろうよ」

と、勝海舟が後に語っている。

孝明《こうめい》天皇は、皇妹（和宮《かずのみや》）の夫君である若き将軍が発病して以来、

「かならず、たすけなくてはならぬ」

と、御所の典医を大坂へさし向けたり、みずからは日夜にわたって内侍所《ないしどころ》へわたられ、家茂の病気全快を祈願された。

孝明天皇は、長州藩を主体とする、あまりにも過激な勤王運動につくづくあきれ果ててしまわれ、保守政権である徳川幕府と朝廷との協力によって、内外の動乱を切りぬけようとされた。

天皇の眼に映じた勤王志士たちは、暴徒にすぎない。

〔勤王思想・勤王運動〕

も、当時の流行にすぎない。

ただそれが、あまりにもおとろえつくした幕府政治への反撥《はんぱつ》となって燃えひろがり、特権階級である武家の世界に、戦国時代の〔下剋上《げこくじょう》〕をおもわせる争闘となって展開して行った。

これが、当初における勤王運動のエネルギーなのである。

保守政権である幕府は、天皇おわす京都の治安をととのえるため、会津《あいづ》若松《わかまつ》の城

主・松平容保《まつだいらかたもり》を〔守護職〕として京都へ派遣した。

松平容保は、全力をつくして事にあたり、暴徒を鎮圧し、誠実をつくして天皇と皇居をまもった。

孝明天皇が容保へかけた信頼は、絶大なものがあったといわれる。

いわゆる〔公武合体〕のかけ橋として、容保は活動をつづけたわけだが、もし、彼が〔京都守護職〕という役目に任じなかったとしたら、のちの会津戦争の悲劇を生まなかったかも知れぬ。また東北での戦乱が起ったとしても、それは、きっと別のかたちで展開し、終結をしたことであろう。

ところで……。

将軍・家茂が死んだ年の十二月二十五日。突如、孝明天皇が崩御された。

この崩御に〔毒殺説〕がある。勤王派の陰謀によるものだというのだが、むろん明確な証拠があるわけではない。しかし当時の京都には、天皇毒殺のうわさが祇園《ぎおん》町の芸妓《げいぎ》の間にさえ、ささやかれたほどで、薩摩藩の西郷吉之助（隆盛）が、全藩士に向い、天皇崩御について堅く口どめしたのも、このときである。

将軍家茂と孝明天皇の死は、まさに、徳川幕府の息の根をとめたといってよい。

十六歳の新帝（明治天皇）と十五代将軍・徳川慶喜《よしのぶ》との間には何のむすびつきもなく、したがって守護職・松平容保をささえていた〔活動の舞台〕は、たちまちにくずれ去った。

将軍・慶喜は、ついに政権を朝廷に返上し、大坂城へ引きあげたが、薩長二藩を主力とする勤王派は、朝命として、

「政権のみか、地位も領国も、何も彼も持っているものは、すべて朝廷へ返せ」

と、慶喜に命じてきた。

これでは、立つ瀬も浮ぶ瀬もない。

会津藩をはじめ、大坂に集結していた幕府軍と、薩摩軍が鳥羽《とば》・伏見《ふしみ》に戦ったのは、翌慶応四（明治元年）年の正月で、このとき二万をこえる幕軍は、五千そこそこの薩長軍に敗北してしまう。

江戸へ逃げ返った徳川慶喜は、上野山内にこもり、ひたすら恭順をしたが、旧幕勢力の勤王軍に対する抵抗は、江戸の無血開城となったのちも続けられ、東北から北海道にまで展開することになる。

二

江戸へ入城してからの〔勤王軍〕の勢力は日に日に強化安定し、朝廷へ帰順した諸藩連合の軍団は天皇の軍団であり、いわゆる〔官軍〕ということになった。

それにひきかえ、旧幕勢力の反抗軍は〔賊軍〕の烙印《らくいん》を捺《お》されてしまった。

会津藩主・松平容保は、前将軍・徳川慶喜とならんで、官軍からは、〔逆賊中の首謀者〕

と、きめつけられている。

これでは容保も、朝廷に対し、また自分の領国や家臣たちに対しても、責任のとりようがない。

松平容保は、美濃高須《みのたかす》の城主・松平義建の第六子に生まれ、のちに前会津藩主・松平容敬の養子となり、嘉永《かえい》五年（一八五二）に跡目をつぎ、会津若松二十三万石の城主となった。のちに幕府は、京都における容保の力を賞し五万石を増封している。

幕府が、容保に〔守護職〕として京都鎮撫《ちんぶ》を命じたとき、会津藩の重臣たちは、こぞって反対したものだ。

容保も、はじめは辞退している。

「なにぶんにも、自分の領国・会津と京都は隔絶の遠距離にあって、じゅうぶんに活動しにくい」

というのが理由であった。

幕末動乱の京都へ出かけて行き、勤王派の暴徒を取締り、皇都の治安をととのえるという大仕事のための費用は、幕府からの役料などではとても足りるものではない。多勢の家来を引きつれ、莫大《ばくだい》な費用を捻出《ねんしゅつ》し、しかも領国をかえり見ずにはたらかなくてはならぬ。

これが、幕府の威勢さかんなる期《とき》ならばともかく、金もなく人材もないという幕府の代表として京都へ乗りこむのだから、一大名としては、これほど損な役割りはないのだ。

しかし、幕府の政事総裁・松平慶永《よしなが》(越前福井藩主)が、

「幕府の危急と時勢の逼迫のために、ぜひとも起っていただきたい」

みずから、江戸の会津藩邸へあらわれて説得をしたので、容保は反対派・重臣の諫《かん》言《げん》をしりぞけ、京都守護職に任じたのであった。

京都へ着任した松平容保は、誠実無比な人格を孝明天皇に愛せられ、公武合体のための中核となり、市中の治安を回復すると共に、薩摩藩と手をむすび、朝廷内の尊攘《そんじょう》派と長州勢力を、クーデターによって一掃した。このときの恨みを、長州藩は忘れるものではなかったし、その後も会津藩は、長州軍が大挙して皇居へ攻めかけて来た〔禁門の変〕においても、これを撃破・鎮圧した。

最後のどたんばまで幕府へ密着していた薩摩藩とはちがい、

「幕府打倒」

を叫んで動乱のはじめから闘いつづけ、有能な人材をつぎつぎにうしない、血みどろになって突きすすんで来た長州藩の会津藩へかける憎悪は、すさまじいものがあった。

将軍が大政を奉還して恭順しようが、会津藩がこれにならおうが、その憎悪がうすれるものではない。

会津の息の根をとめなくては、

「結着がつかぬ」

のである。

松平容保は、二月の末に江戸を経て領国の会津へ帰り、将軍同様に謹慎していたが、官軍は、あくまでも会津征討の姿勢をくずさなかった。

官軍は先ず、仙台《せんだい》藩に、

「会津を討て!!」

と、命じて来た。

仙台藩としては、まことに困る。

会津藩が、ここに至った経路をおもうと、

「同情にたえない」

からである。

容保の世子・松平喜徳が、米沢《よねざわ》藩主・上杉斉憲《うえすぎなりのり》に対し、官軍への取りなしをたのんだとき、こういっている。

「父・肥後守《ひごのかみ》（容保）は、去る戊年以来、公武合体にちからをつくし、先帝（孝明天皇）の寵眷《ちょうけん》をかたじけのうし、父が病気の際には、先帝の御親禱《ごしんとう》までいただいたのに、こたびの戦いは彼（官軍）より兵端をひらき、あまつさえ朝敵の汚名をうけ申した。なにとぞ、雪冤《せつえん》の労をたまわりたい」

上杉斉憲も、深くこころをうたれた。

そこで、米沢藩から東北の諸藩へ、

「仙台藩を中心にして、われらがちからを合わせ、会津を救済しようではないか」

と、よびかけたのが、いうところの〔奥羽越《えつ》列藩同盟〕のはじまりなのである。

仙台藩も、官軍から会津攻撃を命じられているだけに、まことに困った。

仙台藩が、江戸の官軍総督府へさし出した建白書の要旨は、つぎのごとくだ。
一、大政奉還をした徳川慶喜には、なんの野心もない。
一、戦乱となれば無辜《むこ》の人民が苦しむことはあきらかであるのに、幼帝（明治天皇）が御承知の上で会津征討の命令を下したというのは疑問である。
一、外国が内乱に乗じて侵略して来る恐れがある。
しかし、総督府は、この東北諸藩の心情を代表する建白書を、たちまちに却下している。

だが、四月に入って……。

官軍の鎮撫使が東北に入って来たので、やむなく仙台藩は出陣のかたちを見せると共に、鎮撫使へも、

「東北諸藩は疲れ切っており、この上に戦争が起っては人民も辛苦の果てに、立ち行かなくなる」

と、止戦歎願をつづけたが、

「歎願するのなら、二月中にするべきである。もう、おそい」

と、鎮撫使は、これを拒絶した。

二月からでも、何度となく歎願をしているのだ。それがみな、にぎりつぶされてしまっているのだから、どうしようもない。

鎮撫総督府の参謀・世良修蔵《せらしゆうぞう》は、仙台や米沢藩が命令に従わず、かえってこちらをなだめようとするので、激怒し、耳を貸そうともせぬ。

世良は長州藩の家老の家来だった男であるが、天皇をいただく官軍の参謀に成りあがって権勢に酔い痴《し》れているものだから、どうにも手がつけられなかった。

この世良が、薩摩藩の大山格之助へあてた密書を仙台藩士にうばわれた。

「奥州は、みな敵である。討たずんばやむべからず」

という密書だ。

仙台と福島藩士が怒って、福島の妓楼《ぎろう》〔金沢屋〕に女を抱いていた世良参謀を捕え、首をはねたのは、それから間もなくのことだ。

三

会津藩は最後に、藩士・広沢富次郎を江戸の総督府へ送り、

「前将軍も、わが藩主も、ひたすら恭順謹慎をしているのに、しかもゆるされぬというのは、いかがなことであろうか」

と、勝海舟をはじめ、西郷吉之助などにも斡旋《あっせん》をたのみ、歎願をおこなった。

松平容保が、官軍総督府へ送った二十余の歎願書のうち、

「達するを得たるものは、この一通のみなり」

と、平石弁蔵著『会津戊辰戦争』は記している。

このとき、広沢富次郎は捕えられて首を斬られようとした。

これをきいて、イギリスは長州の木戸孝允（桂小五郎）に、

「われわれが貴藩を助けて王政復古を成功にみちびいたのは大義名分を重んじたからこそである。歎願にあらわれた会津藩士を何故、殺さねばならないのか。先に幕府政治を誹議《ひぎ》していながら、ここに至って官軍は大義名分を忘れたのか。会津藩士・広沢は、早くから開港の説をとなえた名士で、われら外国にも名を知られている。このような立派な武士を故なく殺さんとするは、諸公の狭量をしめすものである。ねがわくば再思せよ」

と、きめつけてきた。

これによって、広沢富次郎は殺害をまぬかれたのである。

こうなっては、藩主の松平容保が、いかに恭順しようとしても、家臣たちがおさまらない。

だまって降伏し、賊軍の汚名を着せられるよりも、

「薩長両軍と戦い、会津藩の衷情を天下に……いや、後世に知らしむべきだ」

と、いうのである。

仙台・米沢の両藩をはじめ、盛岡《もりおか》・二本松《にほんまつ》・棚倉《たなくら》・中村《なかむら》・三春《みはる》・福島《ふくしま》などの奥羽諸藩も〔列藩同盟〕のまま、官軍へ反抗し、各所で戦闘が開始された。

江戸を追いはらわれた旧幕府の歩兵隊や、新選組をはじめ諸方からの脱走兵なども、続々と会津へあつまって来る。榎本釜次郎《えのもとかまじろう》指揮する旧幕海軍も会津と連携をたもつ、というわけで、官軍のおもう壺《つぼ》へはまってきたことになる。

会津藩は、越後《えちご》・日光《にっこう》・白河《しらかわ》などの国境へ兵を送って戦いはじめたが、五月に白河城が官軍の手に帰し、六月には棚倉・七月には平《たいら》と、列藩同盟の拠点がつぎつぎにうばい取られた。

七月の末には、越後・長岡《ながおか》が落ち、さらに新潟へも官軍が上陸して来る。

こうなると、三春藩をはじめ同盟の諸藩の動揺もはげしくなるし、降伏する藩も増えるばかりであった。

八月二十三日。

官軍は、ついに滝沢口《たきざわぐち》から会津若松市中へ突入した。

これから翌九月二十二日の落城に至る約一か月、会津藩では、婦人・老人・少年をまじえた数千が鶴ケ城へたてこもって戦いぬいた。

この間、官軍は掠奪《りゃくだつ》・暴行をほしいままにしている。

会津藩の婦女子は、

「生けどりにだけはなるな」

と、いましめ合い、武器を取って戦わぬ女たちの大半は自殺をなしとげている。官兵の暴行をおそれたのであった。

若松城下の武家屋敷や商家などへは、官兵が、それぞれ〔薩州分捕り〕とか〔長州分捕り〕とかの札を立てて、掠奪の権利を争うというさわぎなのである。

この官軍の残虐行為は、のちに西郷隆盛が奥羽へあらわれ、軍紀を正すまで、あくことなくつづけられたという。

官軍に参加している鍋島《なべしま》藩のアームストロング砲による砲撃が、籠城《ろうじょう》の将兵をもっともなやました。火力の差は歴然たるものがあったし、一方、会津がたのみとする米沢藩も八月の末には降伏したし、仙台藩も一部の主戦派は別として降伏にかたむき、会津落城前後に、全面降伏している。

ここに〔奥羽越列藩同盟〕は崩壊した。

この同盟が成立した当初には、世人も、

（もしや……？）

と、おもわぬではなかった。官軍といっても、じゅうぶんな軍費があるわけではないし、これまでは連戦連勝のかたちだが、いったん大敗を喫すれば、どのような蹉跌《さてつ》をきたすか知れたものではない。

美濃（岐阜県）郡上《ぐじょう》藩などは、いち早く官軍に降伏する一方、凌霜《りょうそう》隊と称する一隊を秘密裡《ひみつり》に、はるばる会津へ送りとどけ、協力させている。

これは、

(もしも会津が勝った場合のことを考えて……)

のことであった。

会津が勝ち、旧幕勢力が復活したときにそなえてのことなのである。

この凌霜隊は、最後まで会津に戦い、自藩の犠牲になってしまった。

いずれにせよ、旧幕諸藩は、このように腰がすわらず、諸藩の内部も〔抗戦派〕と〔降伏派〕に別れて、これが周囲の情勢しだいで目まぐるしく変る。どうしても統一行動がとれない。

これに引きかえ、薩長両藩は、

「退くに退けぬ」

断崖《だんがい》の淵《ふち》に立ち、捨身の闘志をもって〔官軍〕の主軸となり、天皇と錦《にしき》の御旗《みはた》の威光を利して、わき目もふらずに突進して来たのだ。

このちがいが戊辰《ぼしん》戦争の勝敗を決したのである。

鶴ヶ城の開城の日。城内にいた会津軍の総員は、町人・婦女子をふくめて四千九百五十六人。

開城後に、会津関係の人びとがうけた悲惨な運命についてふれる余地がなくなってしまったが、会津人・柴五郎の遺書と称する〔ある明治人の記録〕などを一読すれば、端的にそれをくみとることができよう。

会津藩の降伏によって、明治新政府の基礎はゆるぎないものとなり、翌明治二年に、北海道・箱館《はこだて》にたてこもった榎本武揚の旧幕軍を攻略したときの官軍には、じゅうぶんな余裕がみてとれる。

開城の後。松平容保父子は駕籠《かご》に乗せられ、北追手門から城を出て、官軍の陣中へ降った。

明治五年になって容保父子の、

「罪を恩免せらる」

という特旨があり、同九年には従《じゅ》五位、二十六年には正三位に叙せられた。これより先、松平家へは陸奥《むつ》の斗南《となみ》において三万石をあたえられたが、家臣たちの困難は言語に絶した。

松平容保は、明治二十六年十二月に、東京・小石川第六天町の自邸に病歿した。ときに五十九歳。

陸奥宗光《むつむねみつ》

出奔

陸奥宗光は、明治外交界の第一人者といわれている。事実、彼の残した足跡は、はでやかなものではなかったが、大きかった。

陸奥が、日本の外務大臣となったのは、明治二十五年のことで、明治維新後の後進国として世界列強を相手に、国際舞台へ乗り出した小さな日本が、二年後には「大英国」との条約改正に成功し、それまでの劣等的な立ち場から、全面的な対等条約を結び直すことを得たのは、陸奥の外交官としての素質が、いかにすぐれていたかを物語るものといえよう。

日本は新政府を樹立して以来、岩倉具視《いわくらともみ》の親善使節一行の欧米派遣や、その後も寺島、井上、青木などの諸外相をもって、何度も条約改正をはかったが、いずれも、ひどい失敗をしている。

それだけに、陸奥宗光の功績も大きいものとなるわけなのだが……。

それにしてもこの人、いままでに小説や映画、演劇の世界には、あまり取り上げられていないようだ。

条約改正後も、あの日清《にっしん》戦争という、近代日本が初めて当面した国際戦争に、外相としての彼は、すばらしい活躍を示している。

それでいて彼の活躍が、はなばなしい脚光をあびなかったというのは——これこそ外交官としての陸奥が、いかに理知的に、慎重に、しかも裏面における動きの俊敏果断さを兼ねそなえていたかを示すものだ。

失敗がなかったということは「地味」なものなのである。

ところで……。

若き日の彼はどうかというと、これは、かなり波瀾《はらん》にみちたものだ。

陸奥宗光は、紀州藩士・伊達《だて》藤次郎宗広《むねひろ》の第六子に生まれ、小さいころの名を牛麿《うしまろ》といい、後に陽之助と称した。

父の宗広は養子であったが、学問にもつうじ、政治的手腕もなかなかのもので、幕末の紀州藩では「利《き》け者」でとおっていた。

宗広は藩の寺社奉行、勘定奉行などをつとめて禄高《ろくだか》は八百石。押しも押されもせぬ紀伊家五十五万石の重臣といってよい。

殿さまの信頼も厚かったし、国老の山中筑後守《やまなかちくごのかみ》の勢力を背景にした伊達宗広が、行き詰った藩の財政を打開すべく活躍した事績は、かなり大胆不敵なもので、かんたんにいえば、領内の熊野三山（熊野本宮、新宮、那智《なち》神社の総称）を利用した金融事業をやったわけだ。

また、こんなことがある。

宗広が、大坂の蔵屋敷に出張していたとき、道頓堀《どうとんぼり》・角座に出演している俳優・尾上多見蔵《おのえたみぞう》をひいきにしたのだが、金ばなれはよいし、女遊びも盛んなもので「紀州の伊達さま」といえば、歓楽界では評判の「道楽者」だったらしい。

宗広は、多見蔵と友だちづきあいになってしまい、

「頼みがある」

と持ち出した。

そのころの俳優なぞは、俗に河原者といやしめられていて、その多見蔵が大身の武家と一つ盃《さかずき》で酒を飲むというあつかいをうけていたのだから、彼はもう大感激で、

「殿さまのおっしゃることなら、いま死んでもよろしゅうございます」

と、いう。

「では頼む。じつは、このたびわが藩において、新しく八丈縞《はちじょうじま》を織り出したのだが、これを着て舞台へ出てくれまいか」

「よろしゅうございますとも」

というので、翌日から多見蔵は紀州生産の八丈縞を海賊の衣服に仕立て、宗広が書いた台詞《せりふ》を入れて芝居をした。

「ぬっと日の出の紀の川に、洗いあげたる黄八丈……」

などという台詞なのだが、じつに素人ばなれしていたという。

これで紀州の反物が大評判になり、藩の利益は莫大《ばくだい》なものとなった。

まず、陸奥宗光の父・宗広は、こういう人物であったわけだが、宗光も、この父の血を濃く受け継いでいたとみてよい。

宗光は、この父の後妻の腹に生まれた。

だから、男子でも家を継ぐことはならぬという親類中の申しつけで、先妻の産んだ女子に聟《むこ》を迎えたわけだが、これが宗光の義兄・伊達五郎宗興である。

こうして宗広の子の中で、ただ一人の男子であるにもかかわらず、家名を継ぐことがならず、宗光は幼少のころから、かなり不幸なめにあっている。

利け者の父も養子だけに、この点は大きな顔もできなかったのだろう。

そのかわり、政務のほうは奔放をきわめた独自のやり方を押し通したので、必然、反対派に憎まれ、ついに失脚をしてしまうことになる。

八丈縞の一件なども、

「町人のなすべき見苦しいふるまいはもってのほかのこと。ことにわが藩は大公儀(幕府)の親藩(親類の大名)であるのに、このようないやしきまねをして紀州家の名を汚した」

と、きめつけられた。

嘉永《かえい》五年（一八五二）十二月に、伊達宗広は謹慎を命ぜられ、高野山《こうやさん》のふもとにある恋野村の小さな家へ押し込められてしまった。

そのころの宗広の吟詠に「春来れど籠にこめられし鶯《うぐいす》は、ふる巣恋しと音をや泣くらむ」というのがある。

時に宗光は九歳。

日を経るにしたがって、

〝御家のために尽くした父が、なぜ、このようなめにあわねばならないのか……？〟

と思い、さらに父が政争の犠牲になったことを知るや、

〝このうらみはけっして忘れぬ。いまに見ておれ！〟

十四歳の春、いきなり家出をしてしまった。

この日が、伊達宗光の陸奥宗光に生まれ変わった第一歩である。

つまり彼は、独力で自分ひとりの家名を打ち立てようと決意したわけであった。

若き日

十四歳の陸奥宗光が江戸へ出て、儒者・安井《やすい》息軒《そつけん》の門へ入ったことは、よく知られているが、

「そのころから、どうも体は丈夫ではなかったのだね。だから必然、武術よりも学問

を、ということになったのだ」

と、後に宗光は語っている。

安井息軒は日向《ひゅうが》（宮崎県）の生まれで、日向の飫肥《おび》五万一千石・伊東左京大夫につかえたこともあり、江戸へきてからは、江戸幕府の最高学府である「昌平黌《しょうへいこう》」の教授をつとめたほどの学者である。

宗光は、岸野小介《こすけ》と称し、塾生中の最年少者であったが、輪講や討論になると、他の門弟たちが少年の宗光に歯がたたなかったといわれている。

なにしろ幼年のころから、学問だけは父の宗広に手きびしくしつけられているうえに、どんな書物にも天才的な鋭い論断を下す。

「きょうも、皆は小介に負けたようじゃな」

と、安井息軒は、この小さな塾生の頭脳のひらめきを愛してくれたが、

「人というものはな、おのれの長所を隠すことをくふうしなければいかぬよ。よいかな、小介。弁舌に長じたる者は、つとめて寡黙なるべしと、古人も教えている。おまえも、そのことをよくよく考えてみぬといかん。それでないと、おまえは自分の長所のために身を滅ぼすことになろう」

繰り返し、繰り返し、同じことを宗光にいった。だが、この師のことを当時の宗光は理解していたわけではない。

だから口の達者な、生意気な彼は、他の塾生の鉄拳《てっけん》をくらい、やせて細い彼の顔が、

「なぐられて南瓜《かぼちゃ》のようにはれ上がったことも何度かあったよ」

と、後年の宗光が述懐している。

しかし、このときに師の息軒が、しつこいほどに同じことをいいきかせたことが、後年、世に出てからの宗光の胸によみがえってきたのだそうである。

たとえ、そのときは慢心のために理解できなくとも、十代のころに教え込まれたものは、けっして忘れぬものだ。

そのことを安井息軒は、じゅうぶんにわきまえていたものとみえる。

二年ほどたつと、宗光は女遊びをおぼえはじめた。

行く先は吉原《よしわら》に決まっていて、この「不夜城」へひたりこんだ宗光が、遊びのための費用をつくることに、どのような苦労をしたか、宗光いわく。

「まるで一日じゅう、一睡もせずにいたようなものだ。昼は塾での勉強、それが終わって金まわりのよい他の塾生たちの復習を見てやり、いくらかの金を得る。外へ出て旗本の子弟なぞの勉強相手もつとめたし、筆耕の内職もやった。夜がふけると吉原へ飛んで行き、早朝、塾へ帰り掃除その他をやるというわけで、体の弱かった自分がよくも、あのようなまねができたものだと、いまもって、つくづく不思議に思うことがある」

師の息軒に見つけられて、

「おまえ、近ごろきたない遊びをしておるそうじゃな」

ぴしりときめつけられたことがある。すると宗光は正直に、

「そのとおりでございます」

「他家へ出稽古《でげいこ》に行き得た金で、年少のものが女狂いをするというのでは、他の門弟へのしめしがつかぬ。わかっていような」

「申しわけございませぬ」

息軒は師の自分に対して、いささかも隠しだてをせぬ宗光に驚きもしたり、手放したくないとも思ったが、彼一人を特別扱いにするわけにはいかぬ。

金を与え、宗光を放逐した。

その後も、宗光の遊蕩《ゆうとう》はやまなかった。

青みがかった、すきとおるような白い細面の彫りの深い宗光の顔は、日本人ばなれをしたもので、すらりとしたその長身とともに、後年、彼が外交官としてアメリカやヨーロッパへわたったときも、異国の外交官や軍人と並び、少しも見劣りがしなかったといわれる。

女性にも、もてたわけであった。

しまいには、悪い病気を背負いこんでしまい、神田《かんだ》お玉ヶ池の医師・花岡真節《はなおかまとき》邸へころがりこみ、将軍の侍医をつとめる、この高名な医者の親切な世話をうけたのも、宗光の人柄が好まれたからであろう。

病気が癒《い》えてからも、宗光は「花岡医院」で働いたりしていたらしい。

このとき、まえになじみの花魁《おいらん》だった歌川というのが、使いの者をよこして宗光を吉原へ迎え、おおいに遊ばせてくれたりもしたものだ。

宗光も夢中になった。

そして、ついに、この女と心中しかけようということになるのだが……。

そこへ、紀州の父からの手紙がきた。

父の罪がゆるされたのである。

そうなると、もう心中どころではない。

宗光はとるものもとりあえず、帰国の途についたのだが、そのときの話に、つぎのようなものがある。

江戸を出発した宗光が箱根《はこね》の山道へかかると、向こうから一梃《いっちょう》の早駕籠《はやかご》が駆けてくる。

雲助六人がかついでいる、その駕籠には「薩摩《さつま》藩・中村庄兵衛」としるした木札がくくりつけられているのを、宗光はすれちがいざまに見た。

見るや、

「しばらく――」

駕籠を呼び止め、

「兄上ではございませぬか」

と、叫んだ。

「お、宗光ではないか……」

駕籠の垂をあげて顔を見せたのは、まさに義兄（姉の聟）の伊達五郎である。

「顔も見ぬのに、ようもわしだとわかったな」

五郎が驚いて聞くと、宗光は、

「駕籠の木札の字が兄上の筆にそっくりでございましたから」

と答えたという。

これが二十そこそこの若者だ。いかに宗光の直感力と、記憶力が卓抜したものであったかが知れよう。

「薩摩・中村……」というのは義兄の変名で、いまの義兄は紀州を出た父とともに京都へのぼり、粟田口《あわたぐち》・青蓮院《しょうれんいん》へ入り、門主の尊融親王につかえていると、宗光は初めて知った。

尊融親王、すなわち中川宮で、孝明《こうめい》天皇から深い信頼をうけていたこの皇族が、勤王佐幕入り乱れての血なまぐさい幕末の時代に、どのような活躍をしたかは、この稿で述べる余裕がない。

つまり、こうした宮さまの家来である父と兄のもとへ帰った陸奥宗光は、必然、きたるべき明治維新を生む動乱の流れへ、いやでも飛び込まなくてはならぬことになった。宗光は、いやではなかったろう。

勤王志士としての宗光は、ここに生まれた。

晩年

幕末動乱期における陸奥宗光が、土佐《とさ》の坂本竜馬《さかもとりょうま》にかわいがられたことは、彼のすぐれた資性をさらにみがかせ、よりスケールの大きなものとした。

これは否《いな》めない事実である。

宗光は竜馬の導きによって「世界」の大きさを知り、「日本」の小ささを知り、さらに神戸の海軍操練所に学んで、当時の日本における最新の知識を身につけることを得たのである。

宗光が陸奥姓を名のるようになったのも、このころからであろう。

ひょろ長い体に黒紋付の着流しで黒い覆面をかぶり、大小の刀を重そうに差し込んだ当時の宗光の写真が残っている。しかし、どうも「さむらい姿」は彼に似合わぬ。長いひげのよく似合ったフロック・コートの彼の姿のほうが、じつに颯爽《さっそう》として見える。

さて——。

王政復古なって明治新政府が生まれると、彼は早くも「外国事務局御用掛」に任ぜられている。

以来、外交上の重大事件が起こるたびに、彼は伊藤博文《いとうひろぶみ》や井上馨《いのうえかおる》などとともに、めざましく活躍をした。

やがて、外国事務局権判事、大阪府権判事、兵庫県知事などを歴任し、和歌山県（紀州）権《ごん》大判事に任じた。

これが、ちょうど廃藩置県の前後であったから、彼は新政府の実力者として、紀州へ乗り込んだわけである。

昔、父や自分にひどい仕打ちをした紀州藩の政治改革を、彼の手によって行なったのだから、宗光の得意思うべしであったろう。

だがまもなく宗光は、神奈川県知事となって中央へ帰り、明治八年には元老院議官となった。

彼の昇進は、まず順調といえたろうが、明治新政府の要路は、ほとんど薩長土肥《さっちょうどひ》出身者をもって占められ、いわゆる「藩閥政治」の色が濃くなり、藩閥の背景のない者は、いかにすぐれた人材といえども世に出ることは不可能というわけで、宗光は、このことに激怒していた。

西南戦争が始まった明治十年、宗光が土佐立志社などの同志とともに「藩閥政府打倒」の密謀をめぐらしたのは、この怒りによるものであったといえよう。

これは失敗に終わった。

宗光は捕えられ、十一年八月に禁獄五年の刑に処せられ、山形から仙台の監獄へ押し込められてしまった。

けれども、明治十五年の特赦によって出獄すると、政府は、この有為な人材を捨ててはおかなかった。

明治十七年の外遊を経て、十九年二月に帰朝。特命全権公使となった。

このあたりから、陸奥宗光という人物は、がらりと変わったようにみえる。

みずから藩閥政府の一人として政権をにぎる日をめざし、ひたすらに自派の膨張をはかり、わが勢力の伸張を策した。

こんな話がある。

当時、陸奥宗光は、権力なみなみならぬ西園寺《さいおんじ》公に接近しており、彼の政敵は、これをひそかに恐れていたが、じつは宗光は西園寺にそれほど接近していたわけではないので、

「西園寺という人は、あまり人に会いたがらぬので、宗光は西園寺邸を訪問すると、いつも書生などと雑談に時をすごし、帰ってくると、さもさも西園寺と親しく面談してきたように宣伝をしたらしい。これも宗光一流の機略だったのです」

と『陸奥宗光伝』の著者・渡辺幾治郎氏が語っている。

しかし著者は、宗光が、そのような権力主義者を心からめざしていたとは思えない。

宗光は、まず権力を得た後に「藩閥政治」の弊風を打ち破ろうとしたのではないか、と思う。

山県《やまがた》内閣の農商務大臣を経て、枢密顧問官に任じ、やがて、かつての同僚・伊藤博

文内閣のもとに、外務大臣となった宗光が、日英通商条約締結を成功させたことは、すでに述べた。

また、日清戦争のときの、外務大臣としての彼の活躍は、彼自身の著『蹇蹇録《けんけんろく》』に簡明達意の文章によって語られている。

そして、このときの苦労は、彼の病身を決定的にむしばんだ。

戦争の跡始末を終えた明治三十年八月、宗光は五十四歳の生涯を終えた。

解説

「鬼平犯科帳」「剣客商売」あるいは「仕掛人・藤枝梅安」などのシリーズ作品を通じて、時代小説作家・池波正太郎はあまりにも名高い。一度でも読んだら病みつきになって、次々に全作品を読破し、それでも足りなくて新作を待ちこがれるという、いわば池波小説狂ともいうべき人びとが、周囲を見渡せば必ず何人もいる。むろん、私もその一人である。このごろは私のような四十男のみならず、若い人たちが電車の中で熱心に池波正太郎の小説を読んでいる姿を見うける。それも魅力的な女子学生であったりすると、つい、うれしくなってしまう。同時にある種の嫉妬《しっと》心のようなものも感じる。この辺がマニアの心理であろうか。

しかし、若い男女の間にも着実に池波正太郎の愛読者がふえつつあるのは、やはりうれしいことである。これは現代小説のジャンルに小説好きを熱狂させるほどの作品が非常に少ない、という事実とも無関係ではないかも知れない。現代小説に活気が乏しいのは、作家の問題というよりも、現代社会そのものに大きな原因があるのではないか。現代はヒーロー不在の時代である。国民のほとんどすべてが「中流意識」を有しているという現象は、日本の社会の画一性を明白に物語っている。生活も、考えかたも、感覚も、上から下まで同じ鋳型から出たもののように画一化してしまった。そういう社会を背景として生まれる現代小説がちっとも面白くないのは当然の結果であるといったら極論だろうか(もちろん、中には非常に面白いものもないではない。私がいうのはあくまで一般的傾向についてである)。

日本の社会がこのように均質化され、ドラマチックな魅力を喪失してしまったのは戦後のことである。それも、いわゆる高度成長期を迎えて以後のことというのが正確だろう。本来、私たちの国はこんなに画一的な味気ない国ではなかった。日本全国に逞《たくま》しい生のエネルギーが満ちあふれ、日本人の一人一人が血を滾《たぎ》らせていた時代があった。それが「戦国と幕末」である。

本書は、この劇的な時代を生きた男たちを素材に、池波正太郎が深い洞察とユニークな史観に基づいて、

「日本人とはどのような民族であったか」

を、淡々と綴《つづ》ったものである。歴史人物エッセイといってもよいし、史話といってもよいだろう。登場する人物は戦国時代の最後を飾る数々の英雄たちから、忠臣蔵で末代まで名を遺した赤穂《あこう》義士、「男伊達《だて》」の代表ともいえる幡随院長兵衛《ばんずいいんちょうべえ》とその相手・旗本奴《やっこ》の水野十郎左衛門、そして幕末のヒーローというよりアンチ・ヒーローと

呼びたいような土方歳三、永倉新八、伊庭八郎などに至るまで、すべてそれぞれの時代を象徴する劇的人間である。この「戦国と幕末」一冊を読むことによって、日本の歴史上、最も魅力的な四百年の流れを目のあたりに見ることが出来る。

無味乾燥の歴史教科書と違い、池波正太郎によって語られるこの「生きた歴史」の面白さは格別である。歴史というものをこれほど生き生きと、これほど鮮かに私たちに追体験させてくれる語り手は他に類を見ないだろう。ふとしたことから私が自他共に許す池波正太郎マニアになったのは、たかだか七、八年前のことに過ぎないが、今にして思えば何故もっと早く、せめて二十代のうちにそうならなかったのかと残念でならない。

私たちは、好むと好まざるとにかかわらず日本人である。そして日本人であることに誇りと歓《よろこ》びを（たとえ普段はそれと意識していなくても）感じることがあるはずである。それなのに何と私たちは自分自身の国について無知であることか。多少なりとも外国語に通じ、翻訳物の小説をせっせと読み、ウイスキーとワインを日常の酒とし、ヨーロッパやアメリカの街について浅薄な知識をひけらかすことは出来ても、さて、お前自身の国について語れといわれたら、私は一体何を語ることが出来るだろう。そのことを考えると私は恥じ入る。それゆえに池波正太郎との出会いがあまりにも遅かったことを悔むのである。

同じ後悔を若い人たちにはさせたくない。彼らもまた、まぎれもない日本人だからである。若いうちはとかく外国に目を奪われがちなものだ。これには日本の教育制度のありかたや、マスコミの姿勢も少なからず責任があると私は思う。しかし、今それをとやかくいっても始まらない。私に出来ることは、僭越不遜《せんえつふそん》のそしりは覚悟の上で、とにかく黙って池波正太郎作品を読みなさいと解説がわりに執拗《しつよう》にいい続けることだけである。小説もいいし、本書のようなエッセイもまたいい。みんないい。

何故、池波正太郎の作品がいいか。その理由の一つは無条件で面白いことである。「面白い」ということは非常に大事なことなのだが、どういうわけか日本では面白さの価値を不当に低く見るきらいがある。面白くないものほど立派なものだと信じたがる。これは妙な話である。この点に関する限り、今の若い世代のほうが進んでおり、概して中年以上のそれもインテリと称する人びとほど駄目《だめ》である。若い人たちはごく素直に、面白いものは面白いと受け容《い》れる。若い池波作品ファンが年々ふえているのは当然のことである。

理由の第二は何だろうか。さわやかさであるかも知れない。痛快さであるかも知れない。本書に登場する男たちの顔ぶれを見てもわかるように、池波正太郎の世界はつねに生命力の躍動してやまぬ世界である。人間の熱い血が燃え上がっている情景。それを優れた映画のように池波正太郎は展開して見せる。どの男も信念があり、気迫があり、生きるということに対して真摯《しんし》である。その反面に子どものような無邪気さを備えてもいる。たとえば真田昌幸を見るがいい。断乎《だんこ》、おのれの信念をつらぬいて関ヶ原決戦で西軍につき、徳川勢と闘ったこの老将は、戦後、紀州、九度山へ幽閉される。しかし、その意気たるやあくまで軒昂《けんこう》。いずれはもう一度あの家康に一泡ふかせてくれようという夢を捨てない。

そんな昌幸老人のところへ、これも自らの信ずるところに従って敢《あ》えて東軍についた長男・信幸から二瓶の酒が届けられる。そのとき老人は、この酒の香を嗅《か》いでなみだを流し、一口飲んでみて、

「孝行とは、かくのごときものなり」

と、いい、さらに、

「憎い憎い家康めの首を討つ夢も、忘れてしまうたわい」

と、いったという。

戦国武将のおおらかさ、その愛すべき人間味。実にいい話だと読むたびに私は思うのである。福島正則と酒のエピソードも忘れがたい。尾張《おわり》、清州《きよす》二十四万石の大名でありながら、供《とも》もつれずにただ一人、伏見から馬を飛ばして大坂へかけつけ、堀尾忠氏の家老・松田左近を見舞ったという福島正則。足を痛めている左近を気遣って、

「二人して、なみなみと一杯ずつ、それでよろしいではないか。それならば、こころ

うれしゅう御馳走になろう」

と、正則がいい、それではというので、二人は木盃《もくはい》の一杯の酒をたのしみつつ、語り明かしたという。その夜の二人の酒の味を私は思わずにはいられない。彼らが味わったような酒の真味を、現代人のどれだけが知っているだろうか。

私たちの時代ほど物が豊富な時代はかつてなかったに違いない。今、私たちはいながらにしてスコッチでも、バーボンでも、あるいはフランス産のワインでも、思うさま飲むことが出来る。そのためにかえって酒は味を失ってしまった。いや、失われたのは酒の味ではなく、酒をしみじみと味わうべき人間の心のゆとりであろう。乱世の男たちの、質素でいながら充実しきっていた生きかたを知るにつけ、物質的繁栄と引きかえに私たちが失ってしまったものの大きさを思い知らされるのである。

本書のようなエッセイであれ、あるいは小説であれ、池波正太郎の作品を特徴づけているもう一つの要素は、この作家のユニークな史観である。取り上げる人物の選びかたにもそれは色濃く表われている。人間という矛盾だらけの生きものを知悉《ちしつ》した上で、あくまで厳正な史実に基づいて書き進められて行く池波正太郎の作品は、学者の歴史書とも、他の時代小説家の作品とも、明確な一線を劃《かく》しているように思う。「忠臣蔵と堀部安兵衛」という一章によって初めて忠臣蔵の何たるかを知った読者も少なくないのではないか。

池波正太郎流の独自の史観を最も鮮明に感じさせるのは幕末を彩った男たちの取り上げかたであろう。維新の主流派が薩摩《さつま》、長州の男たちであるとすれば、池波正太郎が取り上げるのはもっぱら反主流の人物群像である。逆らいがたい時代の大流に逆らおうとしたというより、時の流れは流れとして、そこに真実をつらぬこうとした人間が存在したことを、池波正太郎は私たちに教えてくれる。

伊庭八郎が山岡鉄太郎にいう台詞《せりふ》がある。

「山岡さん。あなたは古いとか新しいとかいうが……去年、慶喜公《だんな》が、わずか一日にして、おんみずから天下の権を朝廷に返上したてまつったことを何とごらんだ？……一滴の血もながさず、三百年におよんだ天下の権を、将軍みずからがさっさと手放したのだ。こいつは、いまだかつて、わが国の歴史になかったものだ。外国にだってありゃあしませんよ。こんな新しいことはないとおもいますがね、どうです山岡さん……ここで、その官軍とやらが新しい奴らなら、よくやってくれた、われわれも共にちからを合せ、国事にはたらこう……と、こういって来なくてはならねえはずだ」

ここに池波正太郎の歴史のとらえかたが象徴されているといえよう。それは明治維新イコール日本近代化のための正義の革命というような公式的な見かたのみを与えられてきた私たちにとって、この上なく貴重なものだと私は思うのである。

最後にもう一言蛇足を加えるなら、本というものを実用の手引きとして読むのは邪道だろうけれども、この『戦国と幕末』という一冊は、男が男らしく生きようと思ったとき、きわめて有用な手引き書ともなるということである。乱世の男たちが、いざ事におよんでどう処したか。その一つ一つの事例は、ほとんどそのまま現代の私たちにとっても当てはまることだからである。そういう意味では、まず本書を一読された後、事あるごとに書棚から取り出して読み直すのがよろしかろうと思う。

佐藤隆介

昭和五十五年七月

本書中には、今日の人権擁護の見地に照らして、不当・不適当と思われる語句や表現がありますが、著者が故人であること、作品発表時の時代的背景を考え合わせ、原文のままとしました。

戦国《せんごく》と幕末《ばくまつ》

池波正太郎《いけなみしょうたろう》

昭和55年 8月15日　初版発行
平成18年 4月25日　改版初版発行
令和6年 4月30日　改版8版発行

発行者●山下直久

発行●株式会社KADOKAWA
〒102-8177　東京都千代田区富士見2-13-3
電話　0570-002-301（ナビダイヤル）

角川文庫 14193

印刷所●株式会社KADOKAWA
製本所●株式会社KADOKAWA

表紙画●和田三造

ISBN978-4-04-132333-5　C0195

角川文庫発刊に際して

角川源義

第二次世界大戦の敗北は、軍事力の敗北であった以上に、私たちの若い文化力の敗退であった。私たちの文化が戦争に対して如何に無力であり、単なるあだ花に過ぎなかったかを、私たちは身を以て体験し痛感した。西洋近代文化の摂取にとって、明治以後八十年の歳月は決して短かすぎたとは言えない。にもかかわらず、近代文化の伝統を確立し、自由な批判と柔軟な良識に富む文化層として自らを形成することに私たちは失敗して来た。そしてこれは、各層への文化の普及滲透を任務とする出版人の責任でもあった。

一九四五年以来、私たちは再び振出しに戻り、第一歩から踏み出すことを余儀なくされた。これは大きな不幸ではあるが、反面、これまでの混沌・未熟・歪曲の中にあった我が国の文化に秩序と確たる基礎を齎らすためには絶好の機会でもある。角川書店は、このような祖国の文化的危機にあたり、微力をも顧みず再建の礎石たるべき抱負と決意とをもって出発したが、ここに創立以来の念願を果すべく角川文庫を発刊する。これまで刊行されたあらゆる全集叢書文庫類の長所と短所とを検討し、古今東西の不朽の典籍を、良心的編集のもとに、廉価に、そして書架にふさわしい美本として、多くのひとびとに提供しようとする。しかし私たちは徒らに百科全書的な知識のジレッタントを作ることを目的とせず、あくまで祖国の文化に秩序と再建への道を示し、この文庫を角川書店の栄ある事業として、今後永久に継続発展せしめ、学芸と教養との殿堂として大成せんことを期したい。多くの読書子の愛情ある忠言と支持とによって、この希望と抱負とを完遂せしめられんことを願う。

一九四九年五月三日

角川文庫ベストセラー

人斬り半次郎（幕末編）　池波正太郎

人斬り半次郎（賊将編）　池波正太郎

にっぽん怪盗伝　新装版　池波正太郎

近藤勇白書　池波正太郎

戦国幻想曲　池波正太郎

姓は中村、鹿児島城下の藩士に〈唐芋〉とさげすまれる貧乏郷士の出ながら剣は示現流の名手、精気溢れる美丈夫で、性剛直。西郷隆盛に見込まれ、国事に奔走するが……。

中村半次郎、改名して桐野利秋。日本初代の陸軍大将として得意の日々を送るが、征韓論をめぐって新政府は二つに分かれ、西郷は鹿児島に下った。その後を追う桐野。刻々と迫る西南戦争の危機……。

火付盗賊改方の頭に就任した長谷川平蔵は、迷うことなく捕らえた強盗団に断罪を下した！　その深い理由とは？　「鬼平」外伝ともいうべきロングセラー捕物帳全12編が、文字が大きく読みやすい新装改版で登場。

池田屋事件をはじめ、油小路の死闘、鳥羽伏見の戦いなど、「誠」の旗の下に結集した幕末新選組の活躍の跡を克明にたどりながら、局長近藤勇の熱血と豊かな人間味を描く痛快小説。

〝汝は天下にきこえた大名に仕えよ〟との父の遺言を胸に、渡辺勘兵衛は槍術の腕を磨いた。戦国の世に「槍の勘兵衛」として知られながら、変転の生涯を送った一武将の夢と挫折を描く。

角川文庫ベストセラー

炎の武士　池波正太郎

戦国の世、各地に群雄が割拠し天下をとろうと争っていた。三河の国長篠城は武田勝頼の軍勢一万七千に包囲され、ありの這い出るすきもなかった……悲劇の武士の劇的な生きざまを描く。

卜伝最後の旅　池波正太郎

諸国の剣客との数々の真剣試合に勝利をおさめた剣豪塚原卜伝。武田信玄の招きを受けて甲斐の国を訪れたのは七十一歳の老境に達した春だった。多種多彩な人間を取りあげた時代小説。

賊将　池波正太郎

西南戦争に散った快男児〈人斬り半次郎〉こと桐野利秋を描く表題作ほか、応仁の乱に何ら力を発揮できない足利義政の苦悩を描く「応仁の乱」など、直木賞受賞直前の力作を収録した珠玉短編集。

闇の狩人（上）（下）　池波正太郎

盗賊の小頭・弥平次は、記憶喪失の浪人・谷川弥太郎を刺客から救う。時は過ぎ、江戸で弥太郎と再会した弥平次は、彼の身を案じ、失った過去を探ろうとする。しかし、二人にはさらなる刺客の魔の手が……。

忍者丹波大介　池波正太郎

関ヶ原の合戦で徳川方が勝利をおさめると、激変する時代の波のなかで、信義をモットーにしていた甲賀忍者のありかたも変質していく。丹波大介は甲賀を捨て一匹狼となり、黒い刃と闘うが……。

角川文庫ベストセラー

侠客（上）（下）　池波正太郎

江戸の人望を一身に集める長兵衛は、「町奴」として、つねに「旗本奴」との熾烈な争いの矢面に立っていた。そして、親友の旗本・水野十郎左衛門とも互いは心で通じながらも、対決を迫られることに——。

武田家滅亡　伊東潤

戦国時代最強を誇った武田の軍団は、なぜ信長の侵攻からわずかひと月で跡形もなく潰えてしまったのか？　戦国史上最大ともいえるその謎を、本格歴史小説界の俊英が解き明かす壮大な歴史長編。

山河果てるとも　天正伊賀悲雲録　伊東潤

「五百年不乱行の国」と謳われた伊賀国に暗雲が垂れ込めていた。急成長する織田信長が触手を伸ばし始めたのだ。国衆の子、左衛門、忠兵衛、小源太、勘六の4人も、非情の運命に飲み込まれていく。歴史長編。

北天蒼星　上杉三郎景虎血戦録　伊東潤

関東の覇者、小田原・北条氏に生まれ、上杉謙信の養子となってその後継と目された三郎景虎。越相同盟による関東の平和を願うも、苛酷な運命が待ち受ける。己の理想に生きた悲劇の武将を描く歴史長編。

切開　表御番医師診療禄1　上田秀人

表御番医師として江戸城下で診療を務める矢切良衛。ある日、大老堀田筑前守正俊が若年寄に殺傷される事件が起こり、不審を抱いた良衛は、大目付の松平対馬守と共に解決に乗り出すが……。

角川文庫ベストセラー

縫合 表御番医師診療禄2　上田秀人

表御番医師の矢切良衛は、大老堀田筑前守正俊が斬殺された事件に不審を抱き、真相解明に乗り出すも何者かに襲われてしまう。やがて事件の裏に隠された陰謀が明らかになり……。時代小説シリーズ第二弾！

解毒 表御番医師診療禄3　上田秀人

五代将軍綱吉の膳に毒を盛られるも、未遂に終わる。表御番医師の矢切良衛は事件解決に乗り出すが、それを阻むべく良衛は何者かに襲われてしまう……。書き下ろし時代小説シリーズ、第三弾！

新選組血風録 新装版　司馬遼太郎

勤王佐幕の血なまぐさい抗争に明け暮れる維新前夜の京洛に、その治安維持を任務として組織された新選組。騒乱の世を、それぞれの夢と野心を抱いて白刃とともに生きた男たちを鮮烈に描く。司馬文学の代表作。

北斗の人 新装版　司馬遼太郎

剣客にふさわしからぬ含羞と繊細さをもった少年は、北斗七星に誓いを立て、剣術を学ぶため江戸に出るが、なお独自の剣の道を究めるべく廻国修行に旅立つ。北辰一刀流を開いた千葉周作の青年期を爽やかに描く。

豊臣家の人々 新装版　司馬遼太郎

貧農の家に生まれ、関白にまで昇りつめた豊臣秀吉の奇蹟は、彼の縁者たちを異常な運命に巻き込んだ。平凡な彼らに与えられた非凡な栄達は、凋落の予兆となる悲劇をもたらす。豊臣衰亡を浮き彫りにする連作長編。

角川文庫ベストセラー

尻啖え孫市（上）（下）新装版　司馬遼太郎

織田信長の岐阜城下にふらりと現れた男。真っ赤な袖無羽織に二尺の大鉄扇、日本一と書いた旗を従者に持たせたその男こそ紀州雑賀党の若き頭目、雑賀孫市。無類の女好きの彼が信長の妹を見初めて……痛快長編。

乾山晩愁　葉室　麟

天才絵師の名をほしいままにした兄・尾形光琳が没して以来、尾形乾山は陶工としての限界に悩む。在りし日の兄を思い、晩年の「花籠図」に苦悩を昇華させるまでを描く歴史文学賞受賞の表題作など、珠玉5篇。

実朝の首　葉室　麟

将軍・源実朝が鶴岡八幡宮で殺され、討った公暁も三浦義村に斬られた。実朝の首級を託された公暁の従者が一人逃れるが、消えた「首」奪還をめぐり、朝廷も巻き込んだ駆け引きが始まる。尼将軍・政子の深謀とは。

秋月記　葉室　麟

筑前の小藩、秋月藩で、専横を極める家老への不満が高まっていた。間小四郎は仲間の藩士たちと共に糾弾に立ち上がり、その排除に成功する。が、その背後には本藩・福岡藩の策謀が。武士の矜持を描く時代長編。

春秋山伏記　藤沢周平

白装束に髭面で好色そうな大男の山伏が、羽黒山からやってきた。村の神社別当に任ぜられて来たのだが、神社には村人の信望を集める偽山伏が住み着いていた。山伏と村人の交流を、郷愁を込めて綴る時代長編。